Tödlicher Wein

Impressum

Autor:
© Copyright by
Ulf König
Im Rönnefeld 5
21706 Drochtersen

Herstellung und Verlag:
Books on Demand GmbH
Gutenbergring 53
D-22848 Norderstedt

ISBN: 3-8334-1800-1

1. Auflage 2004

Die nachfolgenden Ereignisse sind frei erfunden. Ähnlichkeiten mit lebenden Personen sind zufällig und nicht beabsichtigt.

Personen

Björn	Schwedischer Student der eigentlich nur surfen möchte
Jacques	Björns Tauchlehrer
Uwe Müller	Student und Kellner
Klaus	Technischer Zeichner - Sporttaucher
Ben	Technischer Redakteur - Sporttaucher
Max	LKA-Beamter o.K. - und Sporttaucher
Lara	LKA-Beamtin o.K. - und Sporttaucher
Bicher	ehemaliger Mitarbeiter eines Zementwerks
Sascha	möchte Reporter werden. Er beschäftigt sich mit den falschen Themen
Mark	jung-Nazi
Sperling	Deckname - bis 1945 in der Gestapo (Werner Huskamp)
Phönix	Deckname - Nazi und enger Vertrauter des Führers (Hans Heinrich Engler)
Methaeine	Nachbarin
Joachim Feldmann	ein Projektleiter im Dritten Reich (verstorben)
Benno Fuhrmann	Sohn von Joachim Feldmann - lebt unter falschem Namen
Gregor	Nazi
Arne	Nazi
Peters	Kripo Hemmoor
Schröder	Polizei Hemmoor

-1-

Urlaub

Die ersten Sonnenstrahlen, die durch den immer dünner werdenden Nebel auf die Wasseroberfläche trafen, ließen die Silhouette der Kirche gespenstisch erscheinen. Es war noch früh, sehr früh als Maximilian, den seine Freunde kurz Max nannten, und Lara die kleine rote Boje im See erreichten.

Es war kein natürlicher See. Ein See, der inmitten einer kleinen, vor einigen Jahren fast schon vergessenen norddeutschen Stadt lag, um kurz darauf in fast magischer Weise jährlich tausende von Tauchern aus aller Welt anzulocken. Diese Taucher waren es, die die Stadt aus ihrem Dornröschenschlaf erweckten und sie weit über die Landesgrenzen hinaus als *"Eldorado* für Taucher" bekannt machten. Mit den Tauchern kam die Presse. Nichts - zumindest fast nichts geschah auf dem Gelände, über das nicht irgendwann einmal berichtet wurde. So entstanden Gerüchte. Gerüchte über die Entstehung des Sees, über die Firma, die eine Grube ausgehoben hat und über den Wassereinbruch, der zur Entstehung des Sees führte. Kaum ein Gerücht, kaum eine Halbwahrheit blieb von der Presse unbeachtet und wurde, angereichert mit Vermutungen, zu umfassenden Berichten.

Ein solcher Bericht war es, der die nachfolgenden Ereignisse auslöste. Eben jener Bericht, den weder Max noch Lara gelesen hatten, sollte ihr Leben nachhaltig verändern.

DIVE-MAGAZIN 03

.
.
.

Es sind schon über einhundert Jahre vergangen seit eine schlichte, zweispännige Kutsche die norddeutsche Tiefebene befuhr. Der Reisende war ein ausgesprochener Liebhaber des roten, fruchtigen, halbtrockenen Weins. Eines Weins, den der Reisende vor der Fahrt in viel zu großen Mengen genossen hatte. Wäre der Wein nicht so vorzüglich gewesen, gäbe es den See wahrscheinlich nicht, denn es war der Wein der dazu führte, dass der Kutscher an einem Busch halten musste. Der Busch unterschied sich nicht im geringsten von allen anderen Büschen, die den Weg auf beiden Seiten säumten. Es war ein kleiner Busch mit vielen Blättern, der dem Reisenden einen guten Sichtschutz bot, als er seine Blase entleerte. Der kleine Strahl, der überwiegend aus Wasser bestand, schäumte als er auf den Boden traf. Dieser weiße Schaum war es, der den Reisenden dazu bewog, Bodenproben in einen alten Kartoffelsack zu füllen, um sie später untersuchen zu können. Es war Kreide, die, wie sich später herausstellte, von einem großen Salzstock an die Erdoberfläche gedrückt darauf wartete, im Tagebau gefördert zu werden...

Im Folgenden wurde die weitere Entwicklung der Firma und der Grube beschrieben, die fast hundert Jahre später den See bilden sollte.

Die Firma hatte fast zweitausend Mitarbeiter und war zu weltweitem Ruhm aufgestiegen. Der Sockel von "Miss Liberty" wurde genau wie verschiedene Staudämme, Brücken und Häuser aus dem Zement gefertigt, der in jener kleinen Stadt, - damals noch ein Dorf - , produziert wurde. Immer wieder kam es zu Besuchen wichtiger Vertreter von Regierungen und Firmen, denen aus alter Tradition die erlesensten Weine angeboten wurden...

In den Weltkriegen, besonders aber im Zweiten Weltkrieg, wurden Truppen auf dem Gelände stationiert, die für den Schutz wichtiger Industrieanlagen abgestellt, ihren Dienst verrichteten. Sie hofften, so dem harten Fronteinsatz zu entgehen.
Während des Zweiten Weltkriegs wurde ein Teil der Firma zerstört und die Arbeiter in alle Himmelsrichtungen versprengt. Vor dem

Einmarsch der Alliierten wurden die Waffen und ein Teil der Munition einfach auf dem Gelände vergraben und vergessen...

Die Firma erlebte nach dem 2. Weltkrieg viele Höhen und Tiefen bis sie dann Mitte der 80er Jahre stillgelegt wurde. Ein kleines Unternehmen zertrümmerte die Gebäude am Kreidesee und schob die Reste in den See, um einen kurzen, schmalen Uferabschnitt an der B73 vor dem Abrutschen zu sichern.

Dieser Bericht erschien im DIVE MAGAZIN und war für eine kostenlos erscheinende Vereinszeitschrift, die in einer winzigen Auflage gedruckt und verteilt wurde, ungewöhnlich lang. Der Bericht umfasste fünfzehn Seiten, von denen sich allein fünf mit der Firma zur Zeit des zweiten Weltkriegs befassten. Es wurde von Bunkern auf dem Gelände berichtet und Namen genannt, die vom Autor frei erfunden wurden, jedoch den Anschein erweckten, sie seien echt und sehr gute recherchiert. Die Namen hatte der Autor aus Geschichtsbüchern abgeschrieben und mit Namen verglichen, die heute noch in der Gegend üblich waren.

Diese Methode der Namenfindung war nicht der einzige Fehler, der dazu führte, dass ein altes Fass auf dem Grund der Nordsee langsam vor sich hinrostete, um irgendwann den Betonblock in seinem Innern freizugeben. Einen Block, der für viele Lebewesen ein kleines Riff bilden sollte, welches kleinen Fischen und Krebsen Schutz bot.

Es wurde nie geklärt, warum der Artikel gedruckt wurde. Zumal er nichts mit den eigentlichen Bereichen Vereinsleben und Tauchen zu tun hatte. Ebenso rätselhaft war die Auswahl der Themenschwerpunkte.

Alle späteren Versuche den Autor zu fragen, woher er die Informationen bezog, scheiterten an der Tatsache, dass er untergetaucht und selbst für die besten Detektive unauffindbar war.

Um den Autor zu finden, hätte man ein großes, graues Fass suchen müssen, das dreißig Meilen vor der Küste auf dem Grund der Nordsee stand. Es war durch die Wucht des Aufpralls zur Hälfte im weichen Sand versunken und versandete immer weiter durch die unterschiedlichen kalten, trüben Strömungen. Hätte jemand das Fass gefunden, geborgen und anschließend den fest verschweißten Deckel entfernt, müsste der Beton aufgebrochen werden, der es vollständig zu füllen schien. Dabei wäre der kleine leicht untersetzte Körper eines Mannes gefunden worden, der vollständig bekleidet mit Jeans, Turnschuhen und einer Bomberjacke unbeweglich unter Luftabschluss, zusammengekrümmt im Fass lag. Es war nicht der Luftmangel, der den Mann tötete sondern ein nicht zu übersehender Einschuss im Genick. Eine genauere Untersuchung hätte ergeben, dass es sich um eine Kugel aus einer *Glock 26* handelte, die schon bei einer Serie brutaler Raubüberfällen verwendet worden war. Ein Artikel über einen See und eine Firma in Norddeutschland war Saschas erster und letzter Artikel.

Einige Monate zuvor

Björn, ein gebürtiger Schwede, wollte schon seit Tagen zurück in Göteborg sein. Er wohnte dort allein in einer kleinen Studentenbude nahe der *Chalmers University of Technology*. Auch wenn sie von innen einen schlampigen Eindruck machte, war die Lage vorzüglich. Der Weg zur Universität war in kurzer Zeit zu bewältigen. Abends bestand die Möglichkeit eine Joggingbahn in einem schönen Park zu nutzen und die Verkehrsanbindung war, wie nicht überall in Schweden üblich, sehr gut. Der Fußmarsch bis zur Bushaltestelle dauerte nur wenige Minuten und drei Minuten mehr bis zur Haltestelle des *Airport-Busses bei "Korsvägen."* Im Vergleich zu den Geldmitteln, die Björns Eltern monatlich zur Finanzierung seines Studiums und der Wohnung überweisen mussten, waren die Mittel für die Europareise lediglich Peanuts. Sie war als Ausgleich für die vielen Stunden gedacht, in denen Björn allein auf seiner Bude hockte, um sein Studium in kürzester Zeit voranzubringen. Nicht nur die kurze Studienzeit, sondern auch der hervorragende Abschluss veranlasste die Eltern dazu, ihrem Sohn die Reise zu ermöglichen, bevor er die harte Probezeit in einer größeren schwedischen Firma antrat, um sein eigenes Geld zu verdienen.

12. April

Björns erste Etappe führte nach Hyeres, fünfundzwanzig km vor den Toren Toulons. Seit er als kleiner Junge einen Reiseführer über Südfrankreich gelesen hatte, wollte er dort surfen lernen. Warum ausgerechnet dort, konnte er selber nicht erklären. Aber es war egal, er war jetzt schließlich dort. "Wie lange benötigen Sie den Jeep", fragte der freundlich lächelnde Inhaber der kleinen, fast schon heruntergekommen wirkenden, Autovermietung. Ein Blick nach draußen ließ Björn zögern. Was sollte er während der vier Wochen machen, bei dem Wetter. Kaum Wind, Regen und kaltes Wasser entsprachen nicht seinen Vorstellungen eines schönen Surf-Urlaubs. "Zunächst eine Woche." Der Mietvertrag wurde unterzeichnet. Björn behielt sich jedoch die Option vor, den Wagen auch über die gesamten vier Wochen behalten zu können. Der Vorteil reicher Eltern lag in der Möglichkeit mit der Partner-Card der Bank über relativ große Geldmittel zu verfügen.
Als er den Zündschlüssel des Cherokee drehte und der 3,7 L V6 Motor den Wagen beben ließ, begann es zu regnen. "Mist", war das einzige was Björn sagte, bevor er das Radio aufdrehte und langsam durch die verwinkelten Gassen zum Strand fuhr. Der Parkplatz lag direkt am Stand, so dass er im Wagen sitzen bleiben konnte, um seinen Blick über das Mittelmeer streifen zu lassen. Hier war er also, im immer sonnigen, warmen Südfrankreich. Das Gebläse, ohne dessen Hilfe die Scheiben sofort beschlugen, summte kaum hörbar vor sich hin. Die Scheibenwischer waren auf Intervall gestellt, und Björns Blick fiel im Wechsel zwischen ungetrübter Sicht und dem Wasser, dass direkt hinter dem Scheibenwischer in Sturzbächen über die Scheibe lief, auf einen kleinen Kutter. Waren es Pressluftflaschen, die an Deck festgezurrt im Regen standen? Ohne lange nachzudenken ließ Björn den 155 KW seines Motors freien Lauf, um der Küste zu folgen. Er raste aufgrund des stärker werdenden Regens, fast blind durch die mäßig ausgebauten Straßen. Es dauerte noch dreißig Minuten bis er den Kutter erneut sah, der fest vertäut an der Mole lag. Zwanzig Männer und Frauen, so schätzte er, schleppten hastig Ihre Tauchgeräte durch den Regen zu zwei alten, eher klapprig wirkenden VW Bullis. Es dauerte noch eine viertel Stunde bis alles verstaut war und die Bullis voll besetzt mit hoher Geschwindigkeit vom Parkplatz fuhren. Da sich weder die beiden Fahrer noch die Fahrgäste

umsahen, fiel niemandem der silber-graue Cherokee auf, der ihnen folgte. Auf der Halbinsel Giens endete die Fahrt vor einem Campingplatz mit angeschlossener Tauchbasis. Der Cherokee verstummte vor der Einfahrt zur Basis. Soll ich oder soll ich nicht? - kann ich das Tauchen überhaupt im Urlaub lernen - und was ist mit meinem Traum vom Surfen? Eine halbe Stunden überlegte Björn ob er einfach aussteigen und sich zum Tauchkurs anmelden oder bei solchen Mistwetter zurückfahren und surfen sollte. Eine halbe Stunde, die zu einer Entscheidung führte, welche sein Leben nachhaltig änderte.

Hätte Björn zu dem Zeitpunkt bereits gewusst, wie sich sein wohl behütetes, abseits aller Gefahren verlaufendes Leben ändern sollte, wäre er - ohne lange zu überlegen - nach Hause gefahren und hätte den Urlaub in Vimmerby oder sonst wo in Schweden verbracht.

"Hallo, wer organisiert diese Basis", rief Björn, nachdem er seinen Wagen verlassen und die Strecke zu der einzig befestigten Hütte über einen holprigen Schlackeweg zurückgelegt hatte. Obwohl er dreimal mit zunehmender Lautstärke rief und zum Schluss fast schrie, erfolgte keine Reaktion. Das laute Rattern eines schweren Gerätes übertönte seine Stimme. Er verließ die Hütte und ging rechts an ihr vorbei, dem Lärm entgegen. Dort standen sie, die Flaschen, ein Kompressor, der aussah als hätte er schon sehr viele Flaschen gefüllt, und Jacques. Jacques war ein kleiner untersetzter Mann, der durch seinen ungepflegten Vollbart und die fettigen, strähnigen Haare wie ein Gangster aus der Provence wirkte. Der Eindruck täuschte. Er war ein symphatischer Tauchlehrer, der jeden Schüler einzeln ausbildete und sehr viel Zeit mit ihnen verbrachte. Jacques war einer der wenigen Tauchlehrer, dem nicht egal war, wie es seinen Schützlingen nach der Ausbildung erging. "Hi, wo kann ich den Chef finden?", rief Björn gegen das hämmernde Geräusch des Kompressors an. "Einen Moment noch!" Es dauerte noch fast eine Stunde bis Jacques den Kompressor abschaltete, um sich dem Neuankömmling zu widmen. "Was gibt's?" "Kann ich hier das Tauchen lernen?" "Hier wimmelt es von Tauchschülern, jeder Tauchlehrer hat mindestens zwei mehr, als gut ist, aber trotzdem hast Du Glück." "Warum?" fragte Björn in der festen Überzeugung, den Urlaub doch surfend zu verbringen. "Ich habe im Gegensatz zu den anderen immer nur einen Schüler. Meiner ist gerade fertig, und wenn Du möchtest, kannst Du bei mir lernen." Sie verabredeten sich für den nächsten Tag um neun Uhr.

Um nicht jeden Tag so weit fahren zu müssen, suchte Björn sich eine Pension in der Nähe der Basis. Auf dem Campingplatz an der Basis, die fast ausschließlich von den Tauchschülern und ausgebildeten Tauchern frequentiert wurde, waren noch Plätze frei, aber bei dem Wetter...
Es lag sicherlich am Wetter. Obwohl die Pensionen um diese Jahreszeit fast immer voll ausgebucht waren, fand er schon nach 40 Minuten ein schönes Zimmer. "Gut - die Formalitäten der Anmeldung hätten wir. Herr Müller wird Ihnen das Zimmer zeigen." Weder der Name noch die Erscheinung Müllers passte in diese Gegend. Er war ein junger kräftiger Mann, in dem man eher einen Studenten als einen Pagen vermuten würde. Müller bemerkte Björns Blicke. "Ich jobbe hier, um meinen Tauchurlaub zu finanzieren", sagte er als sie das Zimmer erreichten. " Sie tauchen, - ist die Basis da unten gut? - Ich habe mich zum Tauchkurs angemeldet." "Ach, ein Anfänger. Die großen Gruppen da unten, ich würde lieber woanders hingehen, acht bis zehn Taucher pro Gruppe sind einfach zuviel." "Ich lerne bei Jacques." "Das ist was anderes, Jacques war früher bei den Kampftauchern. Jetzt ist er selbständig. Er gibt nur Einzelunterricht. Ich muss jetzt weiter arbeiten, aber wir können uns heute Abend in der Bar am Ende der Straße treffen. Da treffen sich viele Taucher von der Basis und wir können ein Bier oder einen Wein zusammen trinken." Im Gehen rief Müller noch: "Übrigens ich heiße Uwe, Taucher duzen sich in der Regel"! "Björn, also dann bis heute Abend."
Draußen begann es wieder zu regnen, das letzte Mal für die Zeit, die er noch in Südfrankreich verbringen sollte.
Als er die Kneipentür öffnete, schlug ihm warme, stickige Luft entgegen, und er konnte durch den Qualm kaum etwas erkennen. Die Musik war laut und bei weitem nicht sein Geschmack. Björn überlegte, ob er nicht umkehren und am nächsten Tag mit Uwe sprechen sollte. Als er sich abwandte, um die Tür von außen zu schließen, hörte er Uwe rufen "Komm, setz´ Dich zu uns!"
Sie saßen zu dritt am Tisch und Björn setzte sich dazu. "Hallo Uwe." "Hallo! Klaus und Ben kommen aus Deutschland, genauer gesagt aus Norddeutschland. Sie tauchen immer in so`nem Baggerloch und wollten mal was anderes sehen" stellte Uwe seine Tischnachbarn vor. "Hallo."
"Du bist heute angekommen, um hier Tauchen zu lernen? Das hat zumindest Uwe vorhin erzählt", fragte Ben, um das Gespräch zu

eröffnen. "Ja, aber eher zufällig." Björn erzählte von dem Reiseführer, in dem das Wetter beschrieben wurde, der Enttäuschung die er erlebte, als er ankam, dem Kutter und seinem spontanen Entschluss, die Urlaubsplanung zu ändern und hier zu bleiben. "Und Ihr, seid ihr oft hier?" "Nein, das erste Mal." "Wir üben ein wenig das Wracktauchen", fuhr Klaus fort. "Ideale Gegend dafür. Leider ist die Hälfte der Zeit um. In zwei Wochen müssen wir nach Hause zurück." Björn nickte nachdenklich. "Wo kann man in Deutschland tauchen? Ich dachte, dort gibt`s nur trübe Seen und strömende Flüsse." "Da sind einige Möglichkeiten", entgegnete Klaus. "In der Ostsee ist viel zu sehen. Leider benötigt man für jeden Tauchgang ein Boot - die Uferbereiche sind einfach zu flach. Der Bodensee, der Walchensee und andere Gebirgsseen haben gute Sichtweiten, Fische und Bewuchs, aber sie sind tief und leider sehr weit weg. Die ostdeutschen Seen und die mitteldeutschen Talsperren sind nicht so prall, jedoch relativ schnell zu erreichen. "Und die norddeutschen Seen", fiel ihm Ben ins Wort. "Da sind viele kleine mit schlechter Sicht und wenig Bewuchs sowie die beiden großen. Der Banter See in Wilhelmshaven und der Kreidesee in Hemmoor. Beide sind künstlich. Der Banter See ist ein alter Hafen mit einer Docksenkgrube bis zwanzig Meter Tiefe. Er wurde vor längerer Zeit durch den Groden-Damm abgetrennt und bildet heute den See. Der Kreidesee ist eine vollgelaufene Grube mit sehr klarem Wasser." "Sind noch ´ne Menge Dinge drin", ergänzte Klaus.

Sie saßen noch eine ganze Weile beieinander, tranken Wein, redeten über das Wetter, Tauchen, den Urlaub und vor allem vom Kreidesee. Ben und Klaus schwärmten bei jeder Gelegenheit von dem klaren Wasser, den Tauchobjekten und allem anderen. "Ich muss mich ausruhen. Um neun Uhr treffe ich mich mit Jacques und da möchte ich fit sein - wir können uns ja morgen Abend wieder treffen", sagte Björn, während er aufstand und auf die Tür zusteuerte. "Bis morgen", riefen ihm beide nach.

Es war ein anstrengender Tag gewesen und Björn schlief schnell ein. Fast hätte er verschlafen und erreichte mit Mühe um kurz nach neun Uhr die Tauchschule. "Hi", rief er Jacques schon von Weitem zu. "Hi, ich dachte, du kommst nicht mehr. - Wollen wir gleich anfangen?"

Björn folgte Jacques in einen kleinen Raum, der eher einer Gerümpelkammer glich als einem Schulungsraum. Jacques räumte einen Tisch ab und legte nacheinander die einzelnen Teile einer

Taucherausrüstung auf den Tisch. Björn war etwas enttäuscht. Er hatte erwartet, gleich ins Wasser zu dürfen und musste am Abend feststellen, dass er dem Wasser noch nicht einmal nahe gekommen war.
Björn lernte zuerst alles Wichtige theoretisch und im Trockenen. Er lernte, Atemregler anzuschrauben, die Ausrüstung anzulegen, das Füllen einer Pressluftflasche und den Umgang mit sonstigen Ausrüstungsgegenständen. Mittags kaufte er sich ein Baguette und trank Volvic. So verlor er nur wenig Zeit und konnte schon eine Stunde später wieder den Ausführungen von Jacques folgen. Am Nachmittag standen Tauchmedizin und Physik auf dem Programm. Besonderen Wert legte Jacques auf die Themen Dekompressionsunfälle, Barotraumen, Notfall-Maßnahmen und Tauchgangs-Profile. "Bei den Dekompressionsunfällen oder kurz Deko-Unfällen kommt es zur Blasenbildung im Körper eines Tauchers, wenn er zu schnell austaucht. Das führt immer zu Schädigungen. In den schwersten Fällen zum Tod, oft zu Lähmungen und fast immer zu Spätschäden, die zum Teil erst Jahre später Auswirkungen haben", erklärte Jacques seinem aufmerksamen Schüler. Vier Tage dauerte die theoretische Ausbildung bereits, in denen Björn immer wieder erstaunt feststellen musste, wie vielfältig die Tauchtheorie sein konnte. Abends traf er sich mit Ben und Klaus in der kleinen Bar.
Es war schon fast zwanzig Uhr, als Björn entlassen wurde. "Bis Morgen", rief Jacques ihm nach.
Bis kurz nach neun hatte Björn sich ausgeruht und schlenderte dann die Straße entlang zur Bar in der Ben und Klaus warteten. "Hallo Björn", rief Ben ihm zu, als er durch die Tür in den verqualmten Raum trat, "wir dachten schon, Du kommst nicht mehr." Uwe fehlte an diesem Abend am Tisch. Er musste noch arbeiten. Klaus strahlte Björn an, "schau mal was ich mitgebracht habe - von unserem Verein." Er gab Björn das *DIVE MAGAZIN 03*. "Hier ist es zu dunkel und vor allem zu laut um zu lesen, - kann ich es nachher mitnehmen?" "Natürlich, ich habe noch ein Exemplar, du kannst das Magazin behalten." Sie redeten noch bis halb zwölf über den Tag und darüber, was der nächste wohl bringen würde bis sie sich zum Schlafen zurückzogen.
Obwohl Björn die Fenster weit geöffnet hatte, war es warm, viel zu warm. Er wälzte sich von einer Seite auf die andere. Es war bereits weit nach Mitternacht, als er den Versuch einzuschlafen aufgab und nach dem *DIVE MAGAZIN 03* suchte.

Es lag mit der Rückseite nach oben auf dem kleinen runden Tisch. Die großflächig dargestellte Tiefenkarte des Sees, in der verschiedene Tauchobjekte eingezeichnet waren, fiel sofort ins Auge. Fast eine halbe Stunde lang beschäftigte sich Björn mit der Karte. Er malte sich aus, wie es sei durch den Rüttler zu tauchen, die Betonbomben zu sehen, Autos, Wohnwagen und andere Tauchobjekte zu finden oder einfach nur über die Steilhänge in die Tiefe zu gleiten. Das Heft schien interessant zu sein, das *DIVE MAGAZIN 03*, und Björn begann zu lesen. Über den Inhalt war er maßlos enttäuscht. Eine halbe Seite Text über den See und vier Seiten Klatsch und Tratsch aus dem Verein. Da es nur langsam kühler wurde, die Temperaturen jedoch noch Werte hatten, bei denen ans Schlafen nicht zu denken war, las Björn weiter. Er las von dem Wein, der zur Firmengründung führte, dem Aufschwung und Niedergang der Firma. "Was hatten diese Seiten mit dem Tauchen zu tun", waren seine letzten Überlegungen bevor das Magazin seinen Händen entglitt und er um acht Uhr vom schrillen Ton seines Weckers in einer Tiefschlaf-Phase unterbrochen wurde.

Während der nächsten Tage verbrachte Björn die meiste Zeit im - oder genauer gesagt unter Wasser. Er lernte richtig abzutauchen, zu tarieren, aufzutauchen und übte das Verhalten in Notfällen. Die Zeiten zwischen den Tauchgängen nutzte er, um in ABC-Ausrüstung zu trainieren. Zur ABC-Ausrüstung gehören Maske, Flossen, Schnorchel und in kalten Gewässern ein Tauchanzug. Es war bereits der fünfte Tag der Tauchpraxis, als Jacques ihn Mittags bat mit ihm essen zu gehen. "Du hast bereits mehr gelernt als du bei vielen andern Tauchschulen in vergleichbarer Zeit lernen würdest", begann er. "Du bist sehr geschickt, aber noch lange nicht fertig. Sicherlich kannst du zusammen mit erfahrenen Partnern unfallfrei Tauchen, dir fehlt jedoch die Übung. Es gibt nichts wichtigeres als Übung, Übung und nochmals Übung." "Was ist eigentlich los, Jacques? Du klingst heute so anders als sonst, - so endgültig", fiel ihm Björn ins Wort. "Die Tauchpraxis mus Dir jemand anders zeigen." "Fehlt Dir was, bist Du krank?" "Nein- nicht mir, meinem Vater. Ich muss zurück nach Grenoble und ihm helfen - es tut mir leid um deinen Urlaub." "Das ist schlimm, wann fährst du?" "Morgen - sehr früh." Sie unterhielten sich noch eine Stunde, bis Jacques aufstand und sich der Tür zuwandte: "Mach´s gut,- und schönen Urlaub noch. Vielleicht treffen wir uns in einem anderen Urlaub wieder, zum Tauchen!" "Mach´s besser, und grüß deinen Vater von mir!"

Am Nachmittag schloss Björn sich spontan einer Expedition zu den *Seegurkenfeldern* an. "Hallo - ihr kommt auch mit?" rief Björn überrascht als er Klaus und Ben beim Einladen der Ausrüstung bemerkte. "Wir können ja nicht nur in Wracks tauchen, man muss ja auch mal was für die Kultur tun," scherzte Klaus. Sie unterhielten sich während der vierzig minütigen Fahrt über das Tauchen, Jacques und den nachfolgenden Tauchgang.

Ein merkwürdiger Tauchplatz, dachte Björn, als sie von der gut ausgebauten Straße nach links abbogen und der Bulli holpernd durch den Wald fuhr. Er konnte nicht feststellen, ob sie sich noch auf einem Weg befanden oder direkt über den holperigen Waldboden fuhren, um bei der nächsten Kurve unweigerlich ins Meer zu stürzen. Der Parkplatz, an dem der Fahrer den Bulli hielt, lag nahe am Wasser im Schatten hoher Bäume. "Ob da drüben Autoschieber tätig sind", fragte Ben als er beim Anlegen der Ausrüstung das kleine, halb verfallene Haus bemerkte. Die anderen sahen hinüber und wunderten sich nicht nur über die einsame Lage sondern auch über die vielen Autos, die in allen möglichen und unmöglichen Zustandsformen darauf warteten, ausgeschlachtet und zu einigen wenigen, fahrtüchtigen Exemplaren montiert zu werden.

Nachdem die drei Männer ihre Ausrüstung angelegt und sorgfältig kontrolliert hatten, gingen sie zum Wasser hinunter. "Hier sollen wir tauchen?" war Björns erster Kommentar, als er die hohen Wellen sah, die auf das Ufer schlugen. "Jetzt sind wir hier - los, lass uns reingehen", entgegnete Klaus und versuchte, rückwärts ins Wasser zu gelangen. Die anderen folgten ihm mit gemischten Gefühlen. Es war nicht einfach, so dass sie immer wieder von den brechenden Wellen umgerissen wurden und schon vor dem Tauchen bedauerten, hier hergekommen zu sein. Unter Wasser wurde es kaum besser. Auch wenn die Sichtweite sehr gut war, worüber sich die drei wegen des Seegangs wunderten, war das Tauchen fast unmöglich. Sie konnten sich bei einem Seegang mit bis zu zwei Meter hohen Wellen kaum auf die Seegurken konzentrieren, da die Wassertiefe im Mittel kaum mehr als vier Meter betrug. Die Wellen wirkten in dieser geringen Tiefe bis zum Grund. Die drei waren Spielbälle der Naturgewalten, welche die Taucher gnadenlos an die Oberfläche rissen um sie kurz darauf unter Wasser gegen einen

der vielen Felsen zu drücken. Der Tauchgang dauerte erst zwanzig Minuten, als sich die drei per Handzeichen einigten, den Tauchgang zu beenden.
Nach dem beschwerlichen Rückweg durch die tosende Brandung erreichten sie den Bulli und ließen sich erschöpft auf den Waldboden fallen, der federnd unter ihrem Gewicht nachgab. "Keine Gurken, aber blaue Flecken", brach Klaus die Stille. "Gurken gehören ins Glas und nicht auf die Karte für Tauchgänge", sinnierte Ben weiter.
Nachdem sie noch eine Weile auf dem Boden gelegen hatten, standen sie auf und begannen, ihre Ausrüstung fachgerecht im Bulli zu verladen. "Wo taucht ihr Morgen?" fragte Björn, der sich nach neuen Tauchpartnern umsehen musste und hoffte, mit den beiden weitertauchen zu können. "An der *LE DONATOR*, aber da kannst Du nicht mit - zu tief", murmelte Ben vor sich hin. "Ich war am vierten Praxistag auf dreiundvierzig Meter und am fünften sogar auf sechsundvierzig Meter" entgegnete Björn nicht ohne Stolz. "Verrückt, so tief sollte man erst nach vielen Tauchgängen und einer langen Praxis gehen, - verrückt."
Sie fuhren zurück zur Basis und verabredeten sich um zwanzig Uhr in der Bar.
"Was ist eigentlich die *LE DONATOR*", fragte Björn die beiden nachdem sie sich in der Bar ausgiebig über den letzten vergurkten Tauchgang unterhalten hatten. "Auch wenn Du sie jetzt noch nicht sehen wirst" begann Ben "ist sie ein Wrack. Sie steht aufrecht und frei in fünfzig Meter Tiefe auf flachem Sand." "Das Deck ist nur vierzig Meter tief", ergänzte Klaus, der bisher nur wenig zu sagen hatte. "Sie lief 1945 auf eine Mine und ist relativ gut erhalten." Nach dem Stichwort *LE DONATOR* sprachen die drei während des ganzen Abends nur noch über das Wracktauchen und die Gefahren, irgendwo hängen zu bleiben, sich zu verirren oder von der Strömung abgetrieben zu werden. Es war fast schon Mitternacht als Ben und Klaus bezahlten. "Bis morgen Abend, da machen wir noch richtig einen drauf." "Gibt´s was zu feiern", wollte Björn wissen. "Die *DONATOR* soll unser Abschiedstauchgang werden, wir fahren übermorgen zurück." Björn fühlte sich als wäre er vom Blitz getroffen worden. Er hatte gehofft, noch oft mit den beiden tauchen zu können, bevor sie zurück fahren würden. Er hatte noch etwas mehr als zwei Wochen Zeit und kannte sonst niemanden. Die meisten Tauchurlauber bildeten Zweier- oder

Dreiergruppen, die unter sich blieben und keinen gesteigerten Wert darauf legten, mit Fremden zu tauchen.

Am nächsten Morgen hatte Björn bereits die Sachen im Bulli verstaut und saß auf der hinteren Bank, als Ben und Klaus begannen, ihre Ausrüstung zu verladen. "Was soll das werden, bist Du verrückt?", wunderte sich Ben als er auf den Rücksitz sah. "Es war nicht leicht, den Basisleiter zu überzeugen aber wie ihr seht." "Du musst wissen was du tust, aber sag bloss keinem, dass wir uns kennen."

Es war ein sonniger Tag, an dem die drei zusammen mit sechzehn weiteren Tauchern in See stachen, um an der *LE DONATOR* zu tauchen. Es war ein kleiner Kutter, der an der Mole vor sich hinschaukelte, um die Gruppe später rauszufahren. Die prüften noch mal gründlich ihre Ausrüstung, bevor sie auf dem Vorderdeck fest verzurrt wurde. Es war eine ruhige Fahrt, zumindest bis der Kutter den Schutz des Landes verließ und den stetig größer werdenden Wellen ungeschützt ausgesetzt war. Drei Stunden dauerte die schaukelige Fahrt, auf der eine junge Taucherin und zwei bärig wirkende Taucher seekrank wurden und nicht von der Reeling wegkamen. Für die drei war der Tag gelaufen. Sie wussten nach dem ersten Erbrechen, dass sie nicht ins Wasser springen würden, sondern auf dem schaukelnden Kutter warten müssten bis die andern ihren Tauchgang beenden würden, um danach unverrichteter Dinge zurückzufahren. Es war bereits Mittag, als der Kapitän rief: "Da vorn ist es, beim Schlauchboot!" Es war ein großes *ZODIAK*, das über der *LE DONATOR* zu ankern schien als es von dem Kutter umrundet wurde. Der Kapitän umrundete es wie ein Raubfisch, der jeden Moment zuschlagen könnte, um dem kleinen Boot den Garaus zu machen. "Das ist unser Wrack", grölte der Käpt´n zum Bootsführer des Schlauchbootes hinüber. "Ich hab Taucher unten auf drei Meter, die machen gerade DEKO", kam die Antwort vom Schlauchboot. "Sie zu, dass ihr wegkommt" lautete die letzte Warnung des Kapitäns, bevor er den Kurs änderte und das Schlauchboot rammte. Eine hundertachzig-Grad-Wende später beschleunigte der Kutter erneut, um mit direktem Kurs in Richtung des Schlauchbootes zu fahren. Als der Käpt´n die Bemühungen auf dem Schlauchboot sah, den Anker einzuholen, drehte er ab und wartete, bis das kleine Boot eine Viertelmeile Abstand gewonnen hatte, um in sicherem Abstand auf die Taucher zu warten. Der Kutter beschleunigte erneut und warf den Anker mitten in die Blasen, die aus den Atemreglern der aufsteigenden Taucher perlten. Wie durch ein Wunder wurde niemand durch den mit großer Wucht herabfallenden Anker verletzt. Die inzwischen an der Oberfläche angelangten Taucher verwendeten Schimpfworte, die keiner aus der Gruppe zuvor gehört hatte und drohten mit Fäusten in Richtung Kutter.

Es war für Björn nicht einfach, sich auf dem stark schlingernden Deck auszurüsten. Als er sich kurz umsah, stellte er fest, dass es den anderen Tauchern nicht besser erging als ihm selbst. Immer wieder stürzte jemand hin und versuchte sich laut fluchend so schnell wie möglich aufzurichten, um den Rest der Ausrüstung anzulegen. Die Bootsbesatzung stand teilnahmslos daneben und amüsierte sich vorzüglich. Sie wurden schließlich nicht dafür bezahlt um für die, in ihren Augen verrückten Taucher, das Kindermädchen zu spielen. Sie unternahmen nicht den geringsten Versuch, auch nur einen Taucher oder Taucherin vor den schmerzhaften Stürzen zu schützen oder ihnen anschließend wieder auf die Beine zu helfen.

Nach dem obligatorischen Ausrüstungscheck sprang ein Taucher nach dem anderen in die über zwei Meter hohen Wellen. Vor dem Sprung hatten sie vereinbart, in sechs Metern Tiefe zu warten, bis alle Taucher die Marke erreicht hätten, bevor sie nach dem Geben des O.K. Zeichens weiter abtauchen wollten. Üblicherweise, so hatte Björn gelernt, wurde an der Oberfläche gewartet. Da die Taucher an der Oberfläche mit Sicherheit von den Wellen gegen den Kutter geschleudert worden wären, einigten sie sich auf die sechs Meter Marke.

Es war Björns erster Tauchgang von einem Kutter aus. Er war es gewohnt, vom Ufer aus rückwärts ins Wasser zu gehen oder sich sanft vom Schlauchboot in die Fluten gleiten zu lassen, aber vom Kutter. Er stand an der Reeling und zögerte. War es die richtige Entscheidung, hier zu sein oder sollte er schon beim Sprung ins Wasser verunglücken. Viele nicht sonderlich ermutigende Gedanken schossen ihm durch den Kopf, als er sich mit einem heftigen Ruck vom Boot abstieß. Er hätte sich mehr auf die Wellen konzentrieren sollen, als er absprang. Während die geübten Taucher in einen heran rollenden Wellenberg sprangen, danach so schnell wie möglich abtauchten, um dann in sechs Metern Tiefe zu warten, ob alle Taucher ankamen, erwischte Björn ein Wellental. Er hatte das

Gefühl, unendlich lange, unendlich tief zu fallen, um dann in einer Explosion zu zerreißen, als er nach dem vier Meter Sturz auf die Wasseroberfläche aufschlug. Lebte er noch, trieb er an der Oberfläche oder befand er sich bereits unter Wasser? Er hatte sich noch nicht erholt und war in großem Maße desorientiert als er das Boot auf sich zukommen sah. Es war nicht das Boot, sondern vielmehr eine Welle, die ihn mit der ganzen Kraft der See gegen die Bordwand schleuderte. Es gelang ihm gerade noch, die Beine nach vorne zu stemmen, um den Stoß abzufangen und dann im Moment des Aufpralls die Reißleine am Jackett zu ziehen. Pfeifend und gurgelnd entleerte sich sein Jackett und er sackte schnell in die Tiefe, wobei er durch die Schmerzen in den Ohren an den vergessenen Druckausgleich erinnert wurde. Er drückte mit Daumen und Zeigefinger gegen den Nasenerker und presste die Luft gegen die verschlossenen Nase, bis es in den Ohren knackte als der Druckausgleich hergestellt war. Anschließend sah er sich um und fand kurze Zeit später die anderen Taucher, die bereits auf ihn warteten als er, immer noch benommen, den Treffpunkt erreichte und das O.K.-Zeichen gab. Sie hatten vereinbart, dass Ben und Klaus zusammen mit Björn ein Tauchteam bildeten. Die drei ließen sich gemeinsam in die Tiefe gleiten und merkten schnell, dass das Wasser hier unten ruhig war. Sollte es nach dem stürmischen Einstieg doch ein gemütlicher Tauchgang werden?
Da lag sie, die *LE DONATOR*. Als die drei die zwölf Meter Marke passierten, war Björn wieder ruhig. Er konzentrierte sich auf die Umgebung und nicht mehr so sehr auf seine Ausrüstung. Alles gelogen dachte er, als die *LE DONATOR*, stolz den Meeresgrund überragend, allen Widrigkeiten der Meere trotzend auftauchte. Er hatte den Eindruck, als schien sie auf zwanzig bis dreißig Meter Tiefe zu liegen so dass er sich erschreckte, als er später am Heck den Tiefenmesser ablas, und die Nadel eine Tauchtiefe von fünfzig Meter anzeigte.
Der Anker hatte so genau getroffen, dass nicht wenige Taucher der Gruppe bestürzt waren, als sie sahen, wie er auf den Aufbauten lag, welche er mit ungeheurer Wucht getroffen haben musste. So wurde sie also zerstört, die einst so stolze *LE DONATOR*.
Die drei glitten über den Aufbauten entlang, um dann über den sandigen Grund das Wrack zu umrunden. Während des Tauchgangs herrschte nur eine schwache Strömung, die an anderen Tagen oft sehr viel stärker war. Nur so ließen sich die

Unterschiede auf beiden Seiten des Wracks erklären. Während sich auf der einen Seite kaum ein Fisch befand, pulsierte auf der andern Seite das Leben. Die verschiedensten Fischarten hatten hier ihre Heimat gefunden und schwammen hektisch an den Tauchern vorbei um zu fressen oder gefressen zu werden. Es blieb nur wenig Zeit, um die Fische in dieser Tiefe zu beobachten. Die drei stiegen schon nach wenigen Minuten bis zu den Aufbauten auf um kurz danach vom Wrack verschluckt zu werden. Obwohl Björn das erste Mal unter Wasser in geschlossenen Räumen verbrachte, fühlte er sich gut. Er genoss den bizarren Anblick der von Sand und anderen Sedimenten überzogenen Inneneinrichtung. Er war von den Lichtstrahlen, die durch die Öffnungen in das Innere des Wracks fluteten um über die Sedimente zu tanzen so fasziniert, dass er vergaß, auf sein Finimeter zu achten. Ein Finimeter zeigt dem Taucher, welcher Druck in seiner Pressluftflasche vorhanden ist. Er zuckte zusammen, als Klaus ihn unvermittelt anstieß, damit sie gemeinsam den Rückweg antreten konnten. Es waren nur noch achzig bar in der Flasche, als Björn beim Verlassen des Wracks auf sein Finimeter sah. Dieser Druck beunruhigte ihn, als er an die Dekostops auf sechs Meter und drei Meter dachte. Nachdem er Klaus und Ben sein Finimeter vor die Nase gehalten hatte begannen sie sofort und vor allem ohne Umwege, mit dem Aufstieg bis zur sechs Meter Marke. Dort verbrachten sie einige Minuten um in drei Meter Tiefe fünfzehn Minuten auszuharren. Beim letzten Stopp sahen sie auch die andern Taucher, die aus dem Wrack kommend langsam mit dem Aufstieg begannen. Sie ließen sich viel Zeit, da sie im Gegensatz zu Björn nicht mit Doppel-10ern sondern Doppel-12ern und zum Teil sogar mit Doppel-20ern unterwegs waren. Björn hatte nur noch fünfzehn bar als seine Dekozeit beendet war und die drei gefahrlos auftauchen konnten. Sie waren noch fünf Meter vom Boot entfernt, als die Besatzungsmitglieder eine Taucherleiter ausbrachten, um ihnen den Einstieg ins Boot zu ermöglichen.
Während der Fahrt hatte Björn gerätselt wie sie nach dem Tauchen zurück ins Boot kommen sollten. Eine Badeplattform oder ein Schwimmsteg waren nicht zu sehen. Die Leiter, die ins Wasser ragte, beantwortete seine Frage nicht im geringsten. Wie sollte ein Taucher mit seiner vierzig Kilo schweren Ausrüstung über eine solche Hühnerleiter ins Boot gelangen? Die Leiter bestand aus einem verzinktem Rohr, auf das im Abstand von fünfundzwanzig Zentimetern Querstangen geschweißt waren. Die Stange war mit

einem Klappgelenk an der Reling befestigt und ragte im steilen Winkel ins Wasser, zumindest manchmal. Die Wellen waren während des Tauchgangs auf drei Meter angewachsen und bewirkten, dass die für diesen Seegang viel zu kurze Leiter in den Wellentälern über dem Wasser schwebte um dann in den nächsten Wellenberg einzutauchen. Der Versuch, über die Leiter in den Kutter zu gelangen, wäre Wahnsinn, aber wie sonst sollten die Taucher das Deck erreichen. Die weiter anwachsende See ließ den Dreien kaum Zeit, lange über ihre Situation nachzudenken. Björn war der erste, der todesmutig auf die Leiter zuschwamm und kurz vor der wild durch das Wasser tanzenden Leiter stoppte. Er beobachtete vier Wellenberge lang, wie und vor allem wo genau sie in das Wasser schlug. Die Leiter schien genau auf Björn zuzustoßen um ihn mit dem ganzen Gewicht des Kutters unter Wasser zu drücken als er sich weiter näherte. Ben und Klaus hielten den Atem an und beobachteten voller Sorge das Geschehen. Sie machten sich bereit, sofort zur Hilfe zu eilen, falls Björn schwer verletzt unter Wasser gedrückt werden sollte. Nur dreißig Zentimeter vor Björns Kopf fuhr die Leiter mit hoher Geschwindigkeit in den Wellenberg, der ihn sofort erfasste und wie eine Feder im Wind, auf die Leiter zuschnellen ließ. Ohne zu überlegen griff er sich das Mittelrohr über der vierten Querstange und wurde zusammen mit dem Leiterende unter Wasser gedrückt. Er klammerte sich noch immer fest, als ein zweiter und dritter Wellenberg über ihm zusammenschlugen, um ihn von der Leiter zu reißen. Nur mit Mühe konnte er sich halten, um dann vorsichtig die Leiter empor zu klettern bis er das obere Gelenk erreichte. Ungesichert bewegte sich die Leiter über das Drehgelenk auf und ab. Die Bewegung der Leiter im Gelenk katapultierte Björn beim nächsten Wellenberg, über das Deck gegen das hölzerne Steuerhaus. Bevor er mit dem Gesicht flach gegen die Wand stürzte, riss er die Arme nach von um sich abzustützen. Wie schon beim Einstieg stand die Besatzung belustigt neben der Leiter, ohne zu helfen. Geschafft. Sicher saß er auf dem Deck und beobachtete Ben und Klaus, die sich langsam der Leiter näherten. Während Klaus mühevoll versuchte, die Leiter zu erklimmen, verstaute Björn seine Ausrüstung um zu helfen wenn ein Taucher an Deck kam. Nur zu gut konnte er sich ausmalen, was geschehen wäre, wenn er nicht so schnell reagiert und die Arme nach vorn gerissen hätte, um den Sturz zu verhindern. Er war erleichtert als er sah, dass seine beiden Partner unter großen

Mühen aber unverletzt an Deck standen und begannen, ihre Ausrüstung abzulegen. Eine junge Frau, sie musste bereits an der Leiter gewesen sein, als Ben das Deck betrat, versuchte in dem Moment das Deck zu betreten als sich Björn zur Leiter umsah. Er nahm die große Welle nur aus dem Augenwinkel wahr, die mit enormer Kraft auf den Kutter wirkte und die Leiter mit einem großen Ruck anhob. Er sah das erste Mal einen Menschen mit kompletter Taucherausrüstung nahezu waagerecht durch die Luft fliegen. Der kurze Flug endete mit einem lauten Knall, der durch das Gesicht der jungen Frau hervorgerufen wurde als sie ungebremst gegen das Steuerhaus schlug. Sie hatte ihre Maske, die sich sofort mit Blut füllte, während der Kletterpartie aufbehalten. Ben schleuderte seine letzten Ausrüstungsgegenstände über das Deck und sprang auf die Frau zu. Sie war noch bei vollem Bewusstsein und begann leise zu wimmern. Das Nasenbein war gebrochen. Die Halswirbel waren, wie sich später herausstellte, unverletzt. Ob es an der jungen Frau oder dem Blut lag, das die Mannschaft dazu bewegte bei den andern Tauchern Hilfestellung zu leisten, war nicht zu ergründen. Durch diese Hilfe blieb es bei dem einzigen schweren Vorfall während dieser Ausfahrt - von einigen blauen Flecken durch die Querstreben der Leiter abgesehen.

Der Rückweg dauerte aufgrund der immer höher werdenden Wellen eine halbe Stunde länger als der Hinweg und fast alle Taucher waren am späten Nachmittag froh, unverletzt festen Boden unter den Füßen zu haben. Auf die junge Taucherin wartete bereits ein über Funk benachrichtigter Krankenwagen, der sie auf schnellsten Weg zu einer kleinen Klinik brachte, aus der sie schon einige Tage später entlassen werden sollte, um zurück zu Ihrem Heimatort in Süd- Italien zu reisen.

Es war kurz nach zweiundzwanzig Uhr als sich Björn, Ben und Klaus in der kleinen Bar trafen, um Abschied zu nehmen. Sie bestellten Wein. Roten, halbtrockenen, fruchtig schmeckenden Wein, tranken und redeten. Bis Mitternacht unterhielten sie sich über die vergangenen Tage, über den Tauchgang im berühmten Seegurkenfeld, die *LE DONATOR* und im Besonderen über die damit verbundene Ausfahrt mit dem kleinen Kutter. Später philosophierten sie über die Gegend in der sie gelandet waren, die nächsten Tage und den Wein.

"Was macht ihr, wenn ihr zu Hause seid?" "Arbeiten, arbeiten, arbeiten und dazwischen zurück in den Tümpel", antwortete Klaus. Er war technischer Zeichner und arbeitete zu Hause am Computer. Während er an einem Auftrag arbeitete, hatte er Ben kennengelernt, der als technischer Redakteur ebenfalls selbständig arbeitete. Beide waren alleinstehend und verbrachten fast ihre ganze Freizeit zusammen unter Wasser. Björn sah die beiden gedankenverloren an. "Kann man bei euch am Tümpel campen?" "Warum?" "Hier kenne ich niemanden, mit wem soll ich tauchen? Zuerst wollte ich ja surfen lernen, aber dazu habe ich jetzt keine besondere Lust mehr und bei euch, im umschwärmten Kreidesee, - würdet ihr ab und zu mit mir tauchen?" Ben und Klaus gefiel die Idee gut. So hatten die beiden nach hunderten gleich oder ähnlich verlaufenden Tauchgängen im Hausgewässer endlich die Möglichkeit, etwas Sinnvolles unter Wasser zu tun. Sie konnten Björn alle Winkel des Sees zeigen und hatten selber wieder einen Grund ins Wasser zu springen. "Gut", erwiderten beide wie bei einer Chorprobe. "Wann kommst Du an?" "Ich werde mich Morgen abmelden und übermorgen bei euch eintrudeln. Könnt ihr mich vom Bahnhof abholen?" "Das geht klar, Du musst mich nur rechtzeitig anrufen. Ich denke, dass ich meinen Urlaub noch um ein paar Tage verlängern kann", teilte Klaus Björn mit. Sie saßen noch eine ganze Weile zusammen bevor sie sich verabschiedeten, um sich zwei Tage später in Deutschland, genauer in Norddeutschland, zu treffen.

Ich hätte fliegen sollen, dachte Björn, als er nach stundenlanger Bahnfahrt immer noch der Ansicht war, kaum vorangekommen zu sein. Es kam ihm zu Gute, dass er sein Gepäck aufgegeben hatte und nicht bei jedem Umsteigen mit dem schweren Koffer die Treppen hoch und runter hetzen musste, um die Anschlusszüge zu erreichen. Unterwegs kaufte er sich verschiedene Tauchmagazine und überbrückte einen Großteil der langweiligen Zugfahrt mit dem Lesen von Tauchplatzbeschreibungen und Testberichten. Er war froh darüber, in der Schule freiwillig die Fremdsprache Deutsch gewählt zu haben und so den Berichten mühelos folgen zu können. Es war die Zeitschrift *tauchen*, die von einem See berichtete, der zum norddeutschen Eldorado für Taucher wurde. Fasziniert las er den Bericht zweimal, bevor er die Zeitschrift zur Seite legte, um nach dem *DIVE MAGAZIN 03* zu suchen, welches er im

Handgepäck mitführte. Wie schon in Südfrankreich betrachtete er lange die Seekarte und grübelte. Leider war die alte Firma nicht eingezeichnet. Wie nahe stand sie am See, lagen noch kleine oder größere Bereiche unter Wasser, war es dort möglich, in Wracks oder Höhlen zu tauchen? Diese und viele andere Fragen beschäftigten ihn, als er erneut den Text vom Aufstieg und Fall der Firma las. Er war bereits kurz vor dem Hamburger Hauptbahnhof, als ihm die Passage mit dem Weinkeller in die Augen fiel. Während der halben Stunde bis *Hamburg* dachte er nur noch daran, wie spannend es wäre, den Wein zu finden. Es war mehr der Gedanke, nach versunkenen Schätzen zu tauchen, den viele Jungen in Ihrer Kindheit haben, als der Wert der Flaschen, die ihn immer wieder zu der Überlegung führte: "Wo könnte der Keller liegen, wie kann ich ihn finden, kommen Ben und Klaus mit?"

Es war 17.46 Uhr, als der verspätete ICE den Hauptbahnhof in *Hamburg* erreichte. Sein Anschlusszug war vor mehr als einer halben Stunde abgefahren und Björn war froh, nach kurzer Suche den kleinen offenen Pavillon mit dem Hinweis *SERVICE POINT* zu finden. "Wann geht der nächste Zug nach *Hemmoor*", fragte Björn den Bahnmitarbeiter, der sich offensichtlich gestört fühlte. Er schien sie zu mögen, seine schwarzhaarige schlanke Kollegin mit der hinter dem Schalter flirtete. "Schauen Sie doch auf die Tafel", war die einzige, unfreundlich klingende Antwort, die er gab, bevor er sich erneut seiner Kollegin zuwandte. Die über der Brücke befindliche Tafel, auf die er vom Bahnmitarbeiter hingewiesen worden war, hatte Björn übersehen. Der Zug nach *Hemmoor* war bereits angeschlagen und sollte um 18.09 Uhr über Harburg, Neugraben ... und *Hemmoor* bis *Cuxhaven* fahren. Björn beschloss die kurze Zeit bis zur Abfahrt auf dem ungemütlichen Bahnsteig zu warten um noch ein wenig zu lesen.
Es war bereits 18.14 Uhr als die durch das Knacken sowie den Lärm anderer zeitgleich einfahrende Züge kaum zu verstehende Ansage über den Bahnsteig hallte in der mitgeteilt wurde, dass der Zug nach *Hemmoor* in Kürze bereitgestellt werde, um dann mit zehn-minütiger Verspätung abzufahren. Die Ansage wurde um 18.34 Uhr wiederholt und führte bei einigen Pendlern zu Wutausbrüchen, die in wilden Beschimpfungen des Bahnpersonals gipfelten. Um 18.56 Uhr fuhr dann endlich die rote, mit Graffiti besprühte, qualmende Diesellok lärmend in die Bahnhofshalle ein.

Björn hatte Glück, dass er in dem überfüllten Zug einen Sitzplatz bekam und sich nicht wie ein Teil der Fahrgäste in den überfüllten Gängen quetschen musste. Als der Zugbegleiter pfiff und der Zug langsam aus der Bahnhofshalle rollte nahm Björn sein Handy, um bei Klaus anzurufen. "Planmäßig sollte ich um 18.32 Uhr in *Hemmoor* sein, wir haben weit über eine Stunde Verspätung. Holst Du mich nachher ab?" "Ich bin am Bahnhof, bis dann." Es dauerte noch fast bis einundzwanzig Uhr ehe Björn *Hemmoor* erreichte. Immer wieder wurde der Zug von aufgebrachten Fahrgästen mit der Notbremse gestoppt, weil die Türen klemmten und die Reisenden keine Möglichkeit sahen, den Zug zu verlassen, ohne ihn zum Halt zu zwingen. Andere Reisende fuhren an Ihrem Bahnhof vorbei um am nächsten Halt ihr Glück zu versuchen und dann mit dem Gegenzug zurückzufahren. Nächstes Mal nehme ich den Flieger oder einen Leihwagen, dachte Björn, als die Türen wieder einmal klemmten.

-2-

Hemmoor

Einundzwanzig Uhr. Sagten Klaus und Ben nicht, dass *Hemmoor* eine Stadt sei, wunderte sich Björn als der Zug mit kreischenden Bremsen in einen Bahnhof einfuhr, der eher in ein kleines Örtchen gepasst hätte als zu einer Stadt. Glücklicherweise konnte er die Türen leicht öffnen und ohne die Notbremse betätigen zu müssen aussteigen. "Hallo ihr zwei!" "Hallo, hat der Zug 'nen Umweg gemacht", fragte Klaus mit einem freundlichen Augenzwinkern. "Wie war die Fahrt?" begrüßte ihn Ben. "Warum fragt ihr, kennt ihr eure Züge nicht?" "Bevor wir hier lange im Regen stehen, können wir zu mir fahren. Da kannst du dich erholen und heute Nacht schlafen. Morgen können wir immer noch ein Zimmer suchen" sagte Klaus. Ohne eine Antwort abzuwarten, drehte er sich um und ging zum Parkplatz. So gut scheint Klaus´ Geschäft nicht zu laufen, dachte Björn, als er seinen Koffer in einen alten weißen UNO zwängte, der einen wenig vertrauenswürdigen Eindruck machte. Sie fuhren vom Parkplatz durch die Bahnhofstrasse, um an der B73 nach links abzubiegen. "Wenn wir hier weiterfahren würden, kämen wir direkt zum See", erklärte Ben als Klaus den Blinker setzte und in eine kleine Straße einbog, die vorbei an einer Schule zum Neubaugebiet führte, in dem Klaus wohnte. Kurze Zeit später stoppte der UNO vor einem kleinen, unscheinbar wirkendem aus solidem Stein gemauerten, Haus. "Da wären wir, es ist nicht groß aber mein."
Klaus zeigte Björn die wichtigsten Räume, bevor sie sich zu Ben in das Wohnzimmer setzten. "Wenn Ben gegangen ist, kannst Du dich hier auf dem Sofa einrichten", sagte Klaus nachdem er drei Weingläser aus dem Schrank geholt und sie mit erstaunlich gut temperierten Rotwein gefüllt hatte.
Als hätten sie sich Jahre nicht gesehen, redeten sie bis tief in die Nacht.
Es war halb zwei als Björn leicht benebelt die dritte Flasche öffnete und Klaus feststellte: "Das war die letzte. Morgen muss ich unbedingt neuen Wein besorgen." Trotz seines Zustands dachte

Björn an die Zugfahrt, genauer an den letzten Abschnitt vor *Hamburg*. "Habt ihr schon mal alten Wein probiert?" Ben und Klaus sahen sich fragend an: "Hast Du welchen mitgebracht", fragte Ben interessiert. "Nicht direkt. Auf der Fahrt nach *Hemmoor* las ich in dem *DIVE MAGAZIN*, dass es früher am See einen großen Weinkeller gab. Ob da noch Flaschen zu holen sind?" "Von der Fabrik steht nichts mehr, keine Chance", konterte Klaus. "In dem Artikel stand, dass der Keller verschüttet wurde bevor die Fabrik in den See geschoben, der Uferbefestigung diente. Weiterhin konnte ich lesen, dass der Boden nicht ausgehoben sondern nur oberflächlich abgeschoben worden ist. Es ist nicht unmöglich." "Lass uns morgen darüber sprechen. Ich will nach Hause", sagte Ben, verabschiedete sich und sagte beim Verlassen des Wohnzimmers: "Ich arbeite übrigens erst Montag wieder - wenn nichts wichtiges dazwischen kommt." Genau wie ich, dachte Klaus und schloss wenig später die Haustür hinter seinem Gast.

Am nächsten Morgen kümmerte sich zunächst Klaus um Björn. Er zeigte ihm die kleine Stadt, die Schwebefähre nach *Osten*, das Zementmuseum und den See. Björn war erstaunt, als er von dem schmalen Sockel vor der B73 in den See sah. Es war ein sonniger, windstiller Tag und Björn konnte vom Land aus tief in das kristallklare Wasser sehen. Betonblöcke und ein wirres Knäuel, aus zum Teil scharfkantigen Moniereisen waren im gesamten Uferbereich zu finden. Ihn erstaunte nicht nur die gute Sicht, sondern auch die Landschaft unter Wasser. "Hier kann man tauchen? Wie schafft ihr es überhaupt, ins Wasser zu kommen, ohne euch hoffnungslos zu verheddern oder die Ausrüstung zu ruinieren?" "Es ist nur das kleine Stück vor der B73. In den anderen Bereichen des Sees sind gute und vor allem gefahrlose Einstiegstellen. Willst Du sie heute Nachmittag testen?" "Sehr gern", antwortete Björn, bevor sie zurück zum UNO gingen um sich im Supermarkt einige Pizzen und vor allem den Wein zu holen.

Während später die Pizzen im Ofen garten, folgte Björn Klaus in den Schuppen. Als Björn am Mittelmeer dachte, die dortige Basis sei rummelig, wusste er nichts von dem kleinen Schuppen in *Hemmoor*. Zwei alte Fahrräder standen mit platten Reifen in einer Ecke. Ein Griff, welcher unter den sandigen Planen zu erkennen war, ließ auf einen Rasenmäher schließen. Eimer, Schaufel, Werkzeug und Gegenstände von Taucherausrüstungen lagen bunt gemischt auf den Regalen, dem Tisch und Boden des Schuppens.

Klaus kramte eine ganze Weile in den verschiedenen Kisten, Kartons und Regalen bis er eine komplette Taucherausrüstung zusammen hatte. "Passt sie? Dann brauchst Du am See keine zu leihen." Sie passte.
Als die beiden den Schuppen verließen, bemerkte Björn einen alten VW-LT 28, der zum Wohnmobil ausgebaut, halb vom Schuppen verdeckt an der Grenze des Grundstücks stand. "Deiner?" fragte Björn und deutete in Richtung LT. "Ja, damit fahre ich oft zum Tauchen. Wenn Du willst, kannst Du darin schlafen. Es ist dort sicher bequemer als auf dem Sofa, und vor allem hast Du Deine Ruhe, wenn ich Montag wieder anfange zu arbeiten." "Super Idee." "Die Pizzen sind wahrscheinlich schon überfertig. Lass uns reingehen, da sind auch die Auto-Schlüssel".
Nach dem Essen kam Ben, den Klaus bereits angerufen und dabei mitgeteilt hatte, dass es schön wäre, noch am Vormittag im *Kreidesee* zu tauchen, vorbei. Zu dritt fuhren sie zum See. Diesmal passierten sie das Tor, um über eine schmale, geteerte Straße zu einem flachen weißen Gebäude zu gelangen. Die Anmeldung. Während Klaus und Ben Stammgäste waren und nur noch bezahlten, ihre Namen waren in der EDV gespeichert, musste Björn sich komplett einchecken. Er bekam als Neukunde ein Merkblatt mit der Seekarte und den Tauchregeln. Von Tauchregeln hatte er nie zuvor gehört. Wohl waren ihm Regeln bekannt, an die sich jeder Taucher halten sollte, wenn er wieder gesund an die Oberfläche zurückkehren wollte, aber Regeln die nur an einem bestimmten Ort galten... Gemäß der Regeln durfte kein Taucher allein ins Wasser gehen, es gab Tiefengrenzen, die Vorschrift mit zwei voneinander unabhängigen Atemsystemen zu tauchen und einige andere. Eigentlich sinnvoll dachte Björn, nachdem er das Merkblatt gelesen hatte und es sorgfältig faltete, um es in der Innentasche seiner Jacke verschwinden zu lassen.
Nachdem die drei ihre Eintrittskarten auf das Armaturenbrett ihres Autos gelegt hatten, fuhren sie zu einer abschüssigen Straße, die direkt in den See führte. "Die Flinsteinstraße und daneben der Hang", erläuterte Ben, als sie links auf eine Parkfläche fuhren. Sie rüsteten sich aus und betraten rückwärts, nur so konnte ein Taucher mit Flossen durch das Wasser gehen, den See. Als das Wasser hüfttief war, gaben sie das O.K. Zeichen, legten sich flach hin und begannen den Tauchgang. Klaus führte die Dreiergruppe an. Sie sahen zunächst alte Bäume, welche unter Wasser die rechte

Straßenseite säumten. Vereinzelt schwamm eine Forelle, ein Saibling oder einige Barsche durch die Bäume, um bei der Annäherung der Taucher hastig das Weite zu suchen. Nach dem passieren der acht Meter Tiefengrenze änderte Klaus den Kurs nach links. Nur wenige Flossenschläge später sahen sie eine schwarze Kante, die wie gemauert, die Oberkante eines Steilhang bildete. Steil nach unten führte der Weg, vorbei an bizarren Kreide- und Flintsteinformationen, an denen sich im Lauf der letzten Jahre eine dicke Sedimentschicht abgelagert hatte. Unten angelangt folgten sie einer Geröllhalde, in die der Sockel des Steilhangs auslief. Plötzlich stoppte Ben und hielt stolz eine kleine Versteinerung hoch, die eingebettet in der Kreide seit Jahrmillionen darauf gewartet hatte, heute gefunden zu werden. Bei der Versteinerung handelte es sich um die Nadel eines Seeigels, wie sie auch im Keller des *Hamburger* Geomatikum ausgestellt waren. Nach dem kurzen Halt tauchten sie weiter, bis ein stählerner Eierbecher aus den Schatten auftauchte. Es war eine der zwei Betonbomben, die auf zweiundvierzig Meter Tiefe im halbdunklen des Sees eine Attraktion für Taucher bildete. Bei diesem Tauchgang diente sie als Wendemarke, von der aus der Tauchgang zurück zum Steilhang führte. Erst beim Auftauchen konnte Björn große Fische sehen, die freischwebend über den Tauchern am Hang auf Beutesuche waren. Deutlich zeichneten sich die glatten stromlinienförmigen Körper gegen das Sonnenlicht ab. Auf dem Rückweg zum Einstieg hielten sie im Flachbereich noch an einem alten weißen Polo, der von einem Filmteam im See vergessen wurde und seit Drehschluss ein lohnendes Tauchobjekt darstellte.
Am nächsten Tag, einem Sonnabend, führten Klaus, Ben und Björn noch drei weitere Tauchgänge durch. Sie tauchten zu einem alten Wohnwagen, einem versunkenen Wald und dem unter Tauchern berühmten *Rüttler*. Wie schon am Freitag, trafen sie sich nach dem Tauchen bei Klaus, um noch gemütlich einen Wein zu trinken und über die Tauchgänge zu sprechen.
"Habt ihr schon über die Schatzsuche nachgedacht", fragte Björn, als der feurig rote Wein langsam sein Glas füllte. "Ach Du meinst den Weinkeller", entgegnete Klaus und fuhr fort. "Sicherlich interessant das Ganze, aber wo sollen wir anfangen zu suchen?" Björn stand wortlos auf, verließ den Raum, um dann einige Minuten später mit dem *DIVE MAGAZIN 03* zurückzukehren. Er schlug den Artikel über die historische Entwicklung des Sees auf und sagte:

"Der Autor hat doch Namen genannt. Wenn der Artikel frei erfunden wurde, werden wir es bald merken. Dann können wir die Suche sofort beenden. Wenn wir hingegen einige der genannten Personen finden und weitere Informationen erhalten, könnte es sich lohnen. Ich denke, die ganze Sache wird ein riesiger Spass."
"Dann lass uns anfangen", antwortete Klaus und holte ein weiteres Exemplar des Magazins aus einem niedrigem Regal, in dem sich diverse Zeitschriften stapelten. Sie notierten alle Namen, die sie finden konnten und verglichen diese mit den Einträgen des lokalen Telefonbuchs. "Seht ihr, wir haben Glück! Von den elf Namen sind fünf in Hemmoor und Umgebung zu finden. Auch wenn im Telefonbuch einige Namen mehrfach erscheinen, denke ich, dass wir eine gute Ausgangsbasis haben." Sie planten noch über eine Stunde die weitere Vorgehensweise, welche eigentlich nur den Sinn hatte, etwas Abwechslung in den eintönigen Alltag von Ben und Klaus zu bringen und Björn einen aufregenden Urlaub zu ermöglichen. Es war gar nicht so wichtig, etwas zu finden, sondern vielmehr die Suche danach.

Am nächsten Morgen begann eine Suche, die als kleines Abenteuer begann und mit dem Tod vieler Menschen enden sollte.

Die drei trafen sich um halb neun zum Frühstück bei Klaus. Um möglichst wenig Zeit zu verlieren, beschlossen sie getrennt vorzugehen. Mit den doppelten Telefonbucheinträgen kamen sie auf fünfzehn Adressen die überprüft werden mussten. Klaus nahm seinen klapprigen UNO, Ben den geleasten Opel Zafira und Björn durfte sich mit dem für schmale Straßen viel zu großen LT28 abkämpfen. Da er sich in Hemmoor nicht auskannte, bekam er einen Stadtplan und vier Adressen während die beiden andern die restlichen Adressen teilten um sie zu überprüfen. Um neun Uhr verließen sie Klaus´ Wohnung um mit der Suche zu beginnen "Wie im echten Krimi", rief Ben den beiden zu, als er den Zafira aufschloss.

Die erste Adresse war ein Flop. Klaus klingelte an der blau-weißen Haustür und wartete bis eine junge, freundlich wirkende Brünette in der Tür erschien, um neugierig zu fragen: "Was gibt's so früh am Sonntagmorgen?" "Ist Eduard Freckmann zu sprechen?" "Mein Mann holt Brötchen. Wenn Sie einen Moment warten wollen, oder kann ich ihm was ausrichten?" "Ich wollte ihn nach seiner Arbeit im Hemmoorer Zementwerk fragen." "Sie müssen Ihn verwechseln. Wir sind vor einem Jahr aus Kassel zugezogen und kennen kein Zementwerk in Hemmoor." "Enschuldigen Sie die Störung, schönen Sonntag noch", verabschiedcte sich Klaus und fuhr zur nächsten Adresse.

Es war bereits dreizehn Uhr als Björn den Schnellimbiss erreichte, aus dem ihn die beiden anderen erwartungsvoll entgegensahen. "Hi, habt ihr Glück gehabt", fragte er, nachdem er seine Bestellung aufgegeben und sich hingesetzt hatte. Ben begann zu berichten: "Die ersten drei Adressen gehörten jungen Leuten, die niemals im Zementwerk gearbeitet hatten. Die letzten zwei waren nicht zu Hause, aber die Nachbarn sagten mir, dass auch sie nichts mit dem Werk zu tun hatten. Hanno Bicher, mein vierter Anlaufpunkt, hatte gerade Besuch. Er war bestimmt schon siebzig und sehr freundlich. Er würde sich freuen, wenn ich heute Nachmittag wiederkäme. Dann hätte er Zeit." Klaus konnte überhaupt keine Erfolge verbuchen und Björn hatte nur zwei Adressen aufsuchen können da er sich trotz Karte verfahren hatte. "Soll ich nach dem Essen mit dir kommen, damit Du nicht wieder stundenlang im Kreis fährst" wollte Klaus wissen. "O.K. Dann lass ich den LT auf dem Parkplatz und wir nehmen den UNO." "Und ich fahre zu Bicher", sagte Ben, der sich nicht erklären konnte, warum er sich so viel von dem Besuch bei Bicher versprach. Sie saßen noch eine Stunde beisammen, bevor sie erneut die Recherche aufnahmen.

Bichers Haus war eins von vielen, das von der Fabrik errichtet wurde, damit die Arbeiter eine Bleibe hatten. Inzwischen waren die Häuser alle vermietet oder von den Bewohnern zu günstigen Konditionen erworben worden. Zum Haus gehörte ein schöner Garten mit bunten Blumen und eine Rasenfläche, die durch einen alten Zaun von dem Radweg an der B73 abgegrenzt wurde. Bicher bewohnte das Haus allein. Seine Frau war vor Jahren bei einem Verkehrsunfall gestorben. Sie hatte gerade die Bundesstraße überquert, als ein Raser die Kontrolle über sein Fahrzeug verlor und es direkt gegen die alte Frau schleuderte. Der Aufprall war so heftig, dass sie bereits tot war, als ihr vom Alter gezeichneter Körper die nasse Asphaltdecke berührte. Es war eine kinderlose Ehe, die nach dem Tot seiner Frau dazu führte, dass sich Bicher bewusst wurde, wie einsam er war. Es war die Einsamkeit, die ihn dazu verleitete, fast jeden Besucher zum Tee einzuladen, um zu reden. Oft waren es Vertreter, die mit vollem Terminplan darauf verzichteten in ein längeres Gespräch verwickelt zu werden oder es war der Postbote der - wenn auch selten - einen Brief brachte und kurz mit Bicher sprach.

Ben hielt in der kurzen Parkbucht vor Bichers Haus und klingelte. "Guten Tag Herr Bicher, wir wollten uns heute treffen." "Ich habe schon auf Ihren Besuch gewartet. Folgen Sie mir bitte ins Wohnzimmer, dort ist es gemütlicher als an der Tür. Mögen Sie Tee?" "Gern." In der Mitte des Wohnzimmers stand ein alter, aber gepflegter dunkel lackierter Tisch, auf dem ein Stövchen stand, das ein ebenso altes Teekännchen wärmte. Es war nicht der große massive Schrank oder uralte Fernseher, der neben dem Fenster stand und durch eine Häckeldecke verschönert werden sollte, sondern die vielen Bilder, die Ben fesselten. Es waren Fotografien und Zeichnungen, die gerahmt einen beträchtlichen Teil der leicht vergilbten Tapete verdeckten. "Schöne Bilder haben sie, alle von der Firma", fragte Ben, während Bicher ihnen Tee einschenkte. "Ja, die meisten aus besseren Zeiten. Sehen Sie hier." Bicher, hoch erfreut schon wieder Besuch zu haben, erklärte was auf den Bildern zu sehen war. Er sprach über die alten Geräte, den Schaufelbagger und die Anlagen zur Herstellung des weit über die *Hemmoorer* Grenzen bekannten Portland Zements. Besonders erwähnte er den Hafen Schwarzenhütten, der nur wenige Kilometer entfernt an dem kleinen Flüsschen *Oste* gelegen noch heute zum Be- und Entladen der wenigen kleinen Schiffe diente, die *Hemmoor* anliefen. Die Teekanne war fast leer, als Bicher aufstand und ein altes Fotoalbum aus einer mit schweren Beschlägen verzierten Kommode nahm, um es Ben zu reichen. "Der Brecher wie wir damals sagten oder auch Flintsteinabscheider", fuhr Bicher mit seinen ausschweifenden Erklärungen fort, "steht heute noch im See. In ihm wurde die Kreide von den Flintsteinen getrennt und mittels Förderband in die Anlage transportiert. Heute steht er unter Wasser. Neulich war ein Reporter bei mir, der erzählte, dass die Taucher ihn heute Rüttler nennen und er zwischen achzehn Meter und zweiunddreißig Meter Wassertiefe zu besichtigen ist." Er beschrieb den Rüttler mit der Brücke, über die LKW gefahren sind, um ihre Ladung in den Trichter zu schütten, von den Gängen für die Förderbänder, der kleinen Bude neben den heute leeren

Gängen und dem Gatter, welches bereits vor dem Fluten des Sees ausgebaut wurde.
Plötzlich stoppte sein fast ungebrochener Redefluss: "Sie müssen entschuldigen. Ich rede und rede ohne zu wissen, was sie von mir wollen. Das Alter - Sie verstehen. Ich habe so selten Besuch, und wenn mal jemand kommt, dann bin ich nicht mehr zu halten." "Ist schon gut. Ich interessiere mich sehr für den See, besonders für die Standorte der älteren Gebäude, von denen ich bisher nichts weiss. Ich habe schon sehr oft in *Hemmoor* getaucht und kenne den heute vorhandenen See in- und auswendig. Wenn Sie möchten, kann ich Ihnen einen Videofilm über den Unterwasserbereich kopieren." "Das wäre fantastisch." "Letzte Woche haben zwei Freunde und ich einen Artikel gefunden, der die Entstehung des Sees beschreibt. Wir denken, dass auf dem Gelände noch alte Keller oder Bunker vorhanden sind, die alte Artefakte enthalten könnten Wir würden sie gern bergen und dann dem Zementmuseum zur Verfügung stellen. Besonders interessiert uns ein Keller, der seit dem Zweiten Weltkrieg unauffindbar ist, und wir hoffen, dass er nicht zugeschüttet sondern nur verschüttet ist. Können Sie uns helfen? Wissen Sie wo er liegen könnte?" Der alte Mann kam ins Grübeln. "Merkwürdig, sie sind bereits der dritte der nach dem Keller fragt. Ich denke nicht, dass ich bei der Suche eine große Hilfe bin. Von dem Keller weiß ich überhaupt nichts. Das habe ich auch schon dem Reporter gesagt der mich vor einiger Zeit fragte. Besonders penetrant war der Herr, den Sie heute Morgen bei mir gesehen haben. Er und seine Begleitung, ein junger Mann, haben mich in einer Weise befragt, die ich seit fünfundvierzig nicht mehr erlebt habe. Sehr unfreundlich die beiden."
Ben erzählte Bicher von der Unterwasserwelt, den Fischen, Bäumen und anderen Tauchobjekten, die Heerscharen von Tauchern nach *Hemmoor* lockten, bevor die beiden ein weiteres altes Fotoalbum von der Firma betrachteten. Es war schon sehr alt und Ben musste aufpassen, um nicht die vom dunkelgrauen Umschlag gehaltenen Blätter, welche die Fotos fixierten, herauszureißen. "Halt, warten Sie", sagte Bicher plötzlich. "Der Mann dort - neben dem großen schmiedeeisernen Tor - links - sehen Sie den?" "Natürlich." "Es war schon merkwürdig, damals nach dem Krieg. Georg Feldmann hieß er. 1943 kam er zu uns und begann sofort, die Firmenleitung herumzukommandieren. Er schien wichtig zu sein und hatte überall Zutritt, obwohl er vorher nichts mit der

Firma zu tun hatte. Zuletzt sah ich ihn 1945 beim Betreten des Bunkers, danach nie wieder. Er trug eine große schwarze Tasche, die er verlor als er am Bunker-Eingang stolperte. Es war im selben Moment, als ich das Tor passierte und so konnte ich einen flüchtigen Blick auf den Inhalt werfen. Pläne und andere Dokumente raffte er hastig zusammen, als er mich sah. Wenn Sie Glück haben, waren auch Lagepläne vom Werk darunter, die er vor den Alliierten in Sicherheit bringen wollte. Ich hatte das Gefühl, Feldmann glaubte bis zum Schluss an einen Sieg der Deutschen. Er war Fanatiker." "In welchem Bunker?" "Ach, der ist schon lange zu. Er diente der Belegschaft als Schutzraum bei Luftangriffen. Der Bunker lag direkt unter der Hauptzufahrt, bevor er zugeschüttet wurde."
Fast alle Informationen Bichers waren richtig. Nur im Bezug auf den Bunker irrte er gewaltig.
Es war bereits zwanzig Uhr, als sich Ben von dem freundlichen alten Mann verabschiedete und versprach, dass er ihn über alle Funde auf dem Laufenden halten würde. Bicher, glücklich über die Abwechslung in seinem so eintönigen Leben, vergaß die beiden Männer, die in am Morgen so unfreundlich befragt hatten und die er sehr bald wiedersehen würde.

Gedankenversunken schloss Ben die Gartentür, ging über den Bürgersteig zum Wagen und fuhr direkt zur Wohnung, in der Klaus und Björn ungeduldig auf ihn warteten. Hätte er nicht so sehr über die Informationen Bichers nachgedacht, wäre ihm vielleicht der dunkle Wagen auf der anderen Straßenseite aufgefallen, der am Straßenrand hielt. Zwei Männer, einer an die achzig Jahre alt, der andere Mitte dreißig, sahen zu, wie Ben vor Bichers Haustür in seinen Wagen stieg und abfuhr. Nachdem sie das Kennzeichen des Zafiras notiert hatten, nahm der Alte sein Handy und rief eine Buchholzer Nummer an. "Hallo, hier ist Sperling, der Opa hatte Besuch... Ja, er war heute Morgen schon da... Hat lange gedauert. Ich denke, der Opa wusste mehr als er heute morgen gesagt hat... Wir kümmern uns darum. Ich melde mich wieder", war alles, was der jüngere Fahrer von dem Gespräch mitbekam. "Wir sollen dem Opa noch einen Besuch abstatten", sagte Sperling - es war ein Deckname - und öffnete die Wagentür. Mark folgte.
Bicher sah verdutzt aus, als er nach heftigem Klingeln seine Tür öffnete und er Sperling sowie seinen Begleiter erkannte, da sie ihn

bereits am Morgen besucht hatten. Grob wurde er von Mark in den Flur gestoßen, bevor Sperling die Tür verriegelte. "Was soll das", wollte Bicher wissen, worauf Sperling antwortete: "Wer sind sie wirklich, was wissen Sie über den Keller?" "Ich habe ihnen bereits gesagt, dass ich nichts weiß." "Ich glaube nicht, dass Sie heute den ganzen Nachmittag über das Wetter gesprochen haben." Bicher wurde klar, dass er bei seiner Aussage bleiben und den Unwissenden spielen musste, um am Leben zu bleiben. Morgens stimmte es auch noch, er hatte sich erst Nachmittags an Feldmann erinnert. Aber was war so besonderes an Feldmann oder dem Keller? Viele Fragen gingen Bicher in kürzester Zeit durch den Kopf, als er den kräftigen Schlag eines ausgebildeten Kämpfers in der Magengrube spürte. "Reden Sie und Sie sind frei", hörte er Sperlings Stimme. Bicher fühlte sich zurückversetzt in die Blütezeit der Gestapo und SS. Der Ältere könnte dabeigewesen sein aber der Jüngere, dachte er, als ein zweiter Schlag sein Nasenbein brach und sein Körper den Schutz der Bewusstlosigkeit suchte. Es war schon dunkel, als er wieder zu sich kam. Die beiden mussten einen Eimer kaltes Wasser verwendet haben, um ihn zurückzuholen. Er spürte den nassen Pullover, der kalt auf seiner Brust lag und sein Atmen erschwerte. Die Fesseln drückten ihn so fest an den Stuhl, dass er sich nicht bewegen konnte. "Rede endlich, es wäre besser für Dich", hörte Bicher jetzt zum ersten Mal die Stimme des Jüngeren. "Ich bin alt, macht doch was ihr wollt - ihr Nazis" stammelte er leise mit stockender Stimme. Er spürte den süßlichen Geschmack von frischem Blut, das zunächst langsam, dann immer schneller aus seinem Mund sickerte und die Stimme immer mehr erstickte. Als Bicher es schaffte, langsam den Kopf zu heben, schrie er so laut er noch dazu im Stande war: "Ihr Schweine!" Er hatte die Elektrokabel bemerkt, die blankgescheuert von seiner Brust zu einem Eurostecker führten, den Mark langsam vor Bichers Gesicht kreisen ließ. "Nur ganz kurz, er muss noch reden", war das letzte was Bicher in seinem wenige Sekunden später endenden Leben hörte. Das Scherzempfinden Bichers war durch sein hohes Alter und die Vorgänge an dem Abend irritiert. Er empfand keinen Schmerz als es dunkel wurde. Sein geschundener Körper bäumte sich noch einmal auf, bevor er endgültig in sich zusammensackte, um bewegungslos, mit offenen Augen, in Sperlings Gesicht zu starren. "Nur kurz, Du Idiot. Jetzt redet der Opa bestimmt nicht mehr. Er ist Tot", schrie Sperling, während er Bichers Puls im

Schein seiner Taschenlampe prüfte. "Reg Dich nicht so auf. Wir haben noch eine Möglichkeit - der Junge von vorhin." "Das war schon Dein zweiter Fehler. Zuerst der Schmierfink und jetzt die Sauerei hier." "Wer konnte schon ahnen, dass die Glock so empfindlich reagiert. Es war der einzige Fall, an dem meine Waffe anders wollte als ich. Ob er schon zu einem richtigen Riff geworden ist", spielte Mark auf den versehentlichen schnellen Tod von Sascha an. "Wir wären schon lange am Ziel, wenn Du ihm etwas mehr Zeit zum Reden gegeben hättest. Noch einen Fehler solltest Du Dir wirklich nicht erlauben. Phönix ist mächtig verärgert und ich hoffe, Du wirst nie seinen Zorn zu spüren bekommen. Lass uns jetzt verschwinden."

Es dauerte nicht lange, bis Sperling eine kleine, fast abgebrannte Kerze in der Küchenschublade fand. Während er die Kerze suchte und diese mitsamt einiger alter Zeitschriften auf den Wohnzimmertisch stellte schloss Mark alle Vorhänge und Jalousien. So würde der Brand, der lange nachdem die beiden Bichers Haus verlassen hatten ausbrechen sollte, so spät entdeckt werden, dass Bicher bereits verbrannt und somit alle Spuren vollständig verwischt waren. Das Feuer wütete erst nach Redaktionsschluss der kleinen lokalen Zeitung, die erst am übernächsten Tag von dem tragischen Unfall berichtete, bei dem ein alter Mann starb. Er war wohl beim Lesen eingeschlafen und hatte dabei nicht bemerkt, dass die Kerze einen Stapel Zeitungen in Brand setzte, lautete der Kommentar der Polizei. Die beiden Gestalten, die kurz vor Ausbruch des Feuers in ihren dunklen Wagen huschten, blieben unbemerkt.

Zur gleichen Zeit als Bicher verhört wurde, erreichte Ben seine beiden Freunde. Er berichtete lange und sehr ausführlich, ohne von den beiden unterbrochen zu werden, die gespannt seinen Ausführungen lauschten. Er hatte den Bericht gerade beendet, als sie die umliegenden Sirenen der Feuerwehr und wenig später die Martinshörner der Einsatzfahrzeuge hörten. "Scheint mal wieder irgendwo zu brennen", war der einzige Kommentar, den Klaus für den Lärm übrig hatte, bevor sie ihr weiteres Vorgehen besprachen. Klaus und Ben, ganz im Schatzrausch, beschlossen, noch eine Woche Urlaub anzuhängen, um weiter suchen zu können.

"Wie war eigentlich der Name des 1945 verschwundenen Mannes?", fragte Björn. Ben überlegte "Feldstein, Feldmann, Feldberg..." Er konnte sich nicht mehr erinnern. "Schade, dass es dir

nicht einfällt. Über das Internet könnten wir vielleicht erfahren, was er damals gemacht hat. Ob er wichtig war bei den Nazis und warum er nach *Hemmoor* kam. Wenn wir Glück haben, finden wir mehr als nur den Wein."
Björn wusste zu dem Zeitpunkt noch nicht, wie recht er mit seiner Vermutung haben sollte und vor allem nicht, dass es zu weiteren mysteriösen Todesfällen kommen sollte.
"Ich werde morgen noch mal zu Bicher fahren und nach dem Namen fragen", sagte Ben, bevor sie austranken und sich zurückzogen.

Die Feuerwehr war noch mit den Nachlöscharbeiten beschäftigt, als Ben Bichers Haus erreichte. Er fuhr rechts an den Straßenrand, um direkt vor der Absperrung zu parken. Kurz entschlossen stieg er aus und stellte sich neben einen Feuerwehrmann, der sich gerade an einem Löschfahrzeug ausruhte, um kurze Zeit später die kleinen Brandnester zu suchen, welche das Feuer erneut entfachen könnten. "Hallo", sagte Ben. "Ist es schlimm?" "Es war ein alter Mann. Ist wohl beim Lesen eingeschlafen und hat die Kerze vergessen. So was passiert öfter, da ist nichts mehr zu machen." Ben dachte mit Bedauern an den alten Bicher, der ihn gestern noch so freundlich lächelnd empfangen hatte und kurz danach nicht mehr existierte. Gedankenverloren verließ er den Feuerwehrmann, der nach seiner kurzen Pause erneut die Brandbekämpfung aufnahm und ging langsam zu seinem Zafira. Er übersah zum zweiten Mal den dunklen Wagen, der hundert Meter weiter auf der andern Straßenseite stand und kurz nach dem Zafira auf die Bundesstraße fuhr. Es handelte sich um einen relativ neuen VOLVO.
"Wir haben Glück, da ist der Junge von gestern", sagte Sperling, der durch die getönten Scheiben das Umfeld um Bichers Haus beobachtete. "Ich hoffe für Dich, dass der Opa ihm noch was erzählt hat, bevor Du ihn kalt gemacht hast."
Es fiel Mark nicht schwer, dem Zafira zu folgen, bis dieser vor der Wohnung hielt, in der Klaus und Björn bereits warteten. Ben erzählte von dem Feuer und dem Tod des alten Mannes, als Mark draußen den Motor abschaltete. "Wollen wir trotzdem weitersuchen", wollte Björn wissen. "Warum nicht, den Bunker finden wir auch ohne Bicher, seine Beschreibung war gut. Und ob wir überhaupt Informationen über Fredmann, oder wie er hieß, brauchen, ist mehr als ungewiss" erwiderte Ben. "Gut, dann lass uns zunächst

den Bunker suchen. Ich denke, die Bunkersuche ist wesentlich einfacher als die Suche nach dem Keller. Besonders da wir nicht den geringsten Anhaltspunkt besitzen, wo er sich befinden könnte."
Sie verstauten alle drei Taucherausrüstungen im Wohnmobil und fuhren über die B73 auf direktem Weg zum See. Unbemerkt folgte der dunkle VOLVO, bis das Wohnmobil den Blinker setzte, um nach links auf das Seegelände abzubiegen. Mark fuhr nach rechts auf einen kaum genutzten, alten Parkplatz, der bis vor kurzem dem Zementwerk gehörte.
Das Wohnmobil stoppte in der breiten Einfahrt, direkt vor einen Maschendrahtzaun der das Gelände umgab. Das schwere Eisentor, welches die Firma vor Betriebsfremden schützen sollte, war seit Jahren demontiert und diente stilecht zur Absperrung eines Gangs von der Meisterbude zum Rüttler in fünfunddreißig Meter Tiefe des Sees.
"Hier muss es sein", bemerkte Klaus nach der Drehung des Zündschlüssels, worauf der laute Dieselmotor verstummte. Ben versuchte, sich möglichst genau an das Gespräch mit Bicher zu erinnern. "Früher soll hier auf der Insel ein Pavillon gestanden haben. Auf der Einfahrt daneben hast Du jetzt gehalten. Dann muss der Eingang genau hinter dem Wohnmobil sein", sagte Björn mehr zu sich selbst, während er um das Fahrzeug ging, um auf einer frisch angesäten Rasenfläche zu stoppen. "Ich sehe nichts. Du musst dich täuschen", rief Björn ihm von der Auffahrt zu. Ben ließ sich nicht entmutigen und suchte so lange im Bereich des alten Zauns, bis er ein langes flaches Eisenteil fand. Er kam zurück, um ein wenig in der Erde zu stochern bis er wenige Minuten später einen Pfiff ausstieß. "Hier ist was", rief er den beiden zu.
Klaus und Björn gingen erwartungsvoll auf Ben zu, der bereits den beträchtlichen Teil einer großen, schweren Betonplatte freigelegt hatte. "Wir müssen es heute Abend versuchen", sagte Ben, als die beiden Ihn erreicht hatten. "Wir brauchen Werkzeug, Material und vor allem kein Publikum, wenn wir die Platten bewegen." Er begann erneut, den Boden mit dem Metallteil zu bewegen, diesmal nicht um weitere Platten freizulegen, sondern um die Erde wieder an den angestammten Platz zu befördern. "Nicht jeder der hier lang kommt, sollte sofort sehen, was hier liegt", sagte er.

Auf der andern Straßenseite wählte Sperling die Buchholzer Telefonnummer. "Hallo, hier Sperling. Ich glaube, wir haben was gefunden." "Ihr? Hat Bicher geredet?" "Nun ja, nicht direkt." "Was soll das heißen? Habt ihr wieder Mist gebaut?" "Bicher ist tot. Ein Unfall. Er ist verbrannt bevor wir mit ihm reden konnten", log Sperling und fuhr fort: "Erinnerst Du Dich noch an die Taucher, von denen ich Dir erzählte?" "Natürlich, was ist mit denen?" "Der eine, der lange mit Bicher gesprochen hat, muss was erfahren haben. Er ist mit seinen Kumpels zum See gefahren und hat irgendetwas in der Erde gefunden. Es könnte sich um einen alten Eingang handeln. Sollen wir die drei aus dem Weg räumen und selber weitersuchen?" "Warum die Eile. Lass sie doch die Drecksarbeit machen. Dann können wir immer noch dafür sorgen, dass sie niemandem mehr berichten können, was sie gefunden haben. Sollten sie nichts finden, brauchen wir uns nicht unnötig mit der Mordkommission anzulegen und ziehen uns zurück", befahl Phönix und legte den Hörer, ohne die Antwort Sperlings abzuwarten, auf.

Bis zum Abend war viel zu tun. Die drei besorgten Wagenheber, kleine und größere Kanthölzer, einen nicht allzu schweren Doppel-T-Träger und aus dem benachbarten Baumarkt einen relativ dünnen, enorm zugfesten Tampen sowie diverse Kleinteile. "Das wird ja richtig spannend", sinnierte Klaus, als die Vorbereitungen abgeschlossen waren und die drei in einem Schnellimbiss an der Bundesstraße saßen, um auf den Augenblick zu warten an dem sie aufbrechen würden, um dem alten Bunker sein Geheimnis zu entreißen.
Mark und Sperling hatten keine Mühe, die drei ahnungslosen Hobby-Abenteurer zu verfolgen, ohne bemerkt zu werden.

-3-

Suche

Die Seewache hatte den Wachcontainer an der Flintsteinstraße schon lange verlassen, als der LT von der B73 kommend vor dem Zaun anhielt. Ein Passat Kombi näherte sich mit eingeschalteten Scheinwerfern und stoppte neben Björn. Der Platzwart konnte Ben und Klaus, die noch im Wohnmobil saßen, nicht sehen und Björn war für ihn einer von den vielen Tauchern die er schon mal gesehen hatte, jedoch nicht zuordnen konnte. "Meldet euch Morgen an, ich habe Feierabend. Bis dann", rief er aus dem Fenster, um mit laut quietschenden Reifen zu beschleunigen, damit er noch vor dem schwarzen VOLVO auf die Bundesstraße gelangte.
"Sonst ist der Platzwart um diese Zeit immer schon zu Hause. Na egal, dann lasst uns mal anfangen", sagte Ben mehr zu sich selbst als zu den anderen. Das Wohnmobil stand so günstig, dass es zumindest zur Bundesstraße einen gewissen Sichtschutz bot. Klaus nahm die Plattschaufel aus dem Wohnmobil und begann, die Betonplatten freizulegen, während Ben und Björn die Konstruktion zum Heben der Platten errichteten. Die Platten hatten glücklicherweise an beiden Seiten massive Ösen, in die die mitgebrachten Schäkel problemlos eingeführt werden konnten.
Die Konstruktion sah abenteuerlich aus, erfüllte jedoch ihren Zweck. Der stabile Doppel-T-Träger wurde von Ben über den circa fünfzig Zentimeter hohen Stempel gelegt und bildete eine Wippe. An der Stirnseite waren die Tampen befestigt, die den Träger mit den Schäkeln verbunden. Trotz des großen Hebels benötigten die drei mehrere Versuche, bis sich die massive Betonplatte langsam in die Höhe bewegte. Es gab einen Ruck, nachdem sich die Platte einige Zentimeter in die Höhe gehoben hatte und der Sand, der sie festschlemmte, in den Bunker rieselte. Der Ruck war so heftig, dass die Drei vom Träger abrutschten und die zehn Zentimeter dicke Betonplatte zurück fiel. Sie hatten Glück. Die Platte rauschte nicht wie erwartet ohne Halt in den Bunker, sondern verkantete sich. Der nächste Versuch war erfolgreich. Langsam hob sich die

Platte, um freischwebend über den Stempel nach rechts gedreht zu werden und dann scheinbar unverrückbar einige Millimeter in dem weichen Mutterboden neben der entstandenen Öffnung, einzusinken.

Die erste der fünf Platten lag direkt über den beginnenden Stufen und der entstandene, schmale Spalt reichte bei weitem nicht aus, um einzusteigen. Erst nach dem Entfernen der zweiten Platte lag ein ausreichend großer Einstieg frei.

"Ich hätte nicht gedacht, dass es klappt und vor allem nicht, dass wir wirklich einen Eingang finden. Ob es sich wirklich um einen alten Bunker handelt", murmelte Klaus, als die beiden anderen noch andächtig vor dem schwarzen Loch standen, in dem sich graue Stufen abzeichneten, die in die Tiefe führten. Björn war es, der die Kowalski aufflammen ließ, um den Eingangsbereich auszuleuchten und neugierig, auf dem Bauch liegend, die Treppe hinunter zu starren. "Er scheint trocken zu sein", rief er den beiden andern zu, "ich gehe rein." Bevor Ben und Klaus antworten konnten, war Björn verschwunden. "Schon wieder da?", fragte Ben als Björns Kopf nach wenigen Sekunden aus dem Loch ragte. "Er ist doch unter Wasser, wir müssen tauchen." Sie einigten sich darauf, dass Ben als der erfahrenste Höhlen- und Wracktaucher reingehen sollte. Klaus rüstete sich als Sicherungstaucher aus, um im Notfall schnell nachkommen zu können, wenn Ben etwas zustoßen sollte. Um den Rückweg wieder zu finden und vor allem, um ständig überprüfen zu können, ob es dem Taucher im Bunker gut geht, übernahm Björn, als der unerfahrenste Taucher, den Part der Leinenführung. Sie vereinbarten Leinen-Zeichen, mit denen sie sich spätestens alle fünf Minuten verständigen wollten.

Mark und Sperling hatten ihren Standort auf dem alten Parkplatz an der gegenüberliegenden Seite der Grundstückseinfahrt eingenommen und beobachteten, wie sich die Taucher ausrüsteten, um kurz danach zusammen mit Björn, der die hundert Meter lange Leine und eine Kowalski trug, unter der Erde zu verschwinden. Die Stufen führten bis zu einer Plattform hinab, von der aus die Treppe rechtwinklig weiter nach unten führte. Fünf weitere Stufen waren noch trockenen Fußes zu betreten, bevor der überflutete Teil des Bunkers begann. Björn, der bei seinem ersten kurzen Ausflug in den Bunker bis zu dieser Stelle gekommen war, hatte sich einen Long John und Füßlinge übergestreift, um es einige Zeit im kühlen Wasser auszuhalten. Das Wasser war hüfttief, als die

Eingangstreppe endete und der dann folgende kurze Gang nach rechts abknickte, um zu einer weiteren Plattform zu führen. An dieser Plattform änderte sich das Profil des Gangs. Er war nicht mehr rechteckig, sondern nach oben gewölbt und vor allem wesentlich schmaler als das bereits passierte Teilstück. Björn und Klaus mussten an dieser Stelle zurückbleiben, da die gewölbte Decke direkt zur Wasseroberfläche führte, um schließlich unter Wasser zu verschwinden. "Ich werd´ mal seh´n ob Feldstein zu Hause ist", scherzte Ben, der sich noch immer nicht an den richtigen Namen erinnern konnte, bevor er die Tauchermaske über sein Gesicht zog und einen letzten Ausrüstungscheck durchführte. Björn lächelte ihm zu: "Viel Glück." Ben ging noch zwei Stufen hinunter, bevor er sich bäuchlings in die Tiefe sacken ließ. Er glitt fast geräuschlos die längste Treppe des Bunkers hinab und zog sorgsam die Sicherungs-Leine hinter sich her, die, von Björn abgerollt, seine einzige Verbindung zur Außenwelt darstellte. Vor ihm war die Sicht glasklar, hinter ihm hingegen wurden durch die aufsteigenden Luftblasen so viele Sedimente von der Decke gelöst, dass er nur wenige Zentimeter weit sehen konnte.

Am Ende des Geländers angelangt kam er an einen Gang, der ohne Hindernisse zwei Meter weit nach rechts führte, um dann wieder rechtwinklig nach links abzuknicken. Bevor Ben dem Gang folgte, sah er zu seiner Linken eine alte, im Laufe der Jahre brüchig gewordene Holztür. Er öffnete sein Tarier-Jacket, um festen Halt auf dem sandigen Boden zu bekommen, bevor er mit großer Kraftanstrengung das Türblatt aus der Verankerung riss. Auch wenn es morsch war und der groben Kraftanwendung nachgab, war die Masse enorm. Ben sah das Türblatt wie in Zeitlupe auf sich zufallen. Die Szene schien so irreal, dass er erst versuchte zu flüchten, als er spürte, wie schwer das alte mit Eisenbeschlägen versehene Holz war. Es dauerte nur noch Sekunden, bis er hilflos unter dem Gewicht der Tür fast bewegungslos, am Boden lag.

Der scharfe Ruck der Leine alarmierte Björn. Alle Versuche ein Leinensignal weiterzuleiten schlugen fehl, da sie sich beim Sturz am Geländer verheddert hatte. "Da stimmt was nicht. Du musst sofort los", schrie Björn Klaus an. Klaus, der gehofft hatte, nicht in das dunkle Loch abtauchen zu müssen, seufzte einmal tief, bevor er hastig seine Ausrüstung prüfte, sich mit einer Buddy-Line in die Sicherungsleine einschäkelte und dann sofort abtauchte, um Ben zu helfen.

Die aufgewirbelten Sedimente nahmen ihm jede Sicht und er tastete sich langsam vorwärts. Mit jeder Stufe, die er weiter in die Tiefe sackte, wurde ihm mulmiger. Was war Ben zugestoßen? War er tot? Passierte ihm das gleiche, und vor allem wer sollte die beiden retten, wenn auch ihm etwas zustieße, waren die Gedanken, die Klaus während des Abstiegs durch den Kopf wirbelten. Er hätte jeden anderen Tauchgang sofort beendet, wenn er auch nur einen dieser Gedanken gehabt hätte. Aber Ben, wer sonst könnte ihm zur Hilfe kommen? Klaus tastete sich weiter. Er spürte die Holzplatte, die sich langsam zu bewegen schien. Er sah nichts von Bens Bemühungen sich aufzurichten, um das Türblatt gegen die Wand zu stemmen. Plötzlich fühlte Klaus eine Hand, die sich bewegte. Fast schon in Panik drückte er den Inflator, bis sich sein Jackett mit Luft füllte und ihn an die gewölbte Decke riss, gegen die er mit einem starkem Ruck prallte. Die Lampe hatte er längst verloren, als er wenige Minuten später wieder ruhiger wurde und erneut abtauchte. Er spürte die Holzplatte, und was viel wichtiger war, Bens Hand. Er drückte sie vorsichtig, um zu zeigen, dass Hilfe vor Ort war. Zusammen schafften sie es, die Tür soweit anzuheben, dass Ben vorsichtig unter dem Hindernis herausschlüpfen konnte. Gerettet, dachte Klaus, als er Ben erneut die Hand drückte, um kurz danach wieder aufzutauchen. Ben folgte ihm.
"Hallo Björn, alles wieder O.K., Ben müsste gleich oben sein", sagte Klaus zu Björn, als er die Wasseroberfläche erreichte. "Ich glaube nicht. Eben hat Ben das O.K. Zeichen gegeben und die Leine spult weiter ab." "So'n Mist, ich hoffe es geht gut. Noch mal möchte ich auf keinen Fall da rein, in das Dreckloch."
Ben tauchte weiter. Zunächst sah er sich in dem kleinen leeren Raum um, der zuvor von der Tür versperrt worden war. Seine Hoffnung, in diesem Raum einen weiteren Durchgang zu anderen Bunkersegmenten zu finden, bestätigte sich nicht. Der Raum war bis auf den Sand, der den Boden des gesamten Bunkers bedeckte, leer. Sicherlich diente er dem ersten Posten dazu, eindringende Angreifer abzuwehren, dachte Ben, und verzichtete darauf, den Sand zu untersuchen. Niemand hätte seine Wertgegenstände so weit vorn im Bunker versteckt.
Er verließ den Raum, um dem Gang von der Treppe aus nach rechts, zu folgen. An der folgenden links-Biegung konnte er einen Abbruch entdecken, an dem das Wasser im Laufe der Jahre die Bunkerwandung immer weiter ausgehölt hatte, um sich einen

freien Abfluss unter der Straße hindurch in die Überschwemmungswiesen zu suchen. Der Gang an sich war nahezu unbeschädigt. Die Eingänge zu den Schutzräumen befanden sich ausnahmslos auf der linken Seite. Aber wozu dienten die Mauern, die wie Zähne im Abstand von wenigen Metern in den Gang ragten? Er konnte nicht auf direktem Weg durch den Gang tauchen, sondern musste nach rechts und links ausweichen, um die Mauern zu passieren. Hinter den linksseitigen Mauern öffneten sich die Durchbrüche zu den Schutzräumen. Als Ben den letzten Raum erreicht hatte und erschöpft vom Nachziehen der Leine kurz in den weichen Sand sackte, dachte er über die eigenwillige Konstruktion des Bunkers nach. Die Mauern, so vermutete er, waren nicht als Hindernis für Taucher konzipiert, die ihre Führungsleine nur mit großem Kraftaufwand um die Mauern hinter sich herziehen konnten, sondern zum Schutz der Insassen des vormals trockenen Bunkers. Druckstöße von Explosionen und Schüsse waren wahrscheinlich von den versetzt angeordneten Mauersegmenten abgefangen worden.

Während die Sichtweite im Gang auf Null zurückging und Ben die vielen Handteller großen Krabben, die er auf dem Hinweg zu dutzenden beobachtete, nur noch erahnen konnte, waren die Schutzräume noch relativ frei von Schwebeteilchen.

Ben inspizierte nach der kurzen Pause den vom Einstieg entferntesten Schutzraum. Er wollte die Räume von hinten beginnend durchsuchen, bis er aufgrund der geringer werdenden Luftreserve zum Einstieg zurückkehren musste, um bei einem neuen Tauchgang weiterzusuchen. Die Entscheidung im letzten Raum zu beginnen, sollte sich als richtig erweisen.

Bevor Ben im Inneren des Schutzraums verschwand, stoppte er im Mauerdurchbruch, um ihn mit seiner Lampe auszuleuchten. Durch die feinen Sedimente, die von den aufsteigenden Luftblasen losgerissen wurden, war das Ausleuchten nach dem Betauchen des Raums unmöglich. Bis auf alte, offene Regale, einen großen viereckigen Tisch und einige Stühlen schien der Raum leer zu sein. Um keine Möglichkeit auszulassen, begann Ben in der hinteren Ecke im Sand zu wühlen. Es kostete viel Kraft, in siebzehn Meter Wassertiefe den sandigen Boden zu durchsuchen, und der Luftverbrauch stieg rapide an. Nur zwölf Minuten später hätte er wegen des geringer werdenden Flaschendrucks den Rückweg antreten müssen. Nur noch der Tisch, dachte Ben als er tastend die Mitte

des Raumes erreichte und die aufgequollene Tischplatte fühlte. Er wuchtete den Tisch hoch und legte ihn auf die Seite, um an der Stelle suchen zu können, an der der Tisch zuvor gestanden hatte. Seine Hände fuhren, wie schon unzählige Male zuvor, in den weichen Sand. Aber diesmal war es anders. Er fühlte nicht nur den Sand, der durch die Dreifingerhandschuhe rann, sondern noch etwas Weiches. Ben, der bei der Suche die Lampe ausgeschaltet hatte, war allein, als er darüber nachdachte, ob er eine Leiche gefunden hatte. Sein Atem wurde heftig und es hätte für einen außenstehenden Beobachter den Anschein gehabt, sein Mitteldruckschlauch wäre geplatzt und ließe innerhalb kürzester Zeit den Inhalt der Pressluftflasche in den Bunker strömen. Die Luftblase, die sich an der Decke bildete wurde schnell größer und wanderte langsam zum Mauerdurchbruch, durch den sie an die Decke des Ganges gelangte. Der Gang hatte keine glatte Stahlbetondecke wie die Schutzräume, sondern bestand aus einem kunstvoll gemauerten Ziegelbogen. Ben, dem es unmöglich war, den Luftblasen nachzuschauen, wurde langsam ruhiger, und er beschloss, das Ding - was immer es auch war - fest anzupacken, um es nach draußen zu befördern. Mit einem kurzen Ruck ließ sich der Gegenstand erstaunlich leicht aus dem sandigen Boden reißen. Obwohl der Luftvorrat beängstigend schnell geringer wurde, nahm Ben sich Zeit, um den Gegenstand abzutasten. Er hatte den Eindruck, dass es sich um eine Dokumenten-Mappe oder kleine Aktentasche handelte. Er war glücklich, keine Leiche gefunden zu haben, als er den Mauerdurchbruch passierte und den Gang erreichte. Er schaltete die Lampe wieder an, um sich besser orientieren zu können, schaltete sie jedoch sofort wieder aus, als er bemerkte, dass der Lichtschein unmöglich durch die vielen Schwebeteilchen dringen und ihm den Weg ausleuchten konnte.
Die Ausatemluft stieg in vollkommener Dunkelheit an die Decke und vereinigte sich dort mit der bereits vorhandenen großen Blase, die einen immer höheren Druck auf die Steine des Gewölbebogens ausübte. Der Mörtel, mit dem die Steine untereinander verbunden waren, hatte sich fast vollständig zersetzt, und die Steine hatten sich im Laufe der Jahre immer weiter gelockert. Es dauerte nur Minuten, bis sich die Luft einen Weg durch die Decke in das Erdreich gesucht hatte, um von dort weiter zur Oberfläche zu gelangen. Der Luftstrom riss den letzten noch vorhandenen Mörtel aus den größer werdenden Fugen und lockerte die nur durch ihre

Bauweise gehaltenen Ziegel, woraufhin diese nacheinander in den Gang stürzten. Ben geriet in Panik, als er den ersten Ziegel auf den ungeschützten Kopf bekam.
Ohne darauf zu achten, ob die Leine immer straff war oder sich irgendwo verhedderte, versuchte er hastig und vorallem blind, den Ausgang zu erreichen. Er atmete so heftig, dass er auf halber Strecke den nur für Notfälle gedachten Reserveluftvorrat anbrechen musste, indem er ein Reserveventil an der Flasche betätigte. Er erreichte den Knick, die umgestürzte Holztür, die Treppe und das Geländer. Plötzlich spürte er einen Ruck. Die Leine hatte sich verheddert und es war Ben von seinem Standort aus unmöglich, sie freizubekommen. Noch immer in Panik versuchte er, sein Tauchermesser aus der Beinscheide zu ziehen. Sie war leer. Sein rettendes Messer lag irgendwo im Bunker unter dickem Sand verborgen. Er setzte sich auf die untere Treppenstufe, um ruhiger zu werden. Sein hastiger Atem wurde immer langsamer. Ihm war klar, dass die Leine sehr gut an seinem Körper befestigt war, und er sie in dieser Dunkelheit und Enge unmöglich lösen konnte. Er wollte gerade zurücktauchen, da hörte er ein Echo. Unter Wasser gab es keine Echos folgerte er, also musste sich ein Taucher nähern, dessen Atemgeräusche zu ihm übertragen wurden. Die Geräusche kamen langsam näher, und er merkte, wie der Taucher seine Leine nahm, um kräftig und erfolglos an ihr zu ziehen. Der Taucher, es war Klaus, merkte, dass seine Bemühungen, die Leine freizubekommen, aussichtslos waren und zerschnitt sie mit seinem Messer. Er reichte Ben seine Hand und tauchte gemeinsam mit ihm auf, um sich wortlos auf die ersten trockenen Stufen zu setzen, die sie erreichten. Björn begleitete sie schweigend.
Mehrere Minuten saßen sie nebeneinander und starrten in das Wasser, bis Ben die Stille brach. "Danke." "Ist schon gut", sagte Klaus. "Wir haben die vielen Blasen gesehen, da bin ich los. Ich bin froh, Dich so schnell gefunden zu haben." "Nun seht mal, was ich im Bunker gefunden habe", sagte Ben, jetzt schon wieder mit dem für ihn typischen Elan in der Stimme und hielt die alte Aktentasche hoch. "Super, aber ich denke, wir haben für heute genug. Lass uns den Bunker verschließen und zurück fahren. Morgen ist auch noch ein Tag." Sie verschlossen den Bunker sorgfältig und tarnten ihn durch das Auffüllen von Mutterboden. Anschließend fuhren sie zu Klaus, um sich den Fund in Ruhe anzusehen.

Auf der anderen Straßenseite wurden Sperling und Mark hellwach, als sie im hellen Lichtstahl der Kowalski die Tasche sahen, die schnell ins Wohnmobil gelegt, und somit ihren neugierigen Blicken entzogen wurde.

Es war schon spät, als Sperling sein Handy nahm. "Hallo, hier Sperling" "Ich hoffe, Du hast einen wichtigen Grund mich, so spät noch anzurufen." "Ja, wir stehen auf dem Parkplatz neben dem See und beobachten die drei. Sie haben was gefunden, irgendeine Tasche oder Mappe." "Du bringst mir den Fund persönlich vorbei. Und sorg dafür, dass denen nichts passiert, zumindest so lange, bis wir wissen, dass wir haben, was wir suchen. Danach können wir immer noch weitersehen." "Ist gut, bis Morgen", sagte Sperling bevor er auflegte und sich an Mark wandte: "Du wirst mir die Tasche oder Mappe besorgen, und zwar heute noch. Und lass auf jeden Fall die drei Jungs heil. Zumindest vorläufig."

Auf dem Rückweg, der LT wurde diesmal von Klaus gefahren, waren Ben und Björn so neugierig, dass sie den Inhalt der Tasche auf den Tisch schütteten, der inmitten der Sitzecke im Heck des Wohnmobils stand. Die Papiere, die seit vielen Jahren schutzlos dem Wasser ausgesetzt waren, quollen wie Pappmaschee aus der Tasche und bildeten eine wabbelige Schicht auf der Tischplatte und malte dabei kleine Kreise. Die weiß-graue Masse spritzte nicht nur gegen die Inneneinrichtung, sondern auch in die Gesichter der beiden, als eine wasserdichte Kassette auf die Tischplatte stürzte. Sie hatte offensichtlich die vielen Jahre in einem einigermaßen guten Zustand überstanden und lag fest verschlossen vor Ihnen. Björn fragte erheitert "Hast Du den Schlüssel dabei?" "Nein, der liegt zu Hause. Ob da noch was drin ist?" Noch während sie den Inhalt der Tasche betrachteten, stoppte Klaus den LT auf seiner Auffahrt und ging zu den beiden nach hinten. "Oh, ihr habt was gefunden?" Klaus sah sich den Dreck auf der Tischplatte und danach die verschlossene Kassette an. "Ich glaube nicht, dass in der Kassette noch viel zu finden ist, so wie der Rest aussieht." Er fuhr dabei mit dem Zeigefinger durch die wabbelige Masse auf der Tischplatte. "Ich denke, wir sollten für heute Schluss machen. Morgen früh können wir versuchen, die Kassette zu öffnen, dann stört sich auch kein Nachbar am Lärm der Bohrmaschine." Björn und Ben nickten einträchtig, bevor Ben sagte: "Ich werde die

Tasche mitnehmen, vielleicht bekomme ich sie ja einigermaßen sauber. Ein schönes Fundstück."
Kurze Zeit später verließen Ben und Klaus den LT.

Während die drei im Wohnmobil saßen, näherte sich Mark unbemerkt dem Grundstück. Der Schuppen neben dem Haus bot ihm ausreichend Sichtschutz, ohne seinerseits die Sicht auf das Wohnmobil zu versperren. Er lag flach auf dem Boden, als er die Sprechtaste seines Funkgeräts drückte. "Zwei verlassen den Wagen, der Große hat den gesuchten Gegenstand. Es ist eine Tasche, ich komm zurück zum Wagen." Sperling startete den Motor, um sofort hinter dem Zafira herfahren zu können, sobald er von der Auffahrt auf die Straße abbiegen würde. "Halt - ich bleibe noch. Der Große geht zurück. Ich versuche, in seinen Wagen zu kommen" "Gut, aber sei vorsichtig." Während Ben seinen Autoschlüssel holte, den er nach dem Tauchen im Handschuhfach des Wohnmobils vergessen hatte, schlich Mark im Schutz der Dunkelheit zum Zafira. Das Schloss an der Beifahrertür setzte der Profi-Ausrüstung zum gewaltfreien Öffnen von Türen, welche Mark verwendete, keinen Widerstand entgegen. Er verschloss die Tür von innen und legte sich flach auf die hintere Bank des Wagens. Um nicht erkannt zu werden, falls er zufällig von Ben gesehen werden sollte, zog er eine schwarze Ski-Maske über sein Gesicht. Es dauerte nicht lange, bis Ben sein Auto erreichte, die Fahrertür öffnete und, ohne einen Blick nach hinten zu werfen, einstieg, um loszufahren. Er fuhr rückwärts von der gepflasterten Auffahrt auf die Straße und rammte dabei fast den schwarzen VOLVO, den er zum ersten Mal bemerkte.
Sperling wurde nervös, als er an den Beinahe-Zusammenstoß dachte, bei dem er fast gerammt worden wäre. Hatte Ben ihn im Licht des Rückfahrscheinwerfers erkannt? Um nicht noch einmal aufzufallen, folgte er mit großem Abstand, gerade noch nah genug, um die Rücklichter erkennen zu können.
Während Sperling folgte, kauerte Mark für Ben unsichtbar im Zafira. Es war die alte staubige Ski-Maske, die dazu führte, dass Mark niesen musste und zwar genau zu dem Zeitpunkt, als Ben direkt vor einer scharfen Rechtskurve den Radiosender wechselte. Es war einer der Zufälle, die schon früher oft dazu beitrugen Schlachtverläufe zu ändern und Weltreiche zu zerstören.

Das laute Geräusch im Heck des Wagens kam für Ben so plötzlich, dass er sich augenblicklich umdrehte. Es war mehr ein Reflex als eine überlegte Handlung, die ihn auf die Gegenfahrbahn brachte bevor er gegenlenken konnte. Er hatte den Zafira fast im Griff als er geblendet die Augen schloss. Das Fernlicht des vierzig-Tonners durchflutete gleißend den Wagen, bevor Ben den lauten Ton einer Hupe hörte. Er riss die Hände schützend vor sein Gesicht, als er genau zwischen den beiden Scheinwerfern aufprallte. Bei dem heftigen Aufprall schoss Ben mit seinem Sitz durch die Windschutzscheibe gegen den immer noch rollenden Laster. Mark, der unangeschnallt im Heck lag, wurde wie eine Feder durch den Innenraum gewirbelt, bis er rückwärts gegen den Holm prallte. Während Ben noch einige Minuten lebte, um kurz vor Ankunft der Rettungskräfte zu sterben, war Mark sofort tot. Sperling beobachte den Unfall aus der Distanz. Es war offensichtlich nicht mehr notwendig, Erste Hilfe zu leisten. Er wendete, um über eine andere Straße nach Hause zu fahren und Phönix Bericht zu erstatten.

"Hallo, hier Sperling", sagte er, nachdem die Verbindung hergestellt war. "Bist du jetzt total verrückt? Weißt du wie spät..." "Entschuldige die Störung, Mark hat es erwischt - und den großen Kerl auch. Ein Unfall." "Ein Dilettant weniger. Früher warst Du Spitze. Was ist aus dir geworden." Eine kurze Pause entstand. "Dann knöpfe Dir die anderen vor. Jetzt ist sowieso alles egal. Ich werde noch Unterstützung schicken, damit Du es nicht noch mal vermasselst", sagte Phönix mit leiser Stimme ins Telefon, bevor er auflegte.

-4-

Die Zwei

Björn konnte kaum schlafen. Er war so gespannt darauf den Inhalt der Kassette zu sehen, dass er vor Aufregung kein Auge zubekam. Als er um halb sieben die Tür des Wohnmobils öffnete, um vor dem Frühstück ein paar Schritte zu gehen, fielen ihm die geöffneten Jalousien von Klaus´ Schlafzimmerfenster auf. Er änderte seinen Plan und klingelte an der Haustür, die kurze Zeit später geöffnet wurde. "Hallo, ich konnte einfach nicht schlafen, weil ich immer wieder an die Kassette denken musste", sagte er noch bevor Klaus dazu kam, ihn reinzubitten. "Mir ging es genauso. Komm, wir wollen den Kasten öffnen." Zusammen gingen sie die schmale Treppe hinab, die zu einem kleinen, fensterlosen Kellerraum führte. Den Raum sah Björn zum ersten Mal. Neben der Tür stand eine massive Werkbank, an die ein schwerer Schraubstock montiert war. An der kurzen Wand des drei mal vier Meter großen Raums hingen ordentlich ausgerichtet kleine rote Hängeschränke und Raco - Boxen. Ein altes tiefes Regal auf dem diverses Werkzeuge und Zubehörteile lagen, dominierte an der langen Wand.
Klaus spannte die Kassette vorsichtig mit dem Schloss nach oben in den Schraubstock. Danach wühlte er kurz in dem Regal, bis er eine elektrische Handbohrmaschine und einen zehner Bohrer fand. "Damit müsste es gehen", sagte er bevor er den Bohrer am Schloss ansetzte, um es mit brachialer Gewalt zu öffnen. Viermal klemmte der große Bohrer in dem Stahl fest und musste nachgespannt werden, bevor das Schloss scheppernd zu Boden fiel. "Geschafft", freute sich Klaus, als er die Backen des Schraubstocks löste, um die Kassette auf die Werkbank zu stellen.
Erwartungsvoll klappe er den Deckel auf und stieß einen erfreuten Pfiff aus.
Björn, der die Arbeit gespannt beobachtet hatte, sah ebenfalls in die offene Kassette. "Oh, es scheint sich gelohnt zu haben. Die Sachen sind gut erhalten und wahrscheinlich lesbar. Los - nimm sie raus" sagte er zu Klaus.

Die Kassette war wasserdicht, und die Dokumente, die Klaus herausnahm, waren in Anbetracht des langen Zeitraums, den sie unter Wasser lagen, in einem überraschend guten Zustand. Die erste Lage bildete ein Stapel leicht vergilbter, jedoch gut lesbarer Papiere. Es schienen Pläne und Zeichnungen zu sein, welche zum Teil die alte Zementfabrik darstellten. Aber wo waren die hohen Berge, die auf den unteren fünfzehn Zeichnungen erkennbar waren.
Vor der Begutachtung der Zeichnungen griff Björn in die Kassette, um sie endgültig zu leeren. Darin war noch ein altes Tagebuch, welches Björn in der Hand hielt. Auf dem Ledereinband war in Gold-Prägung zu lesen: "Mein Tagebuch" und darunter in halb so großen Lettern "Joachim Feldmann". "Ich werde verrückt", stieß Klaus hervor, als ihm bewusst wurde, was sie gefunden hatten. Die Recherchen, Bichers Unfall, die Suche und der Fund hatten ihn so sehr gefesselt, dass der Weinkeller als eigentlicher Auslöser der Aktion immer weiter in den Hintergrund geriet. Wer war Joachim Feldmann? Wie lebte er, und vor allem was hat er alles versteckt? Das waren, inzwischen die Fragen, die Björn und Klaus beantworten wollten.
"Ich habe gar nicht bemerkt, wie spät es ist. Wir sollten erst einmal frühstücken und auf Ben warten, bevor wir weitermachen. Ich denke er wäre auch gern dabei. Er hat die Kassette schließlich gefunden", stellte Klaus fest und wandte sich der Treppe zu. "Du hast recht. Ich hoffe er ist nicht sauer, weil wir ohne ihn angefangen haben." Klaus begann den Tisch zu decken. "Holst Du ein paar Brötchen während ich das Frühstück vorbereite?" "Mach ich. Wenn ich sowieso im Zentrum bin, kann ich gleich drei Sätze Kopien von den Unterlagen anfertigen. Dann können wir gleichzeitig lesen und vorallem beschädigen wir die Originale nicht. Vielleicht ist die eine oder andere Zeitung an der Geschichte interessiert und lässt was springen." "Gute Idee. Bis gleich, ich setz schon mal Kaffee auf. Schau doch noch bei Ben vorbei. Du kannst ihn ja gleich mitbringen."
Björn verließ die Wohnung, um mit dem UNO in die Stadt zu fahren.

Sperling, der auf die versprochene Verstärkung wartete, folgte ihm unauffällig. Während er beim Bäcker im VOLVO wartete, bis Björn das Geschäft verließ, folgte er ihm zu Fuß in den Copy-Shop. Es war kein richtiger Copy-Shop, sondern ein kleiner

Fotoladen, der sich in einem großen Geschäftshaus befand. Während der Kopierer eine Kopie nach der anderen ins Ausgabefach transportierte, stand Sperling in dem gegenüber liegenden CD-Shop. Aus dieser Position konnte er den Fotoshop gut überblicken, ohne selber aufzufallen. Björn hätte Sperling sicherlich sofort bemerkt, wenn er von dem Verfolger gewusst hätte, doch er ahnte nichts von Sperling. Es dauerte fast eine halbe Stunde, bis die letzte Seite zum dritten Mal kopiert in den Ausgabeschacht fiel und Björn, nachdem er gezahlt hatte, den UNO bestieg, um Ben abzuholen.

Björn parkte in einer Parkbucht an der Straße, bevor er über den leeren Parkplatz vor Bens Haus zur Eingangstür ging. Als Björn nach längerem Klingeln keine Reaktion im Haus wahrnehmen konnte und der Parkplatz des Zafiras unbelegt war, beschloss er in dem Gedanken, dass Ben wohl schon losgefahren war, ohne ihn, zurückzufahren, um mit Klaus zu frühstücken.

"Hallo Klaus, ich bin zurück", rief er noch in der Tür stehend, "ist Ben bei dir angekommen?" "Noch nicht, wie kommst du darauf?" "Sein Parkplatz war leer und er hat die Tür nicht geöffnet." "Dann wird er sicher bald hier sein. Lass uns frühstücken." Sie aßen wortlos und waren mit ihren Gedanken immer wieder bei Ben. "Hat er dir was gesagt?", fragte Björn nach dem Frühstück. "Nein, aber er wollte rechtzeitig hier sein, um mit uns die Kassette zu öffnen - wo er nur bleibt." "Langsam mache ich mir Sorgen. Ob ich noch mal nachsehe?" Ein Stunde später beschlossen sie, gemeinsam zu Bens Wohnung zu fahren. Bevor die beiden das Haus verließen, legte Björn die Originalpapiere sowie zwei Sätze der kürzlich angefertigten Kopien in eine Küchenschublade. Den Satz Kopien für Ben steckte er in eine Heftmappe, um sie mitzunehmen. "Wenn Ben plötzlich dringende Termine hat, können wir ihm wenigstens die Dokumente geben. Er kann dann schon mal lesen und sich auf die weitere Suche freuen."

Sie verließen die Wohnung ohne den dicken Stapel Papiere, mit dem Sperling Björn aus dem Fotoshop hatte kommen sehen.

Während die beiden zu Bens Wohnung fuhren, beschloss Sperling die Überwachung zu unterbrechen. Er wollte unbedingt wissen, welche Dokumente in der Tasche gewesen waren. Der UNO war erst wenige Minuten weg, als Sperling zügig auf die Haustür zuging, um sie mit einem Spezialwerkzeug zu öffnen. Der

Vorgang ging so schnell, dass zufällig vorbeikommende Passanten gedacht hätten, Sperling müsse einen Schlüssel haben. Er wusste nicht genau, wohin die beiden gefahren sind, er vermutete sie jedoch auf der Suche nach ihrem Freund. Wie lange der UNO zum Erreichen von Bens Wohnung und zurück brauchte, wusste Sperling nur zu gut und ihm war klar, dass er unmöglich die ganze Wohnung durchsuchen könnte. Vor allem war ihm klar wie unmöglich es war, in der Eile keine sichtbaren Spuren seiner Anwesenheit zu hinterlassen. Darum beschloss er, wie ein gewöhnlicher Einbrecher vorzugehen und alle Wertgegenstände zu entwenden. Zunächst durchsuchte Sperling die Räume oberflächlich. Er hoffte, die Papiere offen liegend auf irgendeinem Tisch zu finden und sich, ohne verräterische Spuren zu hinterlassen, entfernen können. Der Versuch scheiterte. Im nächsten Durchgang riss er die Schubladen aus den Schränken und beförderte die Gegenstände, die sich in den Regalen befanden rücksichtslos auf den Fußboden. Da er während seiner Observation die drei oft in der Küche gesehen hatte, begann er dort mit der zerstörerischen Suche. Es dauerte nicht lange, bis er auf die richtige Schublade stieß und sowohl die Kopien als auch die Originale in den Händen hielt. Um einen richtigen Einbruch vorzutäuschen, verließ er die Wohnung nicht sofort, sondern verwüstete auch die anderen Räume und schlug von aussen ein grosses Terassen-Fenster ein, bevor er zum VOLVO zurückging, um die zwei nach ihrer Rückkehr weiter beobachten zu können.

"Merkwürdig, der Wagen ist immer noch nicht zurück. Ob ihm was passiert ist", sagte Klaus als er den UNO auf Bens Parkplatz abstellte. Sie gingen zur Tür und klingelten Sturm. Niemand öffnete. Es dauerte zehn Minuten, ehe sie beschlossen, zurückzufahren. Sie wollten bis Mittag bei Klaus warten, bevor sie bei der Polizei nachfragen wollten, ob es einen Unfall gegeben hatte. Sie waren auf dem Weg zum UNO, als sie von Metha, Bens Nachbarin, die auch Klaus kannte, gestoppt wurden. "Hallo ihr zwei, wollt ihr zu Ben?" "Ja, - aber er scheint nicht da zu sein. Wissen sie..." Er wurde von Metha unterbrochen, die bestürzt sagte: "Habt ihr noch nichts gehört? Von dem Unfall, dem schrecklichen Unfall, bei dem euer Freund gestorben ist?" Björn und Klaus sahen sich entgeistert an. Sie waren fassungslos und stammelten einige Fragen, die Metha nicht verstehen konnte. Sie fuhr im Telegrammstil fort: "Er

muss die Kontrolle über seinen Wagen verloren haben. Schrecklich. Genau in dem Moment, als der Laster in die Kurve einfuhr. Sie hatten keine Chance, die beiden." Metha, die vor ihrer Rente als Krankenschwester gearbeitet hatte, sah den beiden ihren Schock an. "Kann ich euch zu einer Tasse Tee einladen? Er würde euch gut tun", bot sie Björn und Klaus, an die mit dem Kopf nickten und ihr wortlos folgten. Während der Tee zog, sprachen sie nicht sondern dachten an Ben und alle Vorhaben die er unbedingt durchführen wollte und die nun unerledigt liegen bleiben würden. Während sie sich anschwiegen, streifte Björns leerer Blick durch den großen Raum. Er sah einen, für die alte Dame viel zu modern wirkenden, Schrank. Ausserdem blickte er auf einen großes, überhaupt nicht zur Einrichtung passendes, Bild mit Heidelandschaft und viele Bücher, die offensichtlich nach Größe und nicht nach Inhalten sortiert auf den Regalen standen, ohne die Eindrücke zu verarbeiten. Nachdem neun Minuten vergangen waren, nahm Metha die Teekanne von dem wackelig wirkenden Messing-Stövchen und verteilte den Tee vorsichtig in drei Tassen, als Klaus den Kopf hob und plötzlich sehr erstaunt fragte: "Sie sagten, die beiden im Auto. Ist der Lastwagenfahrer auch tot?" "Nein, nur mächtig geschockt. Ich meine Ben und seinen Freund, der zusammen mit ihm verunglückt ist." Björn schaute verwirrt zu Klaus rüber. "Hast Du gewusst, dass Ben noch irgendwo anders hin wollte?" "Nein, zu mir sagte er, er wolle schnell ins Bett, um heute fit zu sein. - Merkwürdig." "Weißt Du, wer der Freund im Auto war?" "Ich kenne Ben schon viele Jahre und kann mich nicht erinnern, ihn irgendwann mit anderen Freunden gesehen zu haben. Sicherlich hatte er einige Frauen, immer nur kurz, und dann war Schluss. Mit Kunden ist er niemals nach Feierabend unterwegs gewesen, und Anhalter hatten bei ihm keine Chance."
Sie sprachen noch einige Zeit über den Unfall und mutmaßten, wer zusammen mit ihrem Freund verunglückt sein könnte, bevor sie sich für den Tee bedankten und zurückfuhren.

"Hast Du die Tür vergessen", fragte Björn, als sie auf das Haus zukamen, in dem Klaus wohnte. "Bestimmt nicht."
Sperling, der schon lange wieder in seinem VOLVO saß, beobachtete wie die beiden aus dem UNO stiegen und schnell zur offenen Haustür rannten. Er konnte nicht den verwunderten Blick der beiden sehen, als sie durch die Tür in den Innenbereich blickten. Dort

herrschte absolutes Chaos. Schubladen lagen zum Teil zerbrochen auf dem Fußboden. Geschirr und persönliche Gegenstände vermischten sich mit der wild durcheinander geworfenen Wäsche aus den Schränken. "Lass uns draußen bleiben und die Polizei rufen", sagte Klaus, während er mit dem Handy die 110 wählte, um kurz danach die vorgefundene Situation zu schildern. "Sie sind gleich da. Wir können so lange im Wohnmobil warten", sagte Klaus, nachdem er sein Telefonat beendet hatte.

Während die beiden auf die Ankunft der Polizei warteten, mussten sie immer wieder an ihren toten Freund denken. An die gemeinsamen Pläne, die er sie hatte und seine fröhliche Art, mit der er so manche, hoffnungslose, Situation entspannt hatte.

Es dauerte noch über eine Stunde, bis der zivile Omega der Polizei die Wohnung erreichte und die beiden aus ihren Gedanken gerissen wurden. Kurze Zeit später hielt ein zweiter, großer weißer Transporter neben dem Omega. Es war die Spurensicherung. "Hallo", begrüßte Klaus den Polizei Obermeister. "Schröder. Sind Sie der Eigentümer?" "Ja." "Haben Sie irgendetwas bemerkt oder haben Sie Feinde?", war die Standardfrage, die Schröder bei jedem Einbruch zu stellen pflegte. "Nein, ich war mit einem Bekannten unterwegs. Wir waren nur kurz weg. Als wir zurückkamen, sahen wir die offene Tür und gleich danach die Verwüstung. Wir waren noch nicht im Haus, um keine Spuren zu zerstören." "Sehr gut, sehr gut. Wenn wir die Spuren gesichert haben, können Sie rein. Sie müssen mir eine Liste mit den entwendeten Gegenständen geben. Ich habe jedoch wenig Hoffnung irgendetwas davon wiederzufinden." "Warum so pessimistisch?" "In Hemmoor ist seit einiger Zeit eine rumänische Gang aktiv. Die Bande beobachtet Häuser und schlägt zu, wenn die Besitzer weg sind. Sie dringen brutal ein, zerstören verschlossene Innentüren, und wenn sich zufällig jemand im Haus befindet, wird er niedergeschlagen. Das Stehlgut ist meistens schon am nächsten Tag per LKW nach Polen unterwegs. Es ist eine Frage der Zeit, bis es den ersten Toten gibt."

Klaus und Björn beobachteten von aussen aufmerksam die Arbeit der Spurensicherung, bis sie selbst in die Wohnung zurück durften. Es dauerte fast den ganzen Tag, bis Klaus eine vollständig Liste der verschwundenen Gegenstände erstellt hatte, um sie Schröder zu übergeben. Die im Bunker gefundenen Dokumente listete er nicht auf, denn wie hätte er ihren Besitz erklären sollen. Zudem hielt er die Dokumente in Bezug auf den Einbruch für unwesentlich.

Es war bereits kurz vor Mitternacht, als Klaus und Björn mit dem Aufräumen fertig waren und sich mit einer Tasse Kaffee in das Wohnzimmer setzten, um über den Tag zu sprechen. "Wenn es kommt, dann kommt alles zusammen. Erst der Unfall, dann der Einbruch", sinnierte Klaus. Björn nickte zustimmend und nahm einen großen Schluck aus dem bunt bemalten Becher. "Alles Zufälle?", sagte er mit fragendem Unterton in seiner Stimme, nachdem der Becher wieder auf der hölzernen Tischplatte stand. "Was meinst Du, so was kommt doch vor, oder. Überleg doch mal. Wir suchen einen alten Keller. Ben trifft sich mit Bicher, der ihm wichtige Informationen gibt. Bicher verbrennt zufällig. Danach stirbt Ben zufällig bei einem Unfall und bei dir wird zufällig eingebrochen und die Unterlagen, die wir durch Bichers Hilfe gefunden haben, werden zufällig gestohlen. Viele Zufälle. Zu viele auf einmal, würde ich als angehender Wissenschaftler sagen." "Du meinst...", Björn unterbrach Klaus, bevor er ausreden konnte. "Ich meine gar nichts, aber denk doch mal nach. Ist dir oder Ben früher schon mal was Ernstes zugestoßen?" "Nein, natürlich nicht." "Und jetzt, all diese Zufälle in wenigen Tagen. Klaus wurde auf einmal sehr nachdenklich, bevor er erneut sprach: "Du hast wahrscheinlich recht, aber was sollen wir tun? Die Polizei würde uns bestimmt nicht glauben." "Wir sollten zunächst die Kopien, die ich für Ben gemacht haben ein weiteres Mal kopieren und sie sicher verstecken. Das geht erst Morgen früh. Bis dahin können wir die Dokumente durcharbeiten, um zu sehen, ob was Wichtiges darin steht. Etwas so Wichtiges, dass dafür Menschen getötet werden. Danach müssen wir noch mal in den Bunker, um zu sehen, ob noch mehr zu finden ist." "Unmöglich! Ben hat doch von dem Gang erzählt, in den die Steine gestürzt sind." "Er hat aber auch von dem Durchbruch erzählt, der in die Überschwemmungswiesen führt und der wahrscheinlich eine Verbindung zum See hat. Wir sollten einen anderen Eingang suchen, einen Eingang vom See aus, - durch die Trümmer."
Sie planten noch eine Weile bevor sie beschlossen erst einmal zu schlafen, um frisch ausgeruht die Unterlagen zu sichten.

Während die beiden mit dem Aufräumen beschäftigt waren und sich später schlafen legten, sah Sperling seinen Fund an. Er studierte die Pläne nur flüchtig, um danach wesentlich gründlicher im Tagebuch zu lesen. Er ließ sich von dem Inhalt fesseln und las bis spät in die Nacht, bevor er Phönix anrief, um ihn über ein bevorstehendes, langes, Fax zu unterrichten.
Er überflog die unwesentlichen Passagen und las die wichtigen mehrfach um sich nichts entgehen zu lassen.

Mein Tagebuch
Joachim Feldmann

Name: *Feldmann*
Vorname: *Joachim*
Geb.: *05. Januar 1921 in Berlin*
Ehegattin: *Frida geb. Sonnenberg*
Kinder: *1. Sohn : Karl-August*

Lieber August,

Wenn Du dieses Tagebuch in den Händen hältst, bin ich höchstwahrscheinlich tot oder werde vermisst. Bevor wir uns über die Kriegsführung Hitlers gestritten haben, gab es kaum schriftliche Aufzeichnungen von mir. Ich hoffe Du nimmst Dir die Zeit, dieses Tagebuch zu lesen und meine Handlungen zu verstehen.

Leb wohl,
Dein Vater

Beginn der Aufzeichnungen: 1. Januar 1945

Rückblick
...
Ich verließ die Schule mit einem hervorragenden Zeugnis. Da meine Eltern arm waren, ergab sich für mich keine Möglichkeit zu studieren oder eine solide Lehrstelle anzunehmen. Die ersten

Jahre nach meiner Schulzeit verbrachte ich bei einem Schmied. Er brachte mir alles Wissenswerte über die verschiedenen Metalle und deren Bearbeitung bei. Ich musste schwer arbeiteten, um über die Runden zu kommen.
...
Während meiner Ausbildung in der Schmiede blühte die Rüstungsindustrie auf, und es wurden verzweifelt qualifizierte Mitarbeiter gesucht. Ich erkannte meine Chance und bewarb mich bei einer Firma, die gepanzerte Gehäuse fertigte, dem Dortmund Hörder Hüttenverein (DHHV). Von diesem Zeitpunkt an verlief meine Karriere, genau wie die Ausgaben für die Rüstungsindustrie, steil aufwärts.
Es dauerte nicht lange, bis meine Ideen zur Verbesserung von Panzerungen die gebührende Beachtung gefunden hatten und ich zum Abteilungsleiter ernannt wurde. Während dieser Zeit lernte ich Werner Engler kennen. Werner, der später ein guter Freund und Protegé wurde, verbrachte seinen kurzen Urlaub zusammen mit seinem kleinen Sohn Hans Heinrich in der Nähe unserer Firma.
Ich war auf dem Weg zur Arbeit, als ich einen schweren Unfall bemerkte. Ich sah einen Wagen, der fast vollkommen zerstört an einem Brückenpfeiler stand. Der Fahrer lag eingeklemmt unter dem Wagen und ein kleines Kind schreiend auf dem Beifahrersitz. Den Jungen schätzte ich auf vier Jahre, den Mann auf siebenundzwanzig. Ich war der erste, der an der Unfallstelle hielt, um zu helfen. Der Mann, dem die Sicht in den Wagen versperrt war, hörte seinen Sohn schreien. Er sah nicht, dass es seinem kleinen Jungen, der geschockt und schreiend im Wagen saß, einigermaßen gut ging. Der Fahrer flehte mich mit leiser werdender Stimme an, seinen einzigen Sohn zu retten. Es war Werner Engler, der sich um seinen Sohn sorgte.
Während ich den Sohn aus dem Wrack zerrte, entzündete sich der aus dem gerissenen Tank strömende Kraftstoff. Der Mann hatte Glück. Der Unfallort lag an einer abschüssigen Stelle und der Treibstoff lief vom Unfallort weg. Diesem Umstand war es zu verdanken, dass der Wagen erst einige Minuten später in Flammen aufging. Diese wenigen Minuten reichten mir aus, um den Verletzten unter dem Wagen herauszuziehen und in sicherer Entfernung, neben seinen immer noch weinenden Sohn, abzulegen. Als er seinen Sohn sah, lächelte er erst ihm, danach mir zufrieden zu, bevor er ohnmächtig in sich zusammensackte. Das Krankenhaus befand

sich ganz in der Nähe und ich beschloss, die beiden direkt dorthin zu bringen.
Während der Aufnahme des Verletzten wurden die Taschen vom Krankenhauspersonal nach gültigen Ausweispapieren durchsucht. Ich hatte versäumt, den Jungen nach dem Namen zu fragen. Mir war nur die schnelle Hilfe wichtig gewesen, egal um wen es sich gehandelt hatte. Während die Taschen durchsucht wurden, gab ich meinen Namen und Arbeitgeber an, um einer später erfolgenden Befragung zur Verfügung zu stehen.
Nachdem die Daten des Mannes an die Polizei weitergegeben worden waren, wurde er flüchtig untersucht und sein Zustand als stabil angesehen. Bis zur Operation sollte er noch eine Stunde im Gang verweilen. Ich nahm mir noch ein wenig Zeit und beschloss, mich um den Jungen zu kümmern, der allein an der Seite seines Vaters stand und ihm die Hand hielt.
Es dauerte nur zehn Minuten, bis es im Gang hektisch wurde. Ein Anruf aus Berlin veranlasste die Ärzte und Helfer unverzüglich dazu, sich um den Verletzten zu kümmern. Er wurde sofort in den Operationssaal geschoben aus dem zur gleichen Zeit ein weiterer Patient, dessen Operation unmittelbar bevorstand, entfernt wurde.

Der Mann schien wichtig zu sein, überlegte ich, während der Junge auf meinem Schoß saß und auf die verschlossenen Tür starrte, hinter der sein Vater operiert wurde. Erst sehr viel später erfuhr ich, wer der Fremde wirklich war. Er gehörte zu einer kleinen elitären Gruppe, die Hitler persönlich unterstellt, geheime Rüstungsprojekte leitete. Da Hitler panische Angst vor Spionen hatte, durften diese Projekte noch nicht einmal gegenüber der Armeeführung erwähnt werden, zumindest nicht bevor sie abgeschlossen waren. Selbst danach wurden die entwickelten Produkte nur von wenigen, eingeweihten Generalen eingesetzt.

Ich wollte gerade zu meinem Wagen gehen und den Jungen in die Obhut der Pfleger übergeben, als mich der Stationsarzt freundlich zum Telefon rief. Am Telefon wurde mir zu verstehen gegeben, dass ich im Krankenhaus zu bleiben und mich für eine Zeugenaussage zur Verfügung zu halten habe. Ich war froh darüber, den verstörten Jungen noch ein wenig trösten zu können bis er zurück zu seinem Vater durfte. Bevor ich jedoch zurück ging, rief ich den für mich zuständigen Sachbearbeiter in der Firma an. Ich war

*verwundert, als er mir mitteilte schon von dem Unfall zu wissen und es keine Probleme gäbe, wenn ich der Arbeit fern bliebe. Ich tröstete den Jungen, bis sich die Tür des Operationssaals öffnete und er von meinem Schoß sprang um so schnell wie möglich die wenigen Meter zum Krankenbett seines Vaters zurückzulegen. Der Vater war bereits wach und drückte seinen Sohn, der voller Elan auf sein Bett sprang, fest an sich. Der Unfall war relativ glimpflich verlaufen. Einige Quetschungen und ein angebrochener Fuß waren die einzigen Verletzungen, die gefunden worden waren. Hätte ich nicht so schnell reagiert, wären mit Sicherheit beide verbrannt.
Es dauerte noch vier Stunden bis ich von Herrn Eichberg befragt wurde, der sich als einfacher Polizist auswies. Sein Auftreten ließ mich hingegen vermuten einen ranghohen Offizier vor mir zu haben. Er wollte vor allem wissen, ob mir an dem Unfall etwas merkwürdig vorgekommen war, ob mir Schaulustige aufgefallen waren oder irgendwelche äußeren Einflüsse für den Unfall verantwortlich gewesen sein könnten. Ich verneinte alle Fragen und durfte kurze Zeit später zurück in meine Firma.
...
Zwei Monate später befahl mich der Betriebsleiter zu sich. Bei dem Treffen wurde mir eröffnet, dass sich die Marine sehr für meine Arbeit interessiere. Wenn ich bereit wäre mit meinem Sohn nach Wilhelmshaven zu ziehen, könnte es sich sehr fördernd auf meine Karriere auswirken. Ich erkannte sofort den Befehl, der hinter der freundlich vorgetragenen Bitte steckte und wusste, wie sich eine Weigerung auf mein zukünftiges Leben auswirken würde. Also beschloss ich zu gehen.
Drei Wochen später trat ich meine neue Stelle bei der Marine in Wilhelmshaven an. Ich hatte Engler schon fast vergessen, als er drei Monate später in dem Trockendock auf mich zukam und herzlich begrüßte. Er war mir immer noch dankbar für die Rettung und hatte sich eingehend über mich erkundigt. Er erkannte in mir sofort einen Spezialisten für Panzerungen, der nicht nur beim Heer, sondern auch in der Marine gute Dienste leisten könne. Engler hatte mich für eine besondere Arbeit vorgesehen. Abgeschirmt von Öffentlichkeit und den anderen Einheiten war meine neue Einheit dazu bestimmt, ein perfektes Kampf-U-Boot zu entwickeln. Es sollte klein, wendig, unauffällig, leicht zu bedienen,*

kostengünstig und gut gepanzert sein. Ein nahezu unmögliches Unterfangen für die geheime Station "K".
Die Arbeit war abwechslungsreich und schritt gut voran, bis wir immer wieder durch kleinere und größere Sabotagefälle zurückgeworfen wurden.
In der Wilhelmshavener Zeit lernte ich Engler besser kennen. Er war überzeugter Nazi und glaubte fest daran, irgendwann die Welt zu beherrschen. Ich hingegen zweifelte immer öfter an der Richtigkeit der Befehle unserer Regierung, befürchtete jedoch, wir könnten den Krieg gewinnen. Ich hatte keinen Mut mich gegen die Regierung aufzulehnen oder sogar selbst bei Sabotageaktionen mitzuwirken. Schon kurz nach Antritt meiner Arbeit bemerkte ich die fast unsichtbaren Verfolger. Die Station "K" hatte eine eigene, dem Führer loyal ergebene, Geheimpolizei, die alle Mitglieder von "K" überwachte und sofort alle Verfehlungen nach Berlin meldete. Nicht wenige Kollegen, die sich abfällig über die Politik äußerten oder die Arbeiten absichtlich oder aus Versehen verzögerten, wurden zwangsversetzt oder tot aufgefunden. Ich musste mich anpassen um uns, im Besonderen dir, eine sichere Zukunft zu ermöglichen. Genau aus diesem Grund vertrat ich in der Gaststätte, in der wir uns im Streit trennten, die von mir laut vorgegebene Auffassung über die Regierung und ihren Kurs.
...
1944 wurde Wilhelmshaven immer wieder von den Alliierten bombardiert. Die elftausend Sprengbomben vernichteten immer größere Bereiche unsere Arbeit. Engler, der schon zu dieser Zeit erkannte, dass wir den Krieg verlieren könnten, bildete seinen Sohn weiter. Er impfte ihn mit nationalsozialistischem Gedankengut und gab ihm alle Informationen mit, die er brauchte, um bei einer Niederlage erfolgreich in den Widerstand zu gehen, und später ein neues Deutsches Reich zu organisieren. Ich durfte Engler beim Zusammentragen der Informationen helfen, da ich inzwischen der einzige war, dem er traute.
Wir hatten noch nicht alle Unterlagen zusammen, als Engler seinen Sohn und mich zu sich bat. Er sagte mir während des bisher heftigsten Bombenhagels, dass ich mich bei Notfällen an Phönix wenden sollte. Phönix sollte der Deckname werden, unter dem sein Sohn nach einem immer wahrscheinlicher werdenden Sieg der Gegner operieren würde.

Der Angriff war erst wenige Minuten vorbei, als Engler zum Dock ging, um die Schäden zu begutachten, als er von einer Bombe zerrissen wurde, die offensichtlich aus einem weit vom Verband abgeschlagenen Bomber abgeworfen worde war. Nicht nur Engler, auch die Papiere, die er so sorgsam gehütet hatte, wurden vernichtet. Ich war der einzige, der den Inhalt kannte, ohne es seinem Sohn zu sagen. Obwohl wir in den letzten Jahren sehr vertraut miteinander waren, behielt ich mein Wissen, welches die Gründung eines Vierten Reichs mit Sicherheit gefördert hätte, für mich.

Rückblick Ende

Tagebuch

01. Januar 1945
Ich bekam heute ein Schreiben aus Berlin, indem ich zum offiziellen Nachfolger von Engler ernannt wurde. Um die Arbeiten möglichst reibungslos durchführen zu können, soll ich versuchen, im Binnenland Firmen zu finden, die sich zumindest für Teilbereiche unserer Forschungen eignen. Die dezentrale Forschung hat zwar erhebliche Nachteile in Bezug auf die Geheimhaltung; es überwiegt jedoch der Vorteil, dass nicht mit wenigen Bomben alle Ergebnisse auf einmal vernichtet werden können. Aufgrund der hohen Gefahren, die eine Reise in diesen Zeiten mit sich bringen, habe ich beschlossen, ohne meinen Sohn zu fahren. Das ist eine schwere Entscheidung, besonders da wir uns noch nicht wieder versöhnt haben. Wegen der Küstennähe werde ich zunächst durch Norddeutschland fahren und Firmen an Nebenarmen der großen Flüsse aufsuchen. Ich hoffe, meinen über alles geliebten Sohn nach der Reise gesund in Wilhelmshaven wieder zu treffen, um alles erklären zu können.

10. Januar 1945
Die Reisevorbereitungen sind abgeschlossen. Ich bin direkt vom Führer mit allen erdenklichen Vollmachten ausgestattet worden, die es mir ermöglichen, Firmen zu besichtigen und notfalls besetzen zu lassen. Eine große Stadt an der Küste ist ungeeignet. Die Städte würden genau wie Wilhelmshaven unter starkem

Bombardement geraten. Aber wie sieht es in Hemmoor aus? Nicht zu weit entfernt von der Küste und auch nicht zu nah. Es war bisher uninteressant für die Rüstungsindustrie gewesen, hatte aber große Hallen, Maschinen, Öfen und alles andere was ich brauchte. Es war einen Versuch wert, und ich habe beschlossen, nach Hemmoor zu reisen.

12. Januar 1945
Die Reise verlief entgegen meiner Befürchtung reibungslos. Meine Vollmachten öffneten mir alle Tore und ich erkannte, dass Hemmoor nicht unbedingt besonders gut für meine Zwecke geeignet war, jedoch in Teilbereichen durchaus interessant sein könnte. Ich erwäge noch einige Zeit in Hemmoor zu bleiben.

...

20. März 1945
Ein Sieg wird immer unwahrscheinlicher. Ich werde versuchen, in Hemmoor das Kriegsende zu überstehen, um dann unter falschem Namen meinen Sohn zu suchen. Ich hoffe, dass er die vielen Bomben überstanden hat.

21. März 1945
Ich bin mir nicht sicher, ob man mir noch vertraut. Immer öfter fühle ich mich von einem kleinen, unscheinbar wirkenden Mann beobachtet.

22. März 1945
In dieser Firma gibt es nur einen sicheren Ort, in dem ich die Beschreibung des Depots verstecken kann, an dem ich die Kopien von Englers Unterlagen versteckt habe.
Sollte mir was zustoßen, bitte ich den Finder dieses Tagebuch an meinem Sohn auszuhändigen. Nur mein Sohn wird wissen, worüber wir uns Neujahr 1945 in der kleinen, unbedeutenden Gaststätte unterhalten haben, bevor wir im Streit auseinander gingen. Nur er wird wissen, wo er suchen muss.

23. März 1945
Gestern abend wurden meine Sachen durchsucht. Mein Tagebuch hatte ich glücklicherweise bei mir. Die Nische im letzten Raum des

Bunkers, direkt unter dem Tisch ist ein gutes Versteck für das Buch. Dort werde ich es verstecken, bis der Krieg vorbei oder zumindest der Verfolger verschwunden ist. Bis dahin werde ich keine weiteren Aufzeichnungen anfertigen. Den Brief mit dem Decknamen meines Sohnes habe ich sicher in einem anderen Keller versteckt. Es ist genau 100 Jahre alt.

23. März 1945, 12.30 Uhr, Hemmoor

Es war der letzte Eintrag, den Feldmann seinem Tagebuch anvertrauen sollte, bevor er beim Verlassen des Bunkers von seinem Verfolger, dem kleinen unscheinbar wirkenden Mann, erschossen und seine Leiche in den riesigen Ofen des Zementwerks geworfen wurde.

Sperling starrte noch lange auf die Seiten, bevor er sich in sein Bett legte, um erst Stunden später einzuschlafen. Plötzlich und unerwartet hatte er die sorgsam gehütete Identität von Phönix aufgedeckt. Ihm wurde klar, warum Phönix ein so großes Interesse an Feldmanns Aufzeichnungen hatte, die zufällig von den drei Tauchern gefunden worden waren.
Er dachte immer wieder an ihre Gruppe zur Neuorganisation des Deutschen Reichs, die viele Niederschläge einstecken musste. Phönix hatte viel von seinem Vater erfahren, aber eben nicht alles. Was stand in den noch verborgenen Unterlagen, wo waren sie zu finden? Viele Fragen schwirrten durch Sperlings Kopf, bevor er einschlief.

Björn und Klaus waren, genau wie Sperling, von dem Tagebuch fasziniert. Sie ahnten, welchen Wert die Seiten für überzeugte Nazis haben müssten und in welcher Gefahr sie sich befänden, wenn es die Einbrecher an die entsprechenden Personen verkaufen würden. Sie hatten nicht die geringste Ahnung von Phönix, der gleichzeitig mit den beiden die gefaxten Seiten las und direkt nach der Lektüre drei seiner besten "Soldaten" nach *Hemmoor* schickte. Phönix hatte schon oft versucht, Karl August Feldmann zu finden, es gelang ihm nicht und er vermutete Feldmann deshalb unter den

Trümmern von *Wilhelmshaven*. Nur diese Vermutung rettete bisher Benno Fuhrmanns Leben.

Es war bereits Mittag, als Björn und Klaus die Kopien des Tagebuchs zur Seite legten, um mit dem Studium der Pläne zu beginnen. "Wenn wir im Bunker nichts finden, ist die Schute unsere letzte Hoffnung", sagte Klaus nachdem er die Pläne weggelegt hatte. "Welche Schute?" "Die im Zementmuseum. In der Schute sind Fotos, Berichte, Dokumente und sogar ein Modell des Werks ausgestellt." "Ich verstehe. Wenn wir im Bunker nichts finden, hoffst Du, bei den Fotos Hinweise auf ein mögliches Versteck der restlichen Unterlagen oder Feldmanns Sohn zu finden." "Ja, trotzdem scheint mir ein Versteck im Bunker wahrscheinlicher. Lass uns gleich nach dem Essen mit der Suche nach einem anderen Eingang beginnen. Er müsste, wenn er überhaupt existiert, im See unter der Bundesstraße liegen."
Die beiden aßen in dem Imbiss an der B73 um so schnell wie möglich mit der Suche nach einem weiteren Eingang beginnen zu können. Nach dem Essen fuhren sie sofort zum See, um direkt neben der Einfahrt zu parken und sich auszurüsten. Während Björn seine Ausrüstung prüfte, sagte Klaus: "Wir haben Glück. Heute sind keine Taucher hier vorn und vor allem keine Angler." "Warum, die stören doch nicht?" "Hier vorn ist die Fischzucht und ein Angelgebiet. Wenn wir hier beim Tauchen erwischt werden, kriegen wir Tauchverbot und das würde uns ja wohl kaum passen." Nachdem sich die beiden fertig ausgerüstet hatten, gingen sie direkt zum See. In dem klaren Wasser zeichneten sich deutlich die Betonplatten und spitzen Moniereisen ab, die an der Wasseroberfläche begannen und bis über die Sichtweite hinaus in der Tiefe verschwanden. Eine massive Betonplatte, die direkt am Ufer lag und in den See ragte, war der ideale Einstieg. Klaus und Björn ließen sich von der Platte in den See gleiten, gaben ein OK Zeichen und entlüfteten ihre Tarierjackets. Björn war unwohl, als das Wasser mit gurgelnden Geräuschen über seinem Kopf zusammenschlug und der Blick auf die bizarre Wand aus ungesicherten Betonplatten und wirr verknoteten Moniereisen fiel. Von der Oberfläche bis in fünfzehn Meter Tiefe verlief die Wand fast senkrecht in die Tiefe. Björn war von dem Anblick der Wand so gefesselt, dass er nicht auf Klaus achtete, der sich durch das Stahl-Knäul hindurch bis zum festen Ufer tastete, um kurz danach wieder zurückzukehren.

Die beiden waren bereits einige Minuten unter der Wasseroberfläche verschwunden, als sich der dunkle VOLVO dem See näherte. Sperling wollte nicht allein aktiv werden. Er hatte vor, auf die versprochene Verstärkung zu warten und die zwei bis dahin in Ruhe zu lassen. Es war das verlassen am See stehende Wohnmobil, welches ihn dazu veranlasste zu stoppen und sich ein wenig umzusehen. Er stand wieder auf seinem Stammplatz gegenüber der See-Einfahrt und beobachtet die Seeseite. Während unzählige Autos und LKW zwischen ihm und dem See vorbeizogen, stieg Sperling langsam aus und näherte sich dem Wohnmobil. Er ging nicht direkt dorthin, sondern stellte sich zunächst an den Zaun, der den See und die Bundesstrasse 73 voneinander abgrenzte. Von dort suchte er die Wasseroberfläche ab, bis ihm die vielen kleinen Blasen auffielen, die direkt im Sperrgebiet an die Wasseroberfläche perlten. Langsam, den Blick immer wieder zum See gewandt, ging er zum Wohnmobil. Er rüttelte, in der Hoffnung eine offene Tür zu finden, vergebens an den Türgriffen, bevor er über die Rampe zum See ging. Kurz hinter der Stelle, an denen dicke Rohrleitungen in das Wasser ragten, sah er die Blasen. Sperling wäre fast in den See gefallen, so weit beugte er sich nach vorn, um die Taucher erkennen zu können. Nur undeutlich zeichneten sich die gelben Flaschen der beiden Taucher unter Wasser ab. Ein steiler Winkel sollte eine bessere Sicht ermöglichen, dachte sich Sperling, als er auf die große Betonplatte stieg um besser sehen zu können. Er stand am Rand der großen Platte, als er merkte, wie locker sie am Ufer lag, nur darauf wartend von der geringsten Last in den See gestoßen zu werden. Direkt unter der Platte sah Sperling die Blasenspur im Drahtgewirr verschwinden, um kurz darauf, direkt vor ihm, in Ufernähe zu erscheinen. Der Taucher befand sich in einer Tiefe von vier Metern. Ohne über seine Handlung nachzudenken, hüpfte Sperling mit aller ihm zur Verfügung stehenden Kraft auf der Platte, die sich erst langsam, dann immer schneller neigte, um in den Fluten des Kreidesees zu verschwinden. Mit einem großen Satz hechtete Sperling an das sichere Ufer und war bereits auf dem Weg zum Tor als sich die Wasseroberfläche gurgelnd über der Platte schloss. Ihm war klar, dass die beiden Taucher sofort auftauchen würden, sollte die Platte ihr Ziel verfehlen. Als er mit seinem VOLVO auf der B73 am See vorbeifuhr, konnte er die leere Wasseroberfläche sehen und hoffte, beide wären ertrunken.

Die beiden tauchten an der bizarren Konstruktion entlang, immer darauf bedacht, jede Möglichkeit zu nutzen, durch die Eisen an das Ufer zu gelangen, um dort nach einem verborgenen Eingang zu suchen. Björn sah Klaus durch eine kleine Öffnung zwischen dem wirren Stahlknäul in vier Meter Tiefe verschwinden, als er aus dem Augenwinkel heraus einen Schatten bemerkte, der sich von der Wasseroberfläche zu lösen schien. Er hatte das Gefühl, jemand hätte den Zeitlupenschalter betätigt, so langsam sah er die bedrohlich größer werdende Staubwolke auf Klaus zu fallen. Wie ein Komet erkannte er die riesige Betonplatte, welche sich im Kern der Wolke abzeichnete und unweigerlich alles im Aufschlagbereich begraben würde. Björn war unfähig sich zu bewegen und sackte schlecht tariert zu Boden als die Platte aufschlug und dabei eine noch größere Staubwolke bildete. Genau an der Stelle, an der eben noch sein Partner den zweiten Bunkereingang suchte, war nichts mehr. Von oben rieselte immer mehr Kreide und Schutt hinab, wodurch die Sicht zusätzlich schlechter wurde. Der Durchgang, den Klaus zuvor genommen hatte, war verschwunden. Die Wand aus Stahl und Beton hatte sich gesetzt um dabei alte Spalten und Löcher zu verschließen aber gleichzeitig auch neue zu schaffen. Nach dem ersten Schreck tastete sich Björn an den messerscharfen Moniereisen entlang, um eine Öffnung zu finden. Es schien Ewigkeiten zu dauern, bis er zum Ufer gelangte. Er tastete sich noch drei Meter weiter bis er erneut auf ein messerscharfes Hindernis stieß. Die Sichtweite betrug inzwischen wieder ein Meter und Björn konnte seinen Partner erkennen. Klaus lag flach auf dem Bauch, direkt unter der tonnenschweren Betonplatte. Björn vergaß vor Schreck fast zu atmen, bis er eine winzige Bewegung sah. Hatte Klaus sich wirklich bewegt, oder war es Einbildung? Die zweite Bewegung war deutlicher. Klaus versuchte panisch unter der Betonplatte hervorzukriechen. Es waren die Moniereisen, welche den Sturz der Platte stoppten und für einen, durch das enorme Gewicht der Platte immer kleiner werdenden Hohlraum sorgten, in dem Klaus überlebte. Bis der Hohlraum unter der Platte für einen Menschen zu klein sein würde, hatte Klaus nur noch wenige Minuten Zeit. Sekunden später stemmte Björn seine Flossen in den weichen Sand, um die Eisen, die den Ausgang nach vorn versperrten, auseinander zu biegen. Sein Atem ging hastig und stoßweise. Die Platte erreichte gerade Klaus´ Pressluftflaschen, als Björns Atemregler der abgeforderten Luftlieferleistung nicht mehr gewachsen

war und vereiste. Wie in einem Aquarium sprudelte die wertvolle Atemluft aus der zweiten Stufe in den See. Durch den Druck und der bei rascher Expansion immer kälter werdenden Luft, konnte Björn den Atemregler kaum noch zwischen den Lippen halten. Sein Finimeter zeigte ihm einen Besorgnis erregenden Abfall des Flaschendrucks an. Die Nadel näherte sich langsam der null bar Marke, als Klaus langsam zwischen den rostigen Stahldrähten erschien, die mit gewaltiger Kraft versuchten, in ihren Ruhezustand zurückzukehren, um dabei den hilflosen Taucher zu zerquetschen. Drei tiefe Atemzüge konnte Björn noch nehmen, bevor seine Flasche leer war und der Atemregler endgültig versagte. Klaus´ Beine waren noch in dem immer enger werdenden Knäul verfangen, als Björns Atemnot weiter zugenommen hatte und er auftauchen musste. Er sah nicht, wie die schwere Betonplatte den Stahl soweit verdichtete, bis der Spalt verschwunden war und Klaus´ Flosse felsenfest umklammert hielt. Björn schoss die wenigen Meter bis zur Oberfläche durch das aufgewühlte Wasser. Trotz der geringen Tiefe merkte er den Druckanstieg in seiner Lunge, der ihn zum Abatmen zwang. Nach dem Durchbrechen der Wasseroberfläche lag er bewegungslos da. Er dachte an Klaus, der zerquetscht, wenige Meter unter ihm in den Ruinen lag. Er dachte an Ben, der einen schrecklichen Unfall hatte und seinen Urlaub, der gänzlich anders verlaufen war, als er es geplant hatte. Es war der Schock, der ihn vergessen ließ, sofort einen Notruf abzusetzen und der dazu führte, das er keine der vielen Luftblasen bemerkte, die um ihn herum aufstiegen. Plötzlich durchbrach Klaus die Wasseroberfläche, riss seinen Atemregler und die Maske ab, atmete tief ein und ließ sich ebenfalls in Rückenlage treiben. "Gefährliche Gegend, hat mir glatt ´ne Flosse gekostet", war sein erster Kommentar als er Björn erreichte. "Wo kommst du denn her, ich dachte du liegst zerquetscht unter mir?" "Du hast lange genug ausgehalten. Es hat nur die Flosse erwischt. Ich denke, wir sollten hier verschwinden und für heute Schluss machen. Morgen ist auch noch ein Tag", sagte Klaus und kletterte ans Ufer.
Ohne zu sprechen legten die beiden ihren Taucheranzug ab und fuhren zu Klaus´ Wohnung. Klaus machte einen starken Kaffee, bevor sie sich an den Küchentisch setzten um zu reden. "Da haben wir noch mal Glück gehabt", begann Klaus. "Meinst du. War es wirklich Glück? Warum hat sich die Platte genau in dem Moment gelockert, als du darunter warst?" "Ich denke die Blasen haben die

Gewichtsverhältnisse geändert." "Hoffentlich hast du recht. Ich glaube nicht, dass wir in den Ruinen einen betauchbaren Eingang in den Bunker finden werden. Wir sollten an Land recherchieren oder genauer in der Schute." Björn verschwieg den Schatten, den er kurz vor dem Sturz der Platte gesehen hatte, da er dachte, er entspringe seiner Einbildung. "Gut, dann lass uns in der Schute recherieren." Die beiden schwiegen sich eine ganze Weile an bevor Klaus mit trauriger Stimme fortfuhr: "Übermorgen Mittag wird Bens Leiche freigegeben und wir müssen uns um die Beerdigung kümmern." Während Klaus über die Beerdigung sprach, wurden sein Augen feucht und entleerten sich in kleinen Rinnsalen, die über seine Wangen abflossen, um anschließend in der dicken, blauen Wolle seines Pullovers zu versickern. Immer wieder wurde den beiden bewusst wie sehr ihnen Ben fehlte und wie schnell ein Leben zu ende sein kann.

Sperling war, in der Überzeugung keine Mitwisser mehr zu haben, zurück in seine Unterkunft gefahren. Er hatte nicht gewartet, bis Björn die Wasseroberfläche durchstieß, um kurz danach seinen Freund zu finden. Sperling war mit sich und der Welt zufrieden bis ihn der schrille Klingelton an der Haustür erschreckte. "Hallo Sperling, Du hast mal wieder Probleme", sagte Gregor nachdem ihm Sperling die Tür geöffnet hatte. "Alles erledigt. Wir können ja zusammen einen Kaffee trinken, während ich euch erzähle, wie ich die beiden ausgeschaltet habe. Phönix wird sich freuen." "Da sind wir aber gespannt", fuhr Arne fort. Gregor und Arne waren Mitte dreißig und überzeugte Nazis. Immer wieder wurden sie von Phönix beauftragt, die Drecksarbeit zu erledigen.
Sie tranken gemütlich ihren schwarzen Kaffee während Sperling berichtete. "Ich denke wir sollten überprüfen, ob die beiden wirklich platt sind", bemerkte Gregor nachdem Sperling seine Ausführungen beendet hatte.
Nur zwanzig Minuten später stand der schwarze VOLVO vor Klaus´ Haustür. "Mist", rief Arne: "Da brennt Licht." Es dauerte nicht lange, bis sie die Schatten sahen, die sich hinter den Fenstern abzeichneten. "Da hast Du ja wieder ganz schön gepatzt", sagte Gregor und fügte hinzu :"Unser Plan ist todsicher. Wir müssen nur unauffällig an die beiden rankommen. Lass es uns Morgen früh versuchen." Sperling nickte unsicher und startete den Wagen, um

Arne und Gregor zu einem nahen Hotel zu fahren, in dem Sie die Nacht verbringen sollten.

Es war bereits halb elf, als Klaus und Björn nach einem gemütlichen, reichhaltigen Frühstück aufbrachen, um zur Schute zu fahren. Gefolgt von dem schwarzen VOLVO erreichten sie die große, alte Schute, die eine der Hauptattraktionen des winzig kleinen Zementmuseums bildete. Die Schute war eine von vielen, die zur Blütezeit des Werks in Schwarzenhütten anlegte, um ihre Fracht zu entladen. Der ehemalige Bürgermeister hatte sich sehr dafür eingesetzte die Schute vor dem Verfall zu bewahren und sie nach *Hemmoor* zu schaffen. Ein Verein baute sie zu einem kleinen Museumsraum aus, in dem ein Modell, Fotos und viele weitere Dinge aus dem Zementwerk zu sehen waren. Der Verein war es auch, der den Eintritt kassierte, die Schute in gutem Zustand erhielt und die Ausstellung stätig erweiterte. Björn und Klaus betrachteten zuerst lange ein großes Modell der Kreidekuhle und der Fabrik, bevor sie mit der Durchsicht alter Fotos, starteten. Sie begannen mit alten Fotos auf denen sie sich einen Hinweise auf alte, verborgene Keller und Bunker erhofften. Trotz der vielen Fotos wurden sie zunächst nicht fündig, bis sie nach fast vier Stunden die Zeit des Zweiten Weltkriegs erreichten. "Komm mal her", rief Klaus und sah dabei zu Björn, der sich an einem anderen Tisch durch die Fotoalben wühlte. "Hier ist Feldmann mit einigen Weinflaschen, und hinter ihm ist eine kleine Treppe zu erkennen. Auf dem anderen Foto sitzt er mit Gästen in einem Saal, auch hier trinken Sie Wein." Björn, der inzwischen selber einige Seiten markiert hatte, sah Klaus´ Fund an und zeigte danach seine Fotos. "Hier geht Feldmann in unseren Bunker. Auf dem dritten scheint er ziemlich betrunken zu sein. Ich denke er war Weinliebhaber." "Ob er den Plan im Weinkeller versteckt hat?" überlegte Klaus laut. "Hier auf dem Foto ist die gleiche Treppe, nur von weiter weg. Ob es sich um den Eingang des Weinkellers handelt?" "Lass uns die Fotos mit den alten Plänen und anderen Bildern vergleichen. Vielleicht haben wir Glück und finden sowohl den Keller als auch die Pläne."
Sie schraken auf, als sie unerwartet von dem Fremden angesprochen wurden, der kurz nach ihnen die Schute betreten hatte.
"Ihr sucht den Weinkeller", fragte er die beiden. "Wir suchen nichts, sind nur neugierig", entgegnete Klaus reserviert, um sich erneut den Fotos zuzuwenden. "Mein Großvater arbeitete in der

Firma und hat mir viele Bilder hinterlassen. Ich weiß genau, wo der Keller ist. Da ich nur Bier trinke und der Keller sowieso verschüttet ist, habe ich kein Interesse daran, ihn auszugraben. Einmal wollte ich ihn suchen. Hatte alles dabei, meine Zeichnungen Pläne und so weiter, wasserfest verschweißt, aber dann bin ich doch woanders tauchen gegangen." "Sie haben noch nie nach dem Keller gesucht", wollte Björn wissen. "Nein. Aber eventuell andere Taucher. Als ich damals anstelle der Suche zum Tauchen in den See ging, tauchte ich im Rüttler. Damals war er noch offen. In einem der Gänge werde ich die Kopien verloren haben. Als ich sie wiederholen wollte, waren die Gänge zu, aber vielleicht hat ja vorher ein Taucher die Zeichnungen gefunden."
Klaus und Björn ließen sich nicht anmerken, wie sehr sie an den Kopien interessiert waren. Klaus sagte zu dem Fremden: "Sicher interessant, aber wir sind keine Schatzsucher. Wir müssen jetzt los. Schönen Tag noch." Er fasste seinen verdutzten Freund am Arm und schob ihn vor sich her nach draußen. "Was soll das? Wir haben endlich eine Spur und du schiebst mich raus." "Lass uns Morgen früh am Rüttler tauchen. Ich weiß, wie man die Gitter öffnet. Wenn wir die Pläne finden, haben wir gewonnen. Warum sollten wir den Fremden einweihen?" "Du hast Recht", erwiderte Björn und stieg zusammen mit Klaus in den Wagen, "Aber warum tauchen wir erst morgen früh?" "Da Tauchgänge in den Gängen aufgrund der enormen Gefahren vom Ordnungsamt untersagt worden sind, hat jeder Taucher, der dort erwischt wird, mit lebenslangem Tauchverbot zu rechnen. Früh morgens ist es jedoch relativ unwahrscheinlich, auf andere Taucher zu treffen, die uns anschwärzen könnten."
Gregor sah den beiden nach. Er wusste zwar nicht, ob die beiden seine frei erfunden Geschichte von den ominösen Plänen geglaubt hatten, er rechnete jedoch fest damit.

Während Björn und Klaus sich am Einstieg drei auf den Tauchgang vorbereiteten, der sie in die Gänge vor dem Rüttler führen sollte, rüsteten sich Gregor und Arne direkt unter dem Umspannwerk, am Einstieg vier aus.
"Hast Du den Rollgabelschlüssel gesichert", wollte Björn wissen nachdem zunächst der lebenswichtige Teil der Taucherausrüstung überprüft worden war. "Alles klar, dann wollen wir mal", erwiderte Klaus, bevor sie mit dem Abstieg begannen, der über eine

steile Treppe und einen kleinen Hügel direkt zu einem Ponton am Einstieg drei führte. Unten angekommen, gönnten sie sich eine kurze Pause und sahen dabei mit gemischten Gefühlen in die Tiefen des Sees. "Können wir", wollte Björn wissen als er sah, dass Klaus mit angelegten Flossen, sprungbereit am Rand des Pontons stand. "O.K.", rief Klaus, als er sich mit einem großen Satz von den Brettern abstieß, um kurz darauf in die Fluten des *Kreidesees* einzutauchen. Nur Sekunden später durchschlug Björn die Wasseroberfläche, um genau wie Klaus von seinem luftgefüllten Jacket an die Wasseroberfläche zurückbefördert zu werden. "Ein wenig mulmig ist mir schon. Na egal, lass uns abtauchen", war Björns letzter Kommentar an der Oberfläche bevor sie sich ein O.K. Zeichen gaben, um an dem dünnen Stahlseil zum Rüttler abzutauchen. Als die beiden den Abstieg begannen, waren Gregor und Arne ebenfalls fertig ausgerüstet. Ihre Ausrüstung unterschied sich nur in einem kleinen, jedoch nicht unwesentlichen Detail von Klaus´ und Björns Ausrüstung. Der Rollgabelschlüssel, welcher den beiden Schatzsuchern den Weg öffnen sollte wurde bei Gregor und Arne durch eine kleine, aber höchst wirksame Harpune ersetzt. Solche vielerorts geächteten Harpunen wurden bestimmungsgemäß für die Fischjagd eingesetzt. Um nicht sofort bemerkt zu werden, begannen sie den Tauchgang am Einstieg vier, der vom Einstieg drei nicht einsehbar, hinter den nächsten Biegung lag.

Es war Björns erster Tauchgang in den sagenumwobenen Rüttler, der sich schon aus einer Tauchtiefe von zwölf Meter schemenhaft gegen den dunklen Hintergrund abzeichnete. Die beiden tauchten direkt auf ein altes, gut erhaltenes Geländer zu, welches zu Zeiten des Zementabbaus die Arbeiter davor schützte, unbeabsichtigt in die Schütte zu stürzen. An dem Geländer war ein alter Spiegel angebracht, vor dem Björn zwei majestätisch wirkende Saiblige sah, die bewegungslos im Wasser stehend auf ihre Beute warteten. Die beiden Freunde schwebten über das Geländer in die Richtung einer großen Schütte. Nur die Atemgeräusche der Taucher durchbrachen die Stille, als sie sich durch den Trichter der Schütte sinken ließen, um wenig später über dem Sockel des Rüttlers zu erscheinen. Beide schalteten Ihre Lampen an, als sie das große schwarze Loch erblickten, welches sich direkt unter ihnen öffnete und den Eingang in die Katakomben des Bauwerks bildete. Während Björn zögernd in die Dunkelheit starrte, verschwand Klaus im Sockel, um gleich darauf durch ein großes Loch an der Vorderseite des Rüttlers wieder aufzutauchen. Vor dem Rüttler angelangt, sah er sich kurz nach Björn um und gab ihm per Handzeichen zu verstehen, dass er folgen sollte. Nicht der kaum zu öffnende Eingang im Sockel sondern ein zweiter an der Meisterbude sollte von Klaus geöffnet werden. Sie tauchten nach links über den sandigen Grund des Kreidesees in zweiunddreißig Meter Tiefe, als die Oberkante einer massiven Mauer vor ihnen auftauchte. Zwei Meter unterhalb der Mauerkannte sahen sie die beiden Gänge, in denen die beiden die gesuchten Unterlagen vermuteten. Klaus begann sofort mit der Arbeit. Geschickt drehte er mit dem Rollgabelschlüssel die Schrauben aus der Verankerung. Nach dem Lösen der letzten Schraube bewegte sich das Gitter und fiel zunächst langsam, dann immer schneller nach außen und traf fast Björns Kopf, als es unhörbar auf dem sandigen Grund vor den Gängen aufschlug. Die beiden verloren keine Zeit und tauchten nach dem Entfernen des Gitters sofort in den offenen Gang. Der Eingang wurde links durch eine eingebaute Meisterbude und rechts durch dicke Rohrleitungen an der Wand verengt. Klaus und Björn tauchten langsam, immer darauf bedacht, nur wenig Sedimente aufzuwirbeln, durch den Gang. Sie versuchten, jeden Zentimeter abzusuchen, um auf keinen Fall irgendwelche wichtigen Spuren zu übersehen, bis sie einen Spind erreichten, der ihnen den Durchgang versperrte. Ohne miteinander zu kommunizieren, ließen beide zeitgleich die Luft aus ihrem Jakkets, um festen Halt auf dem Boden zu bekommen und den offenen Spind zur Seite zu kippen. Es dauerte Minuten, bis sich der schwere Spind langsam auf die Seite neigte und nach vorn in den Gang kippte. Die von dem Sturz aufgewirbelten Sedimente erschwerten den beiden die Sicht. Selbst die Lampen vermochten es nicht, die dichte Staubwolke zu durchdringen, so dass sie sich langsam an der Engstelle vorbeitasten mussten. Wenige Meter nach dem Spind knickte der Gang nach rechts ab, stieg steil an, um nach einem weiteren Rechtsknick geradeaus weiterzuführen. Dieses gerade Teilstück verlief direkt am Sockel des Rüttlers vorbei zu einem zweiten Gitter, welches einen weiteren Ausgang versperrte. Obwohl sich Klaus und Björn sehr große Mühe gegeben hatten, alle Winkel abzusuchen, blieb der Erfolg aus. Nicht die geringste Spur der gesuchten Unterlagen war zu finden. Resigniert wollten sie den Rückweg antreten, als Björn durch das Gitter nach außen sah. Zwei Taucher in schwarzen Trockentauchanzügen näherten sich der Meisterbude. Björn erinnerte sich nur zu gut an die Tauchregeln, in denen deutlich auf ein absolutes Tauchverbot in den Gängen hingewiesen wurde. Er gab ein Zeichen, um Klaus auf die beiden Taucher aufmerksam zu machen. Wo sollten sie sich verstecken? Wurden sie erwischt? Schnell tauchten die beiden den Gang zurück, am Rüttler vorbei, über die Stufe und den Spind in Richtung Ausgang. Sie hatten den Ausgang fast erreicht, als Björn ein merkwürdiges Geräusch hörte. Hat da jemand eine Sektflasche geöffnet, dachte er kurz bevor er gegen Klaus stieß, den er in den Staubwolken kaum erkennen konnte. Das Wasser um Björn färbte sich merkwürdig rot, als die zweite Sektflasche geöffnet wurde. War es wirklich eine Sektflasche, dachte Björn, bevor er Augenblicke später einen stechenden Schmerz an seiner linken Wade bemerkte. Der Schmerz war so heftig, dass er nicht merkte wie sein Taucheranzug immer schneller geflutet wurde. Der im gefluteten Zustand unförmige Trockentauchanzug und die Schmerzen machten ein Vorwärtskommen fast unmöglich und er sackte schnell ab, wobei er von dem sandigen Grund gestoppt zu wurde. Zunächst dachte Björn, er wäre an einem der unzähligen, scharfkantigen Moniereisen hängen geblieben, die seinen Anzug zerrissen hätten, bis er Klaus sah. Es war kein Stein auf dem er gelandet war, sondern die Pressluftflasche seines Freundes. Klaus lag bewegungslos auf dem Bauch und hatte den lebenswichtigen Atemregler verloren. Björn drehte ihn sofort um und konnte trotz der immer schlechter werdenden Sicht einen kleinen unscheinbar wirkender Pfeil in dem Anzug seines Freundes erkennen, der aus dessen Brust ragte. Es schien, als sprudelten unendlich viele Liter Blut aus dem kleinen Loch im Anzug, um sich sofort mit dem umgebenen Wasser zu mischen und eine große rote Wolke zu bilden. Bevor Björn seine Situation richtig erfassen konnte, hörte er ein weiteren Plop. Auch wenn er noch nie eine Unterwasserjagd miterlebt hatte, war ihm plötzlich klar, dass der Plop nur von einer Harpune stammen konnte. Die Taucher in schwarz schienen auf der Jagd zu sein und hatten ihre Beute gefunden. Instinktiv drückte sich Björn flach auf den Grund und erreichte im Schutz der Staubwolke die Tür zur Meisterbude. In der Bude ertastete er einen Ofen und eine alte Pritsche, die sich im Laufe der Jahre fast vollständig von der Wand gelöst hatte. Er überlegte nicht lange und riss die Pritsche mit der ganzen Kraft, die er der Panik nahe aufbringen konnte, von der Wand und legte sie auf sich. Er glaubte es selbst kaum, aber das Versteck erfüllte seinen Zweck. Nur kurz schauten Gregor und Arne in die Meisterbude, um dann schnell ihr Opfer, von dem sie dachten, es habe sich im Gang verkrochen, weiterzuverfolgen. Erst als die Jäger hinter dem scharfen Knick verschwunden waren warf Björn die Pritsche zur Seite, um noch einmal nach Klaus zu sehen. Er war kein Fachmann aber er konnte sofort erkennen, dass er seinem Freund nicht mehr helfen konnte. Björn tauchte, so schnell er es mit dem vollgelaufenen Trockentauchanzug und der schmerzenden Wunde vermochte, aus dem Gang weiter zum Rüttler und schoss panisch nach oben, als er am Stahlseil zwei weitere unbekannte Taucher bemerkte.

Es war ein schöner Morgen, als Lara und Max den *Kreidesee* in *Hemmoor* erreichten, um nach den vielen Jahren intensiver Arbeit richtig zu entspannen. Jahrelang ermittelten Lara und Max verdeckt für das LKA-*Hamburg*. Zuerst waren es die Drogen, dann die Bandenkriminalität, bis später die rechtsradikalen Gruppierungen observiert wurden. Beide waren aus Überzeugung tätig und mussten immer wieder erkennen, dass insbesondere die rechtsradikalen Straftäter häufig den Schutz der Gerichte genossen. Die milden Strafen für die Täter und das Leid der Opfer bewegten Lara und Max dazu, ihre finanziell abgesicherte Beamtenlaufbahn zu kündigen, um drei Monate später selbständig ihr Glück zu versuchen. Sie planten, als Detektive und Personenschützer tätig zu werden und sich im anstehenden Resturlaub vom LKA nicht nur auf ihre Hobbys zu konzentrieren, sondern auch die Gründung einer neuen Firma voranzutreiben.

-5-

Neue Freunde

Die ersten Sonnenstrahlen, die durch den immer dünner werdenden Nebel auf die Wasseroberfläche trafen, ließen die Silhouette der Kirche gespenstisch erscheinen. Es war noch früh, sehr früh als Maximilian, den seine Freunde kurz Max nannten, und Lara die kleine rote Boje im See erreichten.

"Ein schöner Tag - ein schöner Urlaub", sinnierte Max, der bequem in Rückanlage schwimmend leicht gegen Lara stieß, die bereits an der Boje wartete. "Laß uns erst mal abwarten was noch kommt", antwortete Lara und fügte kurze Zeit später hinzu: "Wollen wir nicht doch zum Ponton und am Stahlseil abtauchen? An der kleinen Boje fühle ich mich nicht so richtig wohl!" "Also gut, Lara, wir wollen ja keinen Stress im Urlaub. Von mir aus können wir von hier unter Wasser zum Ponton, und dann weiter über den Rüttler, die Meisterbude und den Holztreppen zu den Baustahlmatten tauchen, O.K.?" "Das hört sich schon besser an, Max. Schau mal die Blasen, da sind Taucher unter uns, und ich dachte, wir wären so früh die ersten."
Während Lara die Blasen beobachtete, nahm Max seinen Atemregler in den Mund und tauchte wortlos auf drei Meter Tiefe ab. Lara folgte und gab ein O.K.-Zeichen, als sie Max erreichte, um dann zusammen mit ihrem Tauchpartner zum Stahlseil zu tauchen. Nur wenige Zentimeter vor dem Stahlseil begann der eigentliche Abstieg zum Rüttler. Sie genossen die gute Sicht und sahen lange zum Ponton hinauf, der frei über ihren Köpfen zu schweben schien. Immer wieder zeichneten sich die stromlinienförmigen Silhouetten der vorbeihuschenden Saiblinge gegen die in den See flutenden Sonnenstrahlen ab, welche den Blick der beiden fesselten. Den einzelnen, in Panik auf die beiden zurasenden Taucher sahen sie erst, als er Lara in zehn Metern Tiefe fast rammte. Sie sah ihm interessiert nach ohne so schnell zu begreifen, was sich um sie

herum abspielte. Max hingegen erkannte die Situation sofort. Nicht zum ersten Mal erlebte er einen Notaufstieg der oft zu schweren Schädigungen des Tauchers oder dem Tod des Betreffenden führte. Die in der Lunge expandierende Luft konnte diese zum Platzen bringen und die Stickstoffbläschen, die im Blut des Tauchers ausperlten wenn der Druck zu schnell abnahm, konnten ihn töten. Instinktiv griff Max in die Bänderung des Tauchers, um ihn nicht zu verlieren. Der Auftrieb war jedoch so groß, dass er sofort von dem fremden Taucher nach oben gerissen wurde. Max konnte sich später nicht mehr erinnern, wie es ihm gelang, den Schnellablass am Jacket des Tauchers rechtzeitig zu betätigen, aber er schaffte es. Nur vier Meter höher entleerte sich das voll aufgeblasene Jacket schlagartig, als die Luft durch das Schnellablassventil zischte und der rasante Aufstieg gestoppt wurde. Der Taucher war immer noch panisch, als sein Jacket vollkommen entleert war und beide zu sinken begannen.

Max bediente den Inflator des Tauchers und stellte dadurch vorsichtig den notwendigen Auftrieb her. Wenig später waren sie wieder bei Lara, die den Vorfall fast reglos beobachtet hatte, um zusammen mit Max und dem Fremden aufzutauchen. Max gab sich alle Mühe, um den Taucher davon zu überzeugen, wenigstens einige Minuten in drei Metern Tiefe zu verweilen, um ein Ausperlen des Stickstoffs zu verhindern. Er wusste schließlich nicht, wie lange der Taucher bereits unter Wasser gewesen war. Während der Zwangspause wunderte Max sich über die Blutfahne, die aus einem kleinen Loch im Unterschenkelbereich quoll. War das Loch der Grund für den gefluteten Anzug mit anschließendem Notaufstieg, überlegte Max als alle drei zusammen die letzten Meter zur Oberfläche zurücklegten.

Björn bekam von seiner Rettung nichts mit, so sehr waren seine Wahrnehmungen durch die Panik getrübt. Laut hustend lag er mit dem Blick zum Himmel an der Wasseroberfläche und wartete darauf, von den zwei Unbekannten zu Ben und Klaus befördert zu werden. Es waren nur wenige Minuten, die ihm wie Ewigkeiten vorkamen, bis er den unbekannten Taucher verstand: "Hallo ich bin Max, da vorn ist Lara. Was ist mit Deinem Partner oder warst Du allein? Ein paar Mal musste Max die Frage wiederholen, bevor Björn antworten konnte: "Klaus ist tot, ermordet." "Du stehst unter Schock. Wir bringen dich erst einmal an Land und rufen den Arzt.

Deinen Partner werden wir finden", unterbrach Lara höflich und begann dabei, zum Ponton zu schwimmen. Erst als die drei über den Ausstieg drei den See verließen, um über die steile Treppe zu Laras BMW aufzusteigen, wurde Björn ruhiger. Die beiden sehen harmlos aus, es sind bestimmt nicht die Mörder. Warum sollten sie sonst den Arzt rufen, dachte Björn, als Lara ihr Handy nahm und 112 wählte. "Dir geht es ja schon wieder besser" bemerkte Lara lächelnd, nachdem sie ihr Gespräch beendet hatte. "Wir haben keine Zeit zum turteln, unsere Flaschen sind noch fast voll und wir müssen runter um deinen Partner zu finden, unterbrach Max. Björn erschrak. Waren da unten nicht die Mörder? "Mein Partner ist tot und vor allem ist es sehr gefährlich da unten. Ihr braucht nicht mehr zu tauchen." "Was ist, wenn du dich irrst? Vielleicht liegt er ja hilflos, auf seine Rettung wartend, im Sand. Du hast doch Max gehört - wir tauchen", fuhr Lara fort. "Und die Mörder?" Max und Lara zuckten wie elektrisiert zusammen. Mörder?! Plötzlich war der Urlaub, die Kündigung und die neue Firma vergessen. Wie auf Kommando drehten sich beide mit fragenden Blicken zu Björn um und musterten ihn eingehend. "Mörder", wiederholte Max. Björn ärgerte sich bereits darüber, von Mördern gesprochen zu haben, aber es war zu spät. Er konnte das Martinshorn des Rettungswagens bereits hören während er von dem Tauchgang und vor allem von den beiden schwarzen Gestalten unter Wasser berichtete. "Ich weiß erst mal genug, wir reden später weiter", unterbrach Max den Vortrag als Björn erzählte, wie er von der Bude zum Rüttler gelangte. "Wenn du keinen Tiefenrausch hattest, und ich denke, du hattest einen, werden wir deinen Partner in dem besagten Gang finden." "Wir passen auf uns auf, du kommst allein klar", hörte er Lara sagen, als sich die beiden ohne eine Antwort abzuwarten umdrehten, um erneut über die kleinen steilen Stufen zum See zu gelangen.

Während der Rettungswagen den holperigen Weg zum Rüttler entlang fuhr, tauchten Max und Lara bereits ab. Auch wenn sie eher an einen Tiefenrausch Björns als einen realen Vorfall glaubten, waren sie vorsichtig. Sie nahmen nicht den direkten, aber ungeschützten Weg entlang des Stahlseils, sondern tauchten jede Deckung nutzend am Hang hinunter zum Rüttler. Weiter führte sie der Weg über die Brücke, durch die Schütte zum Sockel des Rüttlers. Im Gegensatz zu Klaus und Björn tauchten die beiden nicht direkt zur Meisterbude sondern in Richtung Seemitte. Es dauerte nur eine

Minute bis sie an eine schwarze, bedrohlich wirkende Kante kamen, an der der Seegrund steil bis auf fünfundfünfzig Meter abfiel. Der Hang führte direkt zur Mauer, an der die Gänge begannen und vor allem war er der einzige Sichtschutz auf dem Weg dorthin. In einer Tiefe von siebenunddreißig Metern näherten sie sich der Mauer, bis sich über Ihnen ein alter Absperrschieber abzeichnete, der sich zwanzig Meter hinter der Meisterbude fast in gleicher Tiefe mit ihr befand. Die Sedimente hatte sich noch nicht vollständig gesetzt, als die beiden den Schieber erreichten. Trotzdem konnten sie von dort den offenen, linken Gang erkennen. Von den schwarzen Gestalten sahen jedoch sie nichts. Dicht am Sockel der Mauer entlang tauchten sie zu dem tiefschwarzen Loch, welches den Eingang zum offenen Gang bildete. Während jeder andere Sporttaucher sofort in den Gang getaucht wäre, um nach dem vermissten Taucher zu suchen, legten sich Max und Lara für einige Minuten flach auf den Grund, um zu beobachten. Zu oft hatten sie böse Überraschungen erlebt um trotz Björns Vorwarnung direkt in die Arme von Mördern zu geraten. Als die Gänge nach drei Minuten immer noch ruhig wirkten, tauchten sie flach über den Boden in den offenen Gang. Es dauerte nicht lange, bis sie Klaus fanden, der erdrückt unter dem Spind, bewegungslos, mit offenen Augen am Boden lag. Es war eine Metallstange, die fest mit dem Spind verschraubt, in der Brust des toten Tauchers steckte.

Max und Lara brauchten fast zehn Minuten ehe sie den Spind aufrichten und den Taucher bergen könnten. Als sie zusammen mit der Leiche die Wasseroberfläche erreichten, wartete schon ein Boot des örtlichen Rettungsdienstes auf die Taucher. Zusammen mit dem Notarzt zog die Bootsbesatzung Klaus` Leiche an Bord. "Jetzt kommt ihr dran", hörte Lara den Bootsführer sagen. "Wir schwimmen zurück zum Ponton. Ich denke nicht, dass es im Moment noch viel für uns zu tun gibt. Unsere Aussage können wir nachher an der Wachstation machen, dann sind wir wenigstens trocken", entgegnete Lara. "Also doch ein Unfall, der zur Panik und Tiefenrauschsymtomen führte", sinnierte Max halblaut vor sich hin. "Besser so als zwei Wahnsinnige, die auf Taucher schießen", führte Lara den Gedanken fort, als sie wieder festen Boden unter den Füßen hatten.

Alles schien für Max und Lara in bester Ordnung zu sein. "Lass uns trockene Kleidung anziehen, unsere Aussage machen und anschließend in irgendeiner Kneipe versacken", schlug Max vor, als er den BMW erreichte.

Während die beiden dabei waren, sich abzutrocknen, kam es nur zweihundert Meter weiter, am Einstieg vier, zu einem heftigen Streit zwischen Gregor und Arne. "Du Idiot, kannst du nicht richtig treffen. Wenn du uns die Polizei auf den Hals hetzt dann", schimpfte Gregor mit hochrotem Kopf. "Was dann", unterbrach Arne, "das war doch dein genialer Plan." "Der Plan war gut. Wenn du die beiden im Gang erwischt hättest, hätten wir nur noch das Tor verschließen zu müssen, und den Wagen der beiden verschwinden lassen. Die wären für immer weg. Und so", lobte Gregor nachträglich seinen Plan. "Und so sieht es aus wie ein Unfall. Der große kann sich den Kratzer an einem Moniereisen zugefügt haben und der andere ist durch den Spind gestorben. Welcher Dorfsheriff glaubt schon an einen Mord im *Kreidesee?*" Diese Sichtweise beruhigte Gregor nur wenig. "Abwarten", sagte er und begann sich umzuziehen. "Wir werden den Großen weiter im Auge behalten, irgendwann kommt eine günstige Gelegenheit."

Bevor Björn der Befragung durch die Polizei zur Verfügung stand, wurde er im Rettungswagen untersucht. "Halb so schlimm", sagte der Taucharzt. "Sie brauchen nicht ins Krankenhaus. Wenn sie demnächst irgend etwas Besonderes merken, ein Kribbeln, Schwindelgefühle oder sonstiges, melden Sie sich sofort bei mir." "Mach ich", versprach Björn, als er im selben Moment aus dem Rettungswagen stieg als Max und Lara mit dem Umziehen fertig waren. "Hallo, dir geht's scheinbar wieder besser", sagte Lara, als sie Björn aussteigen sah. "Wie heißt du eigentlich?" "Björn, und ihr?" "Ich bin Lara und dein Retter ist Max. Eigentlich Maximilian, aber es war ihm zu lang." "Kommt ihr mit zur Polizei", fragte Björn, der keinerlei Erfahrungen mit der deutschen Polizei besaß, "ich komme nicht von hier. Ich bin aus Schweden." "Aber sicher. Übrigens, wir sind die Polizei", gab Max zur Antwort, worauf Lara konterte: "Noch Max, aber nicht mehr richtig und vorallem nicht mehr lange. Lass uns jetzt gehen". "Habt ihr die beiden Mörder gesehen", fragte Björn, als sie dem Polzeibeamten entgegen gingen. "Welche Mörder?" fragte Max. "Dein Freund lag unter einem Spind. Eine lange Stahlstange hatte sich in seine Brust gebohrt, ein Unfall", erklärte Max und Lara ergänzte: "In dem ganzen Staub hast du sicherlich die Stange mit dem Geschoss einer Harpune verwechselt. Dann waren da zwei unbekannte Taucher und deine Einbildung sorgte für den Rest. Bei der panischen Flucht ist dein Anzug gerissen und du bist zu uns hochgeschossen. Gut, dass Max so schnell reagiert und dich vor Schlimmerem bewahrt hat."

Lara hatte gerade ihren Satz beendet, als der Kripo-Beamte, Herr Peters, die drei erreichte. Max und Lara zogen unaufgefordert ihre Ausweise und gaben sich als LKA-Beamte zu erkennen. Peters schaute nur flüchtig auf die Ausweise und bemerkte mit einem nicht zu überhörenden Unterton in seiner Stimme: "Oh, womit haben wir das verdient. Gibt es hier inzwischen Schwerverbrecher?" "Wir machen Urlaub", begann Max seinen Bericht und berichtete von den Ereignissen. "Der Junge da ist ziemlich durch den Wind. Ich denke, er hatte da unten einen Tiefenrausch, ist ja auch verständlich nach so einem Unfall. Die schwarzen Männer, vor denen er uns warnte, haben wir nicht gesehen und der Spind konnte nicht unbemerkt umgekippt werden. Ich denke es war ein Unfall", beendete Max nach fünf Minuten seine Ausführungen.

"Und sie sind der Tauchpartner, was war da unten los", wollte Peters von Björn wissen. Durch die Aussage eines Kollegen stand für ihn der Unfallhergang bereits fest und es schien ihm eher eine Last zu sein, den einzigen Zeugen zu befragen. Insbesondere der Hinweis auf den Tiefenrausch führte dazu, dass er Björn nur noch befragte, weil es so sein musste. Der Fall schien erledigt.

"Wir kannten uns seit einigen Wochen. Am Mittelmeer..." Es dauerte etwa zwanzig Minuten, ehe Björn mit den Ereignissen im Rüttler begann und weiter zehn Minuten, bis er endete. Er hatte die Aussage von Max und Lara gehört und ahnte, was Peters über den Vorfall dachte. Es schien ihm sinnlos, drei Beamten zu widersprechen, ohne den geringsten Beweis für seine Ausführungen zu besitzen, so dass er Bens Unfall, die Verfolger und alle Zweifel für sich behielt. "Die fremden Taucher waren wohl unsere Schatten an der Wand", sagte Björn, als er seinen Bericht beendete. "Sie werden von uns hören", sagte Peters, nachdem er die Adressen aufgenommen hatte und dann direkt zum Dienstwagen ging, um sich wichtigeren Dingen zu widmen.

Auf dem Weg von dem Parkplatz an der Wachstation zum Tor hielten ihn zwei Taucher an. "Was war denn da los", fragte der

Große. "Da hatte einer einen tödlichen Unfall. Zwei Kollegen waren vor Ort. Sie konnten beide nicht rechtzeitig helfen. Ich denke, heute ist es hier mit dem Tauchen vorbei. Aber fragt sicherheitshalber nochmal bei der Anmeldung nach. Schönen Tag noch", erklärte Peters, bevor er die Seitenscheibe schloss, um weiterzufahren. Der Taucher stieg in seinen schwarzen VOLVO und fuhr, ohne an der Wache zu fragen, ob der See an dem Tag gesperrt werden würde, hinter Peters her.
"Fahr nach links", zischte Gregor, als sie auf die Bundesstraße einbogen. "So´ne Scheiße, ausgerechnet zwei Bullen", fluchte er, als sie auf dem Parkplatz gegenüber der Einfahrt zum See anhielten. "Lass uns hier warten. Mal sehen, was sie vor haben." "Aber an den Unfall haben die geglaubt", versuchte Arne, ihn zu beruhigen. "Halt´s Maul."

"Also Max, wenn du mir verraten könntest, worin sich ein erholsamer Urlaub von unserer Arbeit unterscheidet, lade ich dich zum Vier-Gänge-Menü ein", stichelte Lara. Bevor sie sich bei Björn verabschiedeten, um irgendeine offene Kneipe zu suchen. "Du siehst überhaupt nicht gut aus", bemerkte Lara, als sie Björn zum Abschied die Hand reichte. "Du kommst nicht von hier, kannst du irgendwo bleiben?" "Wie schon gesagt, ich komme aus Schweden und mache genau wie ihr einen erholsamen Urlaub. Aber bisher ging alles schief. Erst der Regen in Frankreich, dann die Toten in Deutschland und wahrscheinlich stürzt auf dem Rückweg nach Schweden mein Flieger in den Bach", antworte Björn mit resignierter Stimme. "Viele Tote? Das mit deinem Tauchpartner ist schlimm, aber mehrere Tote? Was meinst Du damit", fragte Max, der fast vergaß, dass er den Polizeidienst gekündigt hatte, weil er nichts mehr mit dem ganzen Müll, wie er es nannte, zu tun haben wollte. Björn setzte gerade zur Antwort an, da fiel ihm Lara ins Wort: "Lass uns zusammen eine Kneipe suchen. Björn - so war doch dein Name - kann dann in Ruhe erzählen. Ich denke für dich ist es besser, wenn du in anderer, neutraler Umgebung erzählen kannst. Um Abstand zu gewinnen, wollten Max und ich sowieso noch was trinken gehen. O.K.?" "O.K. Ich komme gern mit", sagte Björn mit fester werdender Stimme.
Es war nicht leicht in *Hemmoor* eine gemütliche Kneipe zu finden, die so früh schon geöffnet hatte, aber sie hatten Glück. Auch wenn alle drei keinen Hunger hatten, bestellten sie einen kleinen Salat

und etwas zu trinken. Wein, roter, halbtrockener fruchtig schmekkender Wein war es, den sie Flasche für Flasche bestellten, um den Abstand zu den Ereignissen am See mit jedem Schluck zu vergrößern. Björn, der im Mittelpunkt des Interesses stand, saß in sich gekehrt am Tisch und schwieg zunächst. Erst nach dem dritten Glas begann er: "Eigentlich wollte ich nur surfen. Ich wollte schon als ganz kleiner Junge surfen. Aber der Regen, wenn der Regen nicht gewesen wäre und der Kutter", begann er die Ereignisse zu schildern, die ihn von Schweden über Südfrankreich nach *Hemmoor* geführt hatten. Er berichtete vom Artikel im *DIVE MAGAZIN 03*, vom Wein, Bicher, Ben und Klaus. Er erzählte über eine Stunde lang, ohne von Max oder Lara unterbrochen zu werden. Gefesselt folgten sie seinen Ausführungen, die sich eher nach einem Krimi als nach einem Urlaubserlebnis anhörten. "Merkwürdig ist das ganze schon", sagte Lara, mehr zu sich selbst als zu den beiden anderen, nachdem Björn seinen Bericht beendet hatte. "Viele Zufälle, viel zu viele", ergänzte Max. "Ihr seid doch bei der Polizei, was haltet ihr davon", fragte Björn in die Runde. "Ich weiß nicht, hattest Du früher schon solche Erlebnisse", wollte Lara wissen. "Nein, bestimmt nicht. Es begann alles mit der Suche nach dem Keller, dem Weinkeller. Es sollte doch nur ein Spaß werden. Eine richtige Schatzsuche, zu der ich die beiden überredet hatte und dann so was." "Wir haben zwar beim LKA gekündigt und sind jetzt im Resturlaub, aber ich denke, wir könnten mal ein wenig nachforschen. Wenn wir nicht nebenbei etwas finden, das nach einem Verbrechen aussieht, waren es Zufälle. Wenn sich hingegen ein Verbrechen abzeichnet, helfen wir dir. Zumindest werden wir dann die örtlichen Ermittler bitten, den Vorgang neu aufzurollen. Bisher waren es alles Unfälle. Unfälle ohne jeden Zusammenhang zumal der Tauchsport nur von verrückten Selbstmördern ausgeübt wird. Das murmelte zumindest Peters, als er sich vorhin von uns entfernte", sagte Lara und fügte hinzu "wie lange bleibst du noch?" "Ich kann noch ein paar Tage am See zelten. Sollte sich innerhalb der nächsten drei Tage nichts ergeben, fliege ich zurück. Was soll ich hier, ohne Bekannte und Tauchpartner, und vor allem ist ein solcher Urlaub nicht unbedingt mein Fall." Sie sprachen noch eine ganze Weile über Klaus, Ben und Bicher, bevor sich Max und Lara verabschiedeten. "Bis Morgen, wir kommen gegen Mittag am See vorbei. Versuch erst mal, wieder richtig zu dir zu kommen", sagte Max, bevor er aufstand, um zu gehen.

"Bis dann", erwiderte Björn. Er blieb noch einige Zeit allein am Tisch sitzen. Je länger er allein da saß, um so mehr erfasste er die Situation, in der er sich befand. Allein, ganz allein in einem fremden Land. Seine Freunde waren tot. Max und Lara wollten zwar helfen, aber sie glaubten ihm nicht, noch nicht. Wäre es für ihn nicht besser, sofort abzureisen, um in Schweden seinen Urlaub in Ruhe und vor allem ohne die vielen Toten zu beenden. Er saß fast zwei Stunden am Tisch, bevor er resigniert die Kneipe verließ, um mit dem Wohnmobil zum See zu fahren. Er beschloss, solange mit dem Wohnmobil zu fahren, bis sich die Angehörigen des toten Freundes melden würden, um es an sich zu nehmen.

Björn schlief in der nachfolgenden Nacht sehr schlecht. Immer wieder wachte er schweißgebadet und schreiend auf. Immer wieder träumte er von Mördern, die zuerst Bicher, dann Ben, Klaus, Max, Lara und später ihn umbringen wollten. Immer wieder starb Björn in seinen Träumen auf alle möglichen und unmöglichen Arten. Immer wieder versuchte er nicht einzuschlafen, um nicht zu träumen, und immer wieder schlief er ein.

Es war ein schöner, wolkenloser und windstiller Tag, an dem Björn mit geschlossenen Augen auf der Liegewiese neben dem Einstieg eins lag, um sich von den Strapazen der Nacht zu erholen und insbesondere, um zu vergessen.
Lara war es, die sich fast lautlos zwischen die gleißende Sonne und Björn stellte. Björn, der den Schatten bemerkte, öffnete die Augen und war schnell wieder in der realen Welt zurück, als er Lara sah. "Hallo, gut geschlafen?" "Frag lieber nicht. Wo ist Max?" "Der meldet uns noch an. Wir haben was für dich." "Und was", fragte Björn, erstaunt darüber, dass es schon Neuigkeiten gab. "Warte ab, Max wird es dir gleich erzählen. Da kommt er schon." "Hallo Björn", grüßte Max, als er die beiden erreichte. "Hat Lara schon erzählt, was wir haben?" "Nein, sie sagte, du möchtest es selbst berichten." "Gut, aber halte dich fest. Ich habe den Tauchverein angerufen, von dem das *DIVE MAGAZIN 03* ist." "Und?" "Und der Autor, Sascha Bergmann, ist verschwunden. Er wollte noch einen zweiten Teil des *Hemmoor*-Artikels schreiben und verschwand sehr plötzlich. Weder seine Freunde noch Bekannten wissen wo er sich aufhält. Da er jedoch oft für längere Zeit in der Weltgeschichte rumgeistert, hat ihn noch niemand als vermisst

gemeldet. So lange wie jetzt war er allerdings noch nie weg, ohne sich zu melden." "Noch ein Toter", murmelte Björn, der von Lara unterbrochen wurde. "Langsam werden es zu viele Zufälle. Alle Toten und der Reporter wollten den Weinkeller finden. Auch ein Zufall? Ich denke, wir sollten selber versuchen, den Keller zu finden. Mal sehen, was uns passiert?" "Wenn alles Zufälle waren, scheinen sie so gefährlich zu sein, dass sie auch uns töten könnten, besonders wenn die Zufälle menschlich sind und hinter Schloss und Riegel gehören", gab Björn verunsichert von sich. "Im Gegensatz zu den anderen sind wir gewarnt und zudem für solche Situationen ausgebildet. Ich denke nicht, dass uns was Ernstes passiert. Bist Du dabei?", fragte Max. "Ja", antwortete Björn spontan und ärgerte sich sofort über die leichtfertig gegebene Zusage. "Beginnen wir mit den Unterlagen. Können wir deine Kopien sehen?" "O.K. Die Papiere sind im Wohnmobil. Ich bin gleich zurück", antwortete Björn und verschwand in Richtung Campingplatz. Lara und Max folgten Björn in den LT und sahen zu, wie er eine kleine Schachtel hinter der losen Seitenverkleidung hervorkramte. "Alles drin", sagte er. Lara und Max begannen zu lesen. Drei Stunden später, Björn hatte gerade die Kaffeemaschine eingeschaltet, legte Max die Dokumente zur Seite und stieß einen überraschten Pfiff aus. "Wenn das kein Zufall ist." Lara legte ebenfalls die Dokumente zu Seite: "Denkst Du das gleiche wie ich?" "Sicher, wir sind goldrichtig, hier in *Hemmoor*", sagte Max, worauf Lara konterte: "Wir haben gekündigt. Wir wollten ausspannen und nun..." Sie wurde von Björn unterbrochen, der dem Gespräch verständnislos gefolgt war. "Kann mir mal jemand sagen, worum es geht. Ich verstehe so langsam gar nichts mehr." "Wir waren oder besser sind noch ein wenig beim LKA. Seit Jahren versuchen wir, gegen die rechte Szene zu ermitteln. Die Ermittlungen waren bisher sehr schwierig. Zeugen wurden eingeschüchtert, V-Leute enttarnt und ermordet, festgenommene Verbrecher sofort wieder freigelassen. Immer wieder stießen wir auf Beweise dafür, dass die Nazis ein neues Reich planten.

Obwohl die Rechten gut und straff organisiert waren, fehlten ihnen wichtige Impulse, um ihr Vorhaben umzusetzen. Viele Alte, die wussten, wo das geraubte Vermögen versteckt lag, wer zum innersten Machtbereich gehörte und wer auf jeden Fall als vertrauenswürdig anzusehen war, trauten sich nicht aus ihren Verstecken im In- und Ausland heraus. Zu groß schien ihnen die Gefahr, als

Kriegsverbrecher enttarnt und festgenommen zu werden. Sie bleiben verschwunden und beobachten bis heute die Szene. Die heute aktiven Nazis haben kaum noch Kontakte zu den wirklich wichtigen Alten. Immer wieder versuchen einige wenige, die alten Seilschaften zu regenerieren. Das Mißtrauen untereinander und die Unkenntnis über den Aufenthaltsort der anderen vereitelt die effektive Kontaktaufnahme. Früher gab es viele Listen mit Namen. Einige gingen verloren, andere werden geheim gehalten oder sind vernichtet worden. Aus diesem Grund versuchen die aktiven Nazis immer wieder, in den Besitz plötzlich auftauchender Unterlagen mit Kontonummern, Namen und Verstecken zu gelangen. Nur zu oft gelingt es ihnen, mit rücksichtslosen Methoden solche Listen zu erhalten und deren Inhalt zu verwenden, um alte Kameraden oder Beutegut zu finden. Eine solche Liste wird in *Wilhelmshaven* liegen, bei Feldmanns Sohn", schloss Lara ihren Monolog. "Und die Deckadresse liegt im Weinkeller in einer Flasche, die 100 Jahre vor Feldmanns Tod abgefüllt wurde", ergänzte Björn. "Ja, ich denke, dass Sascha mit seinem *DIVE MAGAZIN 03* zufällig auf eine Spur zu den Nazis gestoßen ist. Er ist bestimmt verschleppt oder ermordet worden. Sein Recherchen brachten die Gangster auf Bichers Spur, der wirklich nichts wusste, sondern nur zur falschen Zeit am falschen Ort war. Er starb, ohne zu wissen, wofür. Ihr drei wurdet bei Bicher beobachtet. Bicher wird denen wohl kaum erzählt haben, was ihr genau wolltet. Also mussten sie auch euch beobachten. Der Tod von Ben war bestimmt ein Unfall bei dem auch einer von denen starb. Die Nazis sind jetzt davon überzeugt, alles zu haben, was ihr auch habt, sonst wäre Klaus noch nicht ermordet worden." "Und ich?", unterbrach Björn Lara. "Du hattest Glück. Ohne uns wärest du jetzt bestimmt tot." "Was kann ich machen", wollte Björn wissen. Max antwortete gedankenverloren: "Wenig. Wir haben nicht genug Beweise, um dich zu schützen. In Schweden würden Sie dich kriegen. Du weisst zu viel. Am besten, du bleibst bei uns. Als V-Mann sozusagen, dann können wir dich schützen so gut es geht. Du weisst gar nicht, wie gefährlich das Spiel ist, auf das ihr euch eingelassen habt."

"Die Unterlagen hier werden uns wenig nützen, wenn wir nicht Feldmanns Dokumente in *Wilhelmshafen* finden. Sein Sohn wäre dabei sicherlich hilfreich", überlegte Lara laut. Björn entgegnete: "Wenn er überhaupt noch lebt und vor allem wenn er dort geblieben ist." "Den Namen, seinen Namen brauchen wir. Wenn wir den

Namen haben, werden wir ihn, zumindest bundesweit, finden. Unsere Datenbanken sind sehr gut", erklärte Max. "Lass uns noch einmal zur Schute fahren."

"Die reden, reden und reden", sagte Gregor, nachdem er die Telefonverbindung hergestellt hatte. "Seid vorsichtig und mischt euch nicht ein, noch nicht. Die beiden, die ihr mir gestern Abend gezeigt habt, sind Bullen. Sie haben zwar gekündigt, aber sie sind immer noch Bullen. Wir müssen vorsichtig sein. Unser Mann in *Hamburg* konnte nicht genau sagen woran die beiden vorher gearbeitet haben, sie sind jedoch beim LKA. Ich denke, ihr nehmt ein neues Auto und verhaltet euch unauffällig." "Ist O.K., Sperling", antwortete Gregor und legte auf. "Lass uns einen neuen Wagen holen", sagte Gregor, als er die drei zum BMW gehen sah. "Wollen wir nicht noch abwarten, wohin sie fahren?", wollte Arne wissen. Wortlos warteten Gregor und Arne, bis der BMW das Gelände verlassen hatte, um kurze Zeit später auf einem Parkplatz nahe der Schute zu halten. "Ich denke, wir haben jetzt ein wenig Zeit", vermutete Gregor richtig, als er ohne anzuhalten an der Schute vorbei zu einem kleinen Autohändler fuhr. Es dauerte nicht lange, bis ein alter, wenig repräsentativer Honda vor der Kuturdiele stand, deren beiden Insassen unauffällig die Schute beobachteten.

Es war schon spät, als Lara drei alte Fotos fand, auf denen im Hintergrund ein kleiner Teil des Werksgeländes zu sehen war. Auf dem ersten Foto gingen drei Männer in ein Gebäude. Das Gebäude auf dem Foto war, wie alle anderen, mit einer festen weißen Zementschicht überzogen. Diese Schicht bildete sich durch den andauernden Niederschlag aus den über hundert Meter hohen Schornsteinen der Fabrik und war typisch für alle *Hemmoorer* Häuser zur damaligen Zeit. Selbst nach der Schließung der Fabrik war der Überzug so schwer zu entfernen, dass noch Jahre später viele Häuser mit dieser, für Fremde gespenstisch wirkenden, Schicht überzogen waren. Das zweite zeigte eine schmal wirkende Betontreppe, welche nach unten in die Dunkelheit führte. Auf Foto Nummer drei sah Lara einen Keller, in dem drei Männer an einem kleinen, etwas klapprig wirkenden Holztisch, saßen und Wein tranken. Es schien eine lustige Runde gewesen zu sein, die zwischen den gefüllten Weinregalen stattfand, um von einer vierten Person fotografiert zu werden. "Kommt doch mal her, ich habe was gefunden", rief Lara erregt. "Super", freute sich Björn, "ein Foto vom Keller und dem Eingangsbereich. Ich habe gerade ein Foto in der Hand gehabt, auf dem das ganze Gebäude zu sehen ist. Wenn wir die Gebäude mit denen auf anderen Fotos vergleichen, wissen wir, wo sich die Suche lohnt." "Immer mit der Ruhe. Wir müssen heute gar nichts mehr, um morgen fit zu sein. Lara und ich werden ein Zimmer nehmen, um vor Ort zu sein, und du solltest dich auch ein wenig ausruhen. Morgen können wir versuchen, in den Keller zu kommen, wenn es ihn überhaupt noch gibt. Dann sehen wir weiter", sagte Max, bevor sich die drei voneinander verabschiedeten, um sich zurück zu ziehen. Am Ausgang wendete Max und nahm eine Kreuzpeilung auf der Karte vor, um am nächsten Morgen schnell in den Bereich des verschütteten Kellers zu gelangen.

Björn wurde am nächsten Morgen um acht Uhr vom Klopfen an der Schiebetür geweckt. "Hallo, so früh heute?", begrüßte er Lara und Max, nachdem er die Schiebetür des Wohnmobils geöffnet hatte. "Hallo, wir wollen doch heute was schaffen", entgegnete Lara. "Wir haben zwei Spaten, eine Schaufel und Brötchen besorgt. - Lass uns mit den Brötchen beginnen." Noch während die drei frühstückten, nahm Max eine Karte des Sees und suchte die markanten Punkte, welche er sich in der Schute gemerkt hatte. Den Schnittpunkt markierte er mit einem rotem Kreis. "Glück gehabt! Der Keller liegt weder unter dem Campingplatz, dem Wall oder der Skaterhalle. Wir müssten ihn eigentlich finden können. Außerdem ist der Bereich des Einstiegs relativ gut vor neugierigen Blikken geschützt. Am besten, wir parken an der Halle da drüben", sagte Max und zeigte in Richtung der relativ neuen Skaterhalle. Lara und Björn stimmten zu und beeilten sich mit dem Essen. Danach fuhren sie auf den Parkplatz vor der Halle, um danach mitten auf der Wiese zu graben. Immer wieder stießen sie auf alte Fundamente, Moniereisen und Metallschrott, der das Graben unmöglich machte. Immer mehr Löcher entstanden in der sonst unberührten Wiese. "Mächtig heiß heute", sagte Björn, als er sich hinsetzte und den Schweiß von der Stirn wischte. "Ob es den Keller wirklich gibt und sich die ganze Plackerei lohnt?", stimmte Lara ein." Es dauerte noch bis zum frühen Abend, bis Max einen lauten Pfiff ausstieß und zu Lara und Björn hinüber rief: "Hey ihr beiden, ich hab was!" "Meinst Du, wir haben den gesuchten Keller?", fragte Lara, als sie das kleine Loch in den Moniereisen sah. "Ich hol die Lampe", sagte Max, als er bereits auf dem Weg zum BMW war, um kurze Zeit später mit einer Lampe zurückzukehren, die an einem langen, dünnen, weißen Band befestigt war. Langsam ließen sie die Lampe durch die Moniereisen in die Tiefe gleiten. Messerscharf ragten die wirren Eisengerippe in den kleinen Einstieg, der in einen mit klarem Wasser gefluteten Keller führte. "Ob wir wirklich da runter sollten?", sagte Björn gedankenverloren, als die Lampe in das Wasser eintauchte und in ihrem Lichtkegel unterschiedlich große Betonplatten sichtbar wurden, die in lockerer Schichtung den Boden des Kellers bedeckten. "Das wird schon klappen, aber nicht mehr heute. Nach so einem Tag sind wir zu kaputt, um ans Höhlentauchen zu denken. Morgen früh um sieben Uhr können wir weitermachen. Mal sehen was wir so alles finden", sagte Max, während er die Lampe aus dem Keller heraufzog. Björn wurde mulmig zumute, als die Lampe beim Ziehen immer wieder an den Betonblöcken und Eisenresten hängen blieb, um schließlich sicher in Max Händen zu landen.

Es war ein langweiliger Tag, den Gregor und Arne erlebten. Sie standen auf dem Parkplatz vor der Anmeldung und sonnten sich auf der Liegewiese am Einstieg eins, während Lara, Max und Björn versuchten, den Kellereingang zu finden. Immer wieder schlenderten die beiden abwechselnd zum Einstieg fünf, der Skaterhalle und zur Bundesstraße, um zu überprüfen, ob die Grabungsarbeiten weiter andauerten. "Die haben was", sagte Arne aufgeregt, als er am frühen Abend von seiner Kontrollrunde zurückkehrte und wollte sofort umdrehen, um weiter zu beobachten. "Wenn Du mir sagen könntest, was die haben, fände ich es nett" "Ein Loch, ein kleines Loch mitten in der Wiese." "Dann haben wir Zeit", stoppte Gregor Arnes Elan. "Wenn die heute noch da rein wollen, brauchen sie eine Ausrüstung; Lampen, Seile und eventuell sogar eine Tauchausrüstung. Ich denke, es wird erst morgen interessant. Das Loch können wir uns ansehen, wenn die drei weg sind."

Lara, Max und Björn legten die Spaten und Schaufeln zurück in den BMW, um bei einem kleinen Imbiss im Wohnmobil ihr weiteres Vorgehen abzusprechen. "Ich werde gehen", bestimmte Max in einem Ton, der keinen Widerspruch zuließ. "Lara wird sich als Reservetaucher ausrüsten und Du hältst die Leine." Björn, der schon beim Bunkertauchen die Leine gehalten hatte, wollte spontan erwidern, dass er ja auch als Reservetaucher mitmachen könnte. Aber ein kurzer Blick in Max entschlossen wirkendes Gesicht ließ ihn sofort verstummen. "Ich werde am Seil gesichert abtauchen und versuchen, durch den Keller, den wir heute gefunden haben, weiter in den Weinkeller zu gelangen. Ich hoffe, es gibt noch eine Verbindung zwischen den Räumen." Sie planten noch eine ganze Weile, bevor sie total erschöpft auseinander gingen, um sich von den Strapazen des Tages zu erholen.

Der Frühnebel lag dicht über dem Boden, als Lara und Max, wie schon Tags zuvor, mit Brötchen am Wohnmobil erschienen. Diesmal hatten sie keine Spaten und Schaufeln im Kofferraum des BMWs, sondern drei Taucherausrüstungen, Lampen, Seile und einen großen Bolzenschneider. Der Bolzenschneider war eine Leihgabe des Vermieters, den er ohne weitere Rückfragen an seine Gäste ausgeliehen hatte. Nach dem Frühstück fuhren sie genau wie am Tag zuvor auf den Parkplatz neben der Skaterhalle und rüsteten sich aus. Es war bereits kurz nach acht Uhr, als sie den Einstieg in die Unterwelt der alten Zementfabrik erreichten und gleichzeitig ein alter Honda mit hoher Geschwindigkeit, durch die Einfahrt und weiter zur Anmeldung raste. Zur selben Zeit erreichte ein großer Tauchclub aus *Hamm* den See, so dass die drei Schatzsucher keinerlei Notiz von dem Honda nahmen, obwohl Lara und Max immer wieder nach eventuellen Verfolgern Ausschau hielten.
"Alles OK?", fragte Björn, nachdem Max fertig ausgerüstet und mit der Leine gesichert vor ihm stand. "OK", antwortete Max knapp, um nach einem letzten Blick zu Lara in das Loch zu steigen. "Sei bloß vorsichtig...", rief sie ihm nach, als er im Dunkel des Kellers verschwand.
Max war sehr vorsichtig. Nur zu leicht konnten die scharfkantigen Eisenteile seinen Anzug zerschneiden oder lose liegende Betonblöcke rutschen und auf ihn stürzen. Es dauerte fünf Minuten, ehe er die Wasseroberfläche erreichte, um einen letzten Ausrüstungscheck durchzuführen. Er prüfte beide Lampen, den Atemregler, den Luftdruck und zog seinen leichten, aber dennoch sehr stabilen Helm fester. "Ich geh jetzt runter", rief er nach oben, um danach sein Jacket zu entleeren und in die Tiefe zu gleiten. Vorbei am Schüttkegel aus Eisen und Geröll, der sich unter dem Einstieg gebildet hatte, tauchte er zur Kellerwand. Die aufsteigenden Blasen, welche geräuschvoll an die Wasseroberfläche stiegen oder

gegen Betonblöcke prallten, um immer größer werdende Luftblasen unter Wasser zu bilden, und die Flossenschläge wirbelten so viele Sedimente auf, dass die Sicht zunehmend schlechter wurde. Max tauchte direkt an der Wand entlang und ließ dabei nach Möglichkeit immer eine Hand über die Mauer fahren. Immer wieder verhedderte sich dabei die Sicherungsleine in den Eisen oder den Betonblöcken unter Wasser. Jedesmal musste Max anhalten um die Leine zu befreien und oft blieb er an Vorsprüngen hängen, die bei der schlechter werdenden Sicht nur zu erahnen waren. Vorbei an einer Werkbank, einem alten Spind und vielen anderen zurückgelassenen Gegenständen tauchte er durch den Keller, bis er wieder den Ausgangspunkt erreichte.

"So ein Mist", rief er nach oben, als er mit aufgeblasenem Jacket an der Wasseroberfläche trieb und Lara und Björn erwartungsvoll über ihm am Loch sitzen sah. "Hier ist nur der Keller. Ich komme wieder rauf." "Schade", murmelte Björn, während er versuchte, die Leine aufzuwickeln. Max begann gerade mit dem beschwerlichen Aufstieg, als er Björn rufen hörte: "Warte noch, Max. Die Leine hat sich irgendwo verheddert. Kannst du sie lösen, bevor du hochkommst?" "OK", rief er zurück, um erneut in die inzwischen fast undurchsichtig gewordene Brühe abzutauchen. Die Leine hing an einem scharfkantigen Moniereisen, das in einem schweren Betonblock steckte, der irgendwann einmal von der Decke gestürzt war, um auf dem Geröll am Kellerboden liegen zu bleiben. Je mehr Max versuchte die Leine bei der schlechten Sicht zu befreien, um so mehr schien sie sich zu verheddern. Bevor er aufgab, um die Leine abzuschneiden und ungesichert an die Oberfläche zurückzukehren, stemmte er sich mit den Flossen gegen die Wand, um mit kräftigen Rucken die Leine zu lösen. Max hatte das Gefühl, als hätte er damit Erfolg. Er merkte nicht, wie sich die schwere, unregelmäßig geformte Platte erst langsam, dann immer schneller über loses Geröll, welches den Schüttkegel bildete, abwärts zum Kellerboden bewegte. Als Max die Bewegung bemerkte, wurde er fast panisch. Seine Sicherungsleine war inzwischen so weit verheddert, dass er, handlungsunfähig mit der Platte verbunden, mitgerissen wurde. Es schien ihm, als dauerten die wenigen Sekunden, die die Platte benötigte, um den ebenen Teil des Kellerbodens zu erreichen, Ewigkeiten. Es war seine Professionalität, die ihn dazu brachte, einige Minuten auf der Platte sitzen zu bleiben, um sich auszuruhen. Wildes, panisches Ziehen an der Leine oder die Flucht nach dem Zerschneiden und mit voll aufgeblasenen Jacket an die Wasseroberfläche hätten ihn nur unnötig gefährdet. Unter Wasser war er jetzt sicher. Die Platte hatte ihren endgültigen Platz erreicht und lag bewegungslos am Boden. Fast friedlich wirkte die Szene auf Max, der beobachtete, wie sich die Schwebteilchen langsam dem Boden nährten um sich dort niederzulassen und eine homogene, staubige Masse zu bilden, die alles, was sich im Keller befand, mit einem gespenstisch wirkendem Überzug versah.

"Schnell, da ist was Schlimmes passiert", rief Björn, als er den heftigen Ruck an der Leine spürte. "Beeil dich, ich denke, Max braucht Hilfe!" "Ich bin gleich fertig", antwortete Lara. "Wenn ich in zehn Minuten nicht wieder zurück bin, rufst du den Rettungsdienst. Es wäre sinnlos, wenn du nachkommen und wir alle drei da unten liegen würden", sagte Lara, während sie sich auf den Einstieg vorbereitete. "Bis gleich, und sei vorsichtig", sagte Björn zum Abschied, als Lara schnell in das dunkle Loch stieg. Sie hatte die Wasseroberfläche fast erreicht, als sie ein stechender Schmerz am rechten Oberschenkel zusammenzucken ließ. Ein rostiges Moniereisen hatte sich durch den Abzug in den Oberschenkel gebohrt. Durch den plötzlichen Schmerz verlor sie ihren Halt und stürzte in die Fluten. Obwohl es ein kleines Loch war, drang kaltes Wasser in den Anzug, und Lara betätigte sofort ihren Inflator, um mit voll aufgeblasenem Jacket den Auftrieb zu behalten. Sie schaffte es gerade noch, ihr Jacket zu füllen, als ihr bewusst wurde, was für ein Geräusch sie während der letzten Sekunden gehört hatte. Ein lautes, furchterregend klingendes Zischen füllte den Keller vollständig aus. Lara griff schnell zu ihrem Zweitautomaten, zumindest dahin, wo sie ihn vermutete. Ein abgerissener Mitteldruckschlauch war alles, was von dem Atemregler übrig gblieben war, dessen zweite Stufe beim Sturz abgerissen war und jetzt unerreichbar zwischen den Trümmern lag.

Laras zweiter Blick galt dem Finimeter. "Björn, mach dich sofort fertig, ich komme hoch", rief Lara sofort nach oben. "Ist dir war passiert?" "Nein,- ich bin OK. Bei dem Sturz ist mein Automat abgerissen, dadurch hat die Flasche abgeblasen. Du musst Max helfen, schnell." Während Björn die Leine sicherte, um sich auszurüsten begann Lara den Aufstieg. Lara und Björn trafen sich gerade am Loch, als sie Max von unten rufen hörten: "Alles OK! Ich habe das Seil abgeschnitten." "Ist bei euch alles klar?", wollte er wissen, als er Björn und Lara ausgerüstet am Loch liegend sah. "Bei uns ist alles klar. Wir haben uns Sorgen gemacht, wir dachten, du bist verschüttet. Komm jetzt hoch, ich denke, wir sollten Schluss machen und...", antwortete Lara, als sie von Max unterbrochen wurde. "Ich bleibe. Hinter der Platte, die mich fast erschlagen hat, ist ein Eingang. Er wurde erkennbar, als sich die Sicht besserte. Die Treppe dahinter scheint frei von Trümmern zu sein. Ich will nur noch sehen, wohin sie führt." "Du bist irre", rief Björn ihm zu "Ohne Seil finden wir dich nie, wenn was passiert." "Wird schon schiefgehen", sagte Max und tauchte, ohne auf weitere Kommentare zu warten, ab.

Auf der Treppe war die Sicht erstaunlich gut. Die durch den alles bedeckenden Sand kaum noch zu erahnenden Stufen, führten steil nach unten. Max hielt sich dicht unter der gewölbten Decke, um möglichst wenig Sedimente aufzuwirbeln. Immer wieder lösten sich kleinere und größere Steine von der Decke, die lautlos auf den Boden sackten, um in einer kleinen Schlammlawine aus dem Sichtbereich zu verschwinden. Sechs Tiefenmeter hatte Max zurückgelegt, als sich der Schein seiner Lampe im Nichts verirrte. Das Treppenhaus öffnete sich zu beiden Seiten um in einen großen, scheinbar fast leeren Raum zu münden. Max stoppte im Türbereich, um den Raum langsam mit seinem Scheinwerfer zu erfassen. Er stand in einem alten Gewölbe. Die Decken bestanden aus unzähligen, in Halbbögen gemauerten Ziegeln und in die Wände waren Regale eingelassen. Nur undeutlich konnte Max die Flaschen erkennen, welche unter einer dicken Sandschicht in den Regalen gestapelt waren. Der Tisch und die Regale, die Max auf dem Foto in der Schute erkannt hatte, lagen umgestürzt, von dikkem Sand bedeckt, am Boden. Max überlegte. Hatten sie den versteckten Hinweis Feldmanns richtig gedeutet? Gab es hier eine Flasche, in der sie die gesuchten Daten finden könnten? Aber wie sollte er unter den Sandbergen die richtige Flasche finden. Er überlegt fünf Minuten, bevor er zu einem umgestürzten Regal tauchte, um wahllos eine Flasche zu greifen, mit welcher er zu Lara und Björn zurückkehrte.

"Max kommt zurück! Ob er Glück hatte?", fragte Björn, als er die immer lauter werdenden Geräusche der aufsteigenden Blasen hörte. "Ist wohl eher unwahrscheinlich, so wie der Keller aussieht", antwortete Lara kurz, bevor Max die Oberfläche erreichte und einen lauten Pfiff ausstieß. "Hey ihr beiden, schaut her, wir sollten wirklich unter die Schatztaucher gehen." Er schwenkte die alte Flasche aufgeregt hin und her. "Der Keller, er liegt da unten." Max begann den beschwerlichen Aufstieg, immer darauf bedacht, die Flasche unzerstört nach oben zu bringen. "Mindestens achtundfünfzig Jahre alt, wenn es stimmt, dass der Keller im Krieg verschüttet wurde. Ein echter Glücksgriff." "Wie war es da unten?", wollte Lara wissen. "Der Keller sieht aus wie auf den Fotos. Unheimlich viele Flaschen liegen in den Regalen und auf dem Boden, bedeckt von einer dicken Sedimentschicht." "Voller Flaschen", unterbrach Björn entgeistert, der während der Erzählung die Flasche genauer betrachtete. "Wie sollen wir die richtige finden, wenn es sie überhaupt gibt? Ich sehe kein Etikett und wir haben als einzigen Anhaltspunkt das Alter der Flasche und die Vermutung, dass es sich um eine Rotweinflasche handelt." Max und Lara blickten sich kurz an. "Wenn ich so eine Flasche versteckt hätte, läge sie unsichtbar in einer unscheinbaren Nische am Ende des Kellers. Da Feldmann Unterlagen aufbewahren wollte, wird wohl kaum noch Wein in der Flasche sein; und ein Schriftstück müsste zu finden sein, wenn wir die richtige Flasche anleuchten. Das geht sogar bei schlechter Sicht, wenn wir die Flaschen nur dicht genug an die Maske halten. Ich denke, wir versuchen es", sagte Lara. "Dann lass uns die Pressluftflaschen füllen und anfangen. Diesmal bin ich mit von der Partie. Ich wollte immer schon mal in einem Keller tauchen. Wir können uns ja mit der Suche abwechseln", gab Björn, der es kaum erwarten konnte selber einmal im Keller zu tauchen, von sich.

Es dauerte nicht lange, bis die drei mit gefüllten Pressluftflaschen zurück am Kellereinstieg waren, um zu suchen. Einer nach dem anderen tauchte in den dunklen Keller hinab, um die unzähligen Weinflaschen zu durchleuchten. Immer wieder stießen sie auf kaputte und leere unverschlossene Flaschen. Doch in keiner der Flaschen lag ein Brief oder Hinweis auf Feldmanns Sohn. Aber sie suchten weiter. Vier Tage suchten sie schon nach der Flasche mit dem Hinweis; vier Tage tauchten sie immer wieder in den Keller und bargen gefüllte Flaschen mit altem Wein. Jeden Abend saßen sie zusammen, um von dem Wein zu kosten, der vergessen, von der Außenwelt abgeschirmt, über ein halbes Jahrhundert darauf wartete, gefunden zu werden.

Eine dicke, weiße Kerze stand flackernd auf dem kleinen Tisch, an dem sich die drei trafen, um über die letzten Tage zu sprechen. "Ob jemand anderes die Flasche gefunden hat?", fragte Lara in die Runde. "Wie denn. Der obere Keller ist schon sehr lange verschüttet. Ich glaube kaum, dass seit dem Krieg jemand im Keller war und den einzigen Eingang zum Weinkeller gefunden hat", antwortete Max, Björn ergänzte: "Wer da runter wollte, musste wie wir durch die Decke und dann tauchen. Hätten andere Taucher den Keller gefunden, wäre er komplett leer, denn einige Flaschen sind mit Sicherheit sehr viel wert. Da der Keller noch voller Flaschen liegt, glaube ich nicht an Taucher, die vor uns da unten waren."
"Zwei Tage noch. Wenn wir bis dahin nichts gefunden haben, melden wir unseren Fund und brechen die Suche ab. Um die Sache mit deinen toten Freunden werden sich danach die Kollegen aus *Hemmoor* kümmern, wenn da was dran ist. Du wirst zurück nach *Schweden* fahren, und wir beide werden unseren Urlaub genießen", schlug Lara vor. "OK", sagten Max und Björn, bevor sie sich ein weiteres Glas mit altem, gut abgelagerten Rotwein füllten.
"Vielleicht sollten wir den Wein bergen und die Sache mit Feldmann vergessen", lobte Max den Geschmack des Weines. "Die erste Flasche, die schmeckt", kam der ernüchternde Hinweis von Lara. "Die letzten Weine waren doch zum Teil widerlich." "Zu lange gelegen, aber selten", ergänzte Björn. Sie saßen noch bis Mitternacht zusammen, bevor sie sich zurückzogen, um pünktlich um sieben Uhr mit der Suche nach der gesuchten Weinflasche fortzufahren.
Es war erst viertel nach sieben, als Björn zum ersten Tauchgang startete. Drei Minuten später erreichte er die Wasseroberfläche und weitere drei Minuten später den Keller. Lara stand am Einstieg und sah in Gedanken versunken den Blasen nach, während Max die Sicherungsleine lose durch seine Hände gleiten ließ, deren Ende fest um einen großen Baumstamm gebunden war. Fast verträumt hörten die beiden dem eigentümlichen Glucksen der Wellen zu, die sich an der Wasseroberfläche bildeten, gegen die Kellerwände liefen, um von dort mit unheimlich wirkenden Geräuschen reflektiert zu werden. Eine halbe Stunde hatte Björn zum Suchen, bevor er an die Oberfläche zurückkehren musste. Fast schon automatisch schaute Lara um halb acht auf ihre Apeks, mit der sie die Zeit stoppte, welche seit Björns Abtauchen vergangen war. Plötzlich merkte sie, dass irgendetwas anders war als sonst und erschrak.

Die Leine hing locker im Wasser und das eigentümliche Glucksen hatte sich in einen Wirbel aufsteigender Luftblasen verwandelt. "Schnell Max, da stimmt was nicht. Björn kommt zurück, wenn er es schafft. Leg schnell deine Ausrüstung an, ich denke du musst ihm helfen." Noch während Max am BMW seine Ausrüstung anlegte, schoss Björn durch die Wasseroberfläche und rief mit enthusiastischer Stimme nach oben: "Ich habe was!" "Komm schnell her Max. Björn geht´s gut, er hat was gefunden." Beide sahen zu, wie Björn mit unglaublichem Geschick den beschwerlichen Aufstieg aus dem Loch in rekordverdächtiger Zeit schaffte und den beiden anschließend die immer noch sandige Flasche zeigte. "Wenn hier keine Flaschenpost angetrieben wurde, haben wir, was wir suchen!" Deutlich war ein kleine Zettel in der ansonsten leeren Flasche zu erkennen. Offensichtlich unversehrt hatte er die Jahre in der Flasche überstanden. "Sieht gut aus, wir haben einen Korkenzieher im Wagen, und können sie sofort öffnen. Ich bin richtig gespannt", sagte Lara, als sie die Flasche aus Björns Hand nahm, um zum BMW zu gehen. Nur Minuten später war die Flasche geöffnet und der Zettel vorsichtig entfernt. Aufmerksam lasen die drei den nichtssagenden Text, um sich enttäuscht anzusehen. "So ´ne Niete. Kein Hinweis auf die Dokumente oder Feldmanns Sohn. Nur ein alter Kumpel, Benno Fuhrmann, wird erwähnt. Ich denke, wir brechen die Suche ab und fahren heim", schlug Björn resigniert vor. "Warum denn? Wir können versuchen Fuhrmann zu finden. Vielleicht kann er uns weiter helfen. Fuhrmann scheint Feldmann bestens gekannt zu haben", entgegnete Max. "Wo sollen wir suchen?" "Hier oder in *Wilhelmshaven*", fiel ihm Lara ins Wort. "Wir können versuchen, über unserer Dienststelle abzuklären, ob Fuhrmann noch lebt und vor allem wo er lebt. Mit ein bisschen Glück..." Sie wurde von Max unterbrochen. "Wir werden heute versuchen, alle Fuhrmanns in *Hemmoor* und *Wilhelmshaven* ausfindig zu machen. Viele wird es nicht geben, besonders nicht in dem fraglichen Alter. Wenn wir nichts finden, ist es vorbei und wir genießen unseren Urlaub." Lara und Björn nickten zustimmend. "Was haltet ihr davon, wenn wir den Eingang tarnen und danach den Fund ein wenig feiern. Getränke haben wir genug und der Rest ergibt sich", schlug Björn den beiden anderen vor. "Gute Idee, aber vorher werde ich in *Hamburg* anrufen. Die sollen uns die Adressen aller Fuhrmanns im Umkreis von hundert Kilometer um *Hemmoor* und *Wilhelmshaven* raussuchen", antwortete Lara voller Elan.

Während Björn und Max damit begannen den Einstieg zu tarnen, telefonierte Lara mit ihrer Dienststelle. Nur flüchtig bemerkte Lara die beiden Spaziergänger, die aus Richtung Skaterhalle kommend zum Einstieg fünf gingen, um dann gelangweilt in einen alten Honda zu steigen.

"Hallo", sagte Gregor knapp, als die Verbindung zu Sperling stand. "Was gibt's neues bei euch?" "Die drei haben was gefunden. Sie sind gerade dabei, den Eingang zu verschließen und die Kleine telefoniert schon einige Minuten. Es sah so aus, als hätten sie einen Zettel oder ähnliches in einer alten Flasche gefunden..." "Mist! Ich hoffe nicht, dass sie eine Spur haben, die zu unserer Organisation führt. Phönix gefällt die ganze Angelegenheit überhaupt nicht. Und alles nur, weil ihr den Schreiberling versenken musstet." "Sollen wir die drei auch erledigen?" "Später, viel später. Wir müssen erst wissen was die wissen, und vor allem was die vorhaben. Irgendwann wird sich bestimmt eine Gelegenheit ergeben, die unauffällig ist." "Wir bleiben dran, hast du schon was neues über die beiden?" "Beim LKA komme ich nicht weiter aber über George... Mal sehen. Ich melde mich, sobald ich was neues habe. Bis dann, und seid sehr vorsichtig. Noch einen Patzer würde Phönix uns nicht verzeihen."

Es war ein kleines gemütliches Lokal, etwas abseits zwischen *Hemmoor* und *Lamstedt*, in dem die drei bei einem Glas Rotwein und Baguette auf ihren Erfolg anstießen. "Hoffentlich gibt es Fuhrmanns in der Gegend", sinnierte Björn. "Hoffentlich gibt es den Fuhrmann", setzte Lara den Gedanken fort, wobei sie "den" besonders betonte. Nach kurzer Überlegung setzte Max das Gespräch fort: "Wenn er in *Hemmoor* lebt, wird es einfach sein, ihn zu kontaktieren und vor allem kannst du mit dem Wohnmobil am See bleiben. Wenn wir in *Wilhelmshaven* suchen müssen, wird es etwas komplizierter. Das Wohnmobil kannst du dahin kaum mitnehmen, und in unserem BMW ist kein Platz für drei Personen und die Ausrüstung." "Wie wäre es, wenn ich uns ein Wohnmobil miete? Wir bräuchten keine Zimmer, wären mobil und hätten Platz genug für uns und die Ausrüstung", schlug Björn vor. Lara und Max sahen sich, einen kurzen Moment an, bevor Lara das Wort ergriff: "Gute Idee! Sollten wir nach *Wilhelmshaven* müssen, werden wir nach Hause fahren und packen. Du kannst uns ja mit dem

Wohnmobil aus *Hamburg* abholen. Aber lasst uns nicht über ungelegte Eier sprechen sondern über uns. Wir sollten uns besser kennen lernen, bevor wir enger zusammenarbeiten." Während die drei angeregt über ihre Erlebnisse vor den *Hemmoorer* Ereignissen sprachen, verging die Zeit wie im Flug. Sie merkten gar nicht, wie spät es war, bis Laras Handy klingelte und Max erstaunt feststellte, dass es bereits kurz nach elf Uhr war, als Lara den Anruf annahm. Es war ein kurzes Telefonat und bot den beiden Zuhörern kaum eine Chance zu erfahren, worum es ging. "Was gab´s so wichtiges?", fragte Max, nachdem Lara ihr Telefonat beendet hatte. "Wir haben die Fuhrmanns." "Die Fuhrmanns?", wiederholte Max. "Sind es viele?" "Vierzehn Fuhrmanns gibt es im Raum *Wilhelmshaven*, keinen hingegen in *Hemmoor*. Wenn wir ganz viel Glück haben und unser Fuhrmann noch lebt, dann ist es nur einer, der das richtige Alter besitzt. Die anderen sind viel zu jung, aber die genauen Daten können wir morgen früh in der Dienststelle abholen." "Dann sollten wir für heute Schluss machen und uns hinlegen", sagte Max und zu Björn gewandt: "Du kannst uns morgen mittag in *Hamburg* vor dem Präsidium in *Alsterdorf* abholen." Max gab Björn eine Skizze mit einer genauen Wegbeschreibung und wollte sich verabschieden. "Lass uns übermorgen fahren. Morgen wird Klaus beerdigt und da möcht ich unbedingt hin." "Das ist verständlich", sagte Lara, und fügte hinzu: "Wir werden auch da sein. Mal sehen ob wir dort jemanden kennen."

Es war fast zwei Uhr als die Glocken der kleinen Kirche, zu läuten begannen. Außer Björn und dem Pastor, waren noch vier Männer und zwei Frauen erschienen, um Klaus, auf seinem letzten Weg zu begleiten. Direkt vor dem Altar stand ein spärlich geschmückter, einfacher Sarg, der Björn vermuten ließ, dass sein Freund nur wenige Kontakte zu seinen Angehörigen pflegte. Obwohl Björn und Klaus sich nur kurze Zeit kannten, liefen ihm bei den ergreifenden Worten des Pastors erst kleine, dann immer größer werdenden Tränen, aus den Augenwinkeln. Der Pastor sprach über zwanzig Minuten ehe die Träger begannen den Sarg langsam zum Friedhof zu schieben. Als Björn die Kirche verließ, merkte er wie dunkel es während der letzten Minuten gewesen war und schloss, von der Sonne geblendet, die Augen. Als er die Augen wieder öffnete sah er Lara und Max, etwas abseits der Kirche, neben einem alten Baum, stehen. Sie beobachteten weniger die Trauergemeinde als die nähere Umgebung, um zu sehen ob weitere, unbekannte Zuschauer, bei der Beerdigung anwesend waren.

Sie konnten nicht wissen, dass Phönix keinen Sinn darin sah, die Trauergemeinde zu beschatten, und eine Beschattung sogar untersagt hatte.

Nach der Beerdigung verabschiedete sich der Pastor mit einem gefühlvollen Händedruck, von der Trauergemeinde, und verließ den Friedhof. Björn stand noch am Grab, als die Angehörigen schon lange gegangen waren, und erschrak, als er eine Hand auf seinem Rücken spürte. Es war Lara, die sich zusammen mit Max genähert hatte, und Björn fragte: "Kommst du mit? Für deinen Freund kannst du hier nichts mehr tun." Björn nickte gedankenverloren und ging, nachdem die drei noch einige Minuten andächtig nebeneinander gestanden hatten, mit den beiden zum Auto. Um auf andere Gedanken zu kommen, fuhren die drei direkt in ein kleines Café, um ein wenig zu reden.

Es war ein großes weißes Hymer-Mobil, in dem Björn um halb zwölf vor dem Polizeipräsidium wartete, um Lara und Max abzuholen. Er stand bereits zwanzig Minuten auf dem kleinen Parkplatz neben Laras BMW, bevor er die beiden auf sich zukommen sah und zweimal kurz hupte, um sie auf ihn aufmerksam zu machen. "Hallo! Nettes Design, euer Schuppen", begrüßte er die beiden, nachdem sie ihn erreicht hatten. "Hallo Björn", antwortete Lara und begann ein wenig zu flachsen: "Der Schuppen ist ein Stern und gar nicht so schlecht. Leider haben die Architekten nicht nur die Sternform für das Gebäude von den Astronomen übernommen, sondern auch die Aussengestaltung. Oder hast du schon mal Sterne mit Parkplätzen gesehen?" Nachdem auch Max ihn begrüßt hatte, begannen Max und Lara damit, ihr Gepäck im Wohnmobil sicher zu verstauen und waren dabei in bester Urlaubsstimmung. Die Sonne schien, sie wollten im *Banter See* tauchen, hatten keinen richtigen Fall, sondern wollten einem netten Bekannten helfen und hofften eigentlich, ohne große Anstrengungen und einigen Befragungen eine gemütliche Zeit bis zum Ende ihrer Dienstzeit zu erleben. Sie scherzten und planten die schönsten Tauchgänge und eine ausgedehnte Besichtigung der Stadt, während sie über die A1 nach *Bremen*, *Oldenburg* und auf der A29 bis *Wilhelmshaven* fuhren. Während der Verkehr im Raum *Bremen* sehr dicht wurde, konnten sie die nachfolgenden Strecken problemlos passieren und erreichten nach einer Fahrzeit von etwas mehr als drei Stunden das *Wilhelmshavener Kreuz*. Von dort aus war es über die B210 und einen kleinen Schwenk nach rechts nicht mehr weit zum *Banter See*. "Jetzt sind wir fast um den ganzen See gefahren und haben noch nicht den kleinsten Hinweis auf einen Campingplatz gefunden", bemerkte Lara spitz, nachdem sie durch die Stadt, vorbei an der *Oceanic* über den Groden Damm zum Deich gefahren waren und keinen Campingplatz gefunden hatten. "Wenn wir 'rum sind, kannst du immer noch nörgeln", antwortete Max. "Oder willst du selber fahren?" "Ist schon gut, fahr ruhig weiter. Verpflegung haben wir ja genug an Bord", beendete Lara das Gespräch und lächelte dabei vielsagend zu Björn hinüber. Es dauerte noch fünf Minuten, ehe sie über eine schmale, schlecht ausgebaute, dunkel wirkende Straße den kleinen Campingplatz an der Westseite des Sees erreichten, der als Basis für die nachfolgende Suche nach Fuhrmann dienen sollte.

"Ganz schöner Törn bis hier", sagte Björn, nachdem sie eingecheckt und sich auf einen alten, umgestürzten Baumstamm gesetzt hatten, um bei einem großen Stück mittelaltem Gouda und einer Flasche Rotwein zu entspannen. "Benno, Benno Fuhrmann halte ich für vielversprechend. Mit ihm sollten wir beginnen", lenkte Lara das Gespräch sofort in eine sachliche Richtung." Er wohnt in *Altengroden* und ist im richtigen Alter." "Gut, lass uns morgen mit der Suche nach Fuhrmann beginnen. Heute sollten wir uns erst ein wenig in der Gegend umsehen", schlug Björn vor und Max ergänzte: "Feldmann war doch bei der Marine. Ich denke, sein Leben spielte sich deshalb am oder auf dem Wasser ab. Wo sollte er also irgendwelche Unterlagen versteckt haben, wenn nicht am Wasser?" "Dann lass uns aufbrechen", sagte Lara und stand auf, um zum Wohnmobil zu gehen.

Bis zum späten Abend erkundeten die drei *Wilhelmshaven*. Neue Bauten wie die *Oceanic*, ein Rest der Expo2000, Hotels und öffentliche Bauten waren auf Plätzen entstanden, an denen sich früher das maritime Leben abspielte. Nur noch wenig war von dem alten *Wilhelmshaven* aus der Zeit des zweiten Weltkriegs übrig und außerdem noch zugänglich. Ein kleiner Teil des alten Hafens, der *Banter See* und ein Marinemuseum waren die einzigen Orte, an denen es überhaupt noch möglich war, alte vergessene Dokumente zu finden. Bevor die drei zurück zum Campingplatz fuhren, hielten sie an einem kleinen Parkplatz zwischen dem Deich zum

Jadebusen und dem *Banter See*. Über die Wiese gingen sie, vorbei an einem Sanitärhäuschen mit angebautem Imbiss, an einen schönen, von der Sonne aufgewärmten Sandstrand, um den Abend zu genießen. Dumpf und gleichmäßig drangen die Trommelschläge eines altertümlich wirkenden Drachenboots zum Ufer, welches sich vom gegenüberliegenden Ufer aus näherte, um kurz vor der Badezone mit einem scharfen Linksschwenk in Richtung *Groden-Damm* weiterzufahren.
"Schaut mal da!" Björn zeigte auf eine unscheinbar wirkende Stelle im Wasser. "Was meinst du?", wollte Max wissen. "Ungefähr fünfzig Meter neben der Landzunge, zur Seemitte hin, Blasen!" "Oh ja, auf elf Uhr neben den Enten", versuchte Lara genauer zu beschreiben, "scheinen Taucher zu sein." "Lass uns hingehen", schlug Björn vor, während Lara und Max zustimmend nickten. Zwischen den Bäumen auf einer winzigen Halbinsel war der günstigste Platz, um die Blasen zu beobachten, die sich langsam dem Ufer näherten. Kurz vor der alten, brüchig wirkenden Uferbefestigung, die nicht gerade ein optimaler Ausstieg für Taucher war, änderte die Blasenspur ihre Richtung und folgte der Uferlinie in Richtung Badezone. "Da sind sie", sagte Lara, als der erste Taucher den Kopf über die Wasseroberfläche hielt, um sich zu orientieren. Kurz danach erschien sein Partner, um dann gemeinsam mit aufgeblasenen Jackets auf die Bank am Ufer zuzusteuern. Lara, Max und Björn warteten beobachtend ab, wie die zwei unbekannten Taucher ans Ufer stiegen und damit begannen, ihre Ausrüstung auf der Bank abzulegen. "Hallo! Ist es schön da unten?", rief Max den beiden zu, als sie mit dem Abtrocknen fertig waren. "Schlechte Sicht da unten, zu viele Badegäste heute", antwortete der etwas korpulent wirkende Taucher. "Taucht ihr auch?" "Ja, wir wollen mal ausprobieren, wie es hier ist." "Seid ihr zum ersten Mal am See?", fragte nun der dünnere. "Zum ersten Mal. Sonst tauchen wir in der *Ostsee*, verschiedenen Tümpeln, *Hemmoor* und vor allem im Urlaub. In *Hemmoor* waren Taucher aus *Wilhelmshaven*, die so sehr vom *Banter See* geschwärmt haben, dass wir unbedingt hier her kommen mussten", flunkerte Lara. "Aus *Hemmoor* nach *Wilhelmshaven*, na hoffentlich seid ihr nicht zu sehr enttäuscht. An Land lohnt sich euer Urlaub bestimmt. Es gibt viel zu sehen, aber unter Wasser kommen wir bei weitem nicht an *Hemmoor* heran." "Schade, schade", sagte Lara während sie ihren Kopf langsam schüttelte. "Gibt es hier denn gar nichts zu

betauchen?" "Ein wenig schon. Drüben ist der Tauchclub Manta, von dort aus könnt ihr in eine alte Docksenkgrube tauchen, nicht ganz zwanzig Meter tief. Sie ist sehr schön bewachsen aber leider liegt auch eine Menge Müll da unten. Da vorn sind die alten zerstörten Bunker aus der Nazizeit. Nicht ganz ungefährlich in den Trümmern, die zum Teil noch immer zusammenfallen. Früher gab es da hinten im See noch eine alte Schute, aber die ist weg, und viel, sehr viel Sand. Bis zum Bau des *Groden Damms* war der See ein Hafenbecken und ist deshalb fast überall gleich tief. Auf dem Sand könnt ihr viele Kleinstlebewesen finden und da hinten an den alten Hallen noch einigen Bauschutt. Bevor es *Hemmoor* gab, war dieser See ein Geheimtipp für Taucher aus ganz Deutschland, aber jetzt ist kaum noch was los hier", erklärte der korpulente Taucher ausschweifend. Während der Erklärung zeigte er undeutlich in Richtung der genannten Tauchziele. "Aber jetzt müssen wir weiter. Vielleicht sehen wir uns ja irgendwann einmal unter Wasser wieder. Viel Spaß noch und seht euch die *Oceanic* an, es lohnt sich." "Danke", rief Lara den beiden hinterher, als diese ihre schweren Ausrüstungen schulterten, um am Sanitärhaus vorbei zum Parkplatz zu gehen. "Ich hoffe, dass Benno Fuhrmann etwas über die Dokumente weiß. Wenn die Unterlagen in einem Bunker oder Dock lagen, sind sie weg oder unerreichbar für uns. Das Dock ist demontiert, die Bunker kaputt und der militärische Sicherheitsbereich für uns unzugänglich. Ich denke, wir fahren zum Campingplatz, trinken noch ein schönes Glas Wein und sehen morgen früh weiter", schlug Max vor.

"Ja, wir sind in *Wilhelmshaven*", sagte Gregor knapp, nachdem er die Telefonverbindung zu Sperling hergestellt hatte. Er konnte nicht sehen, wie sehr Sperling erschrak. "Das wird Phönix aber gar nicht gefallen. Die müssen irgendwas gefunden haben, sonst wären sie nicht ausgerechnet in *Wilhelmshaven*. Passt bloß auf, dass ihr nicht bemerkt werdet." "Sollen wir sie erledigen?", fragte Gregor, als Sperling eine kurze Redepause machte. "Wartet noch, bis wir genau wissen, was die beiden Bullen und der Spinner vor haben. Dann muss Phönix entscheiden. Ihr solltet auf jeden Fall versuchen, alle Kontakte der beiden festzuhalten, damit wir sie später überprüfen können. Vielleicht ist ja was interessantes dabei. Ich melde mich morgen wieder", sagte Sperling, um dann, ohne auf eine Reaktion zu warten, aufzulegen. Minuten später wählte

Sperling Phönix` Nummer, um ihn über die weitere Entwicklung auf dem Laufenden zu halten.

Die drei frühstückten ausgiebig, bevor sie an alten Fabrikgeländen und einem kleinen Hafenbecken vorbei in die Stadt fuhren. "Schaut mal die Wracks, ob es hier auch richtige Schiffe gibt?", fragte Björn, als sie an einem alten, verlassen wirkenden, Hafenbecken vorbeifuhren und die rostigen, kaum noch schwimmfähig wirkenden Schiffe sahen, die vermutlich einst stolz über die Meere fuhren. "Diese Ecke ist tot. Da hinten ist der richtige Hafen, sogar mit einem Marine-Stützpunkt", klärte Max Björn auf. "Noch fünf Minuten, dann sind wir da; ich hoffe, Fuhrmann ist zu Hause", fuhr Max fort.

Sie erreichten um halb elf ein kleines, unscheinbar wirkendes Haus, in dem Benno Fuhrmann wohnte. "Ob Fuhrmann ein notorischer Langschläfer ist oder Angst vor der Sonne hat?", sinnierte Lara, als sie die geschlossenen Fensterläden bemerkte und fügte hinzu: "Es wäre besser, wenn ich zuerst allein gehe, um zu klingeln. Wir wollen ihn ja nicht erschrecken, indem wir wie ein Rollkommando auftreten." Max und Björn beobachteten aus dem Wohnmobil, wie Lara ausstieg, um zu klingeln. Vier Mal hatte sie bereits geklingelt, als im Nachbarhaus, laut quietschend, ein Fenster geöffnet wurde. "Hey, sie da. Wollen sie zu Fuhrmann?", rief eine kleine untersetzte, nur mit einem Bademantel bekleidete, Gestalt aus dem Fenster. "Ja, wohnt er hier? Ich sehe kein Klingelschild", antwortete Lara. "Er ist im Urlaub, aber sie haben Glück, denn er wollte heute noch wieder zurückkommen." "Kennen sie Fuhrmann besser?", wollte Lara wissen. "Ach wo, keiner kennt ihn. Fuhrmann lebt sehr zurückgezogen, er hat keine Kontakte und verabscheut Fremde. Mich mag er, glaube ich jedenfalls... Zumindest passe ich auf sein Haus auf, während er im Urlaub ist." "Schönen Dank für die Informationen. Ich werde dann später versuchen, ihn zu erreichen." Lara hob grüßend ihre Hand, bevor sie zurück zum Wohnmobil ging um den beiden anderen zu berichten. "Gut, dann werden wir es heute Abend noch mal versuchen", sagte Max bestimmt. "Bis dahin können wir uns *Wilhelmshaven* ansehen. Ich bin schließlich im Urlaub", sagte Björn von hinten. Max startete den Motor, setzte den Blinker nach links und fuhr an dem alten Honda vorbei, der so ungünstig an der Fahrbahn stand, dass der

Fahrer eines niedrigeren Autos Schwierigkeiten gehabt hätte, die nachfolgende Kreuzung einzusehen.

"Konntest Du nicht besser parken, die haben uns bestimmt gesehen, so dicht, wie die an uns vorbeigefahren sind", schimpfte Gregor mit Arne, der sich immer weiter im Sitz vergrub. "Wir werden sehen, wohin die wollen und dann sofort ein anderes Auto besorgen. Fahr schon los, ich werde Sperling anrufen." Gregor wählte die Buchholzer Nummer. "Ja." "Hier Gregor, die Schnüffler versuchen mit einem Benno Fuhrmann zu reden. Die Kleine hat ihn nicht erwischt, und ich habe wegen der Entfernung nur sehr wenig verstanden, aber ich denke, Fuhrmann ist im Urlaub." "Ich werde Fuhrmann überprüfen lassen", sagte Sperling, bevor er auflegte.

Während der nachfolgenden Stunden bummelten Lara, Max und Björn ausgelassen durch *Wilhelmshaven*. Das Wattenmeerhaus, ein Aquarium, der Stadtkern und die *Oceanic* gehörten zu ihrem selbstgewählten Pflichtprogramm für den Nachmittag. Während sie das neben dem Wattenmeerhaus liegende Marinemuseum erst nach dem Gespräch mit Fuhrmann besuchen wollten, um bei eventuell aufkommenden Fragestellungen aus der Zeit des Zweiten Weltkriegs dort recherchieren zu können. Besonders gefesselt waren die drei Freunde von der *Oceanic*, in der sie einen simulierten Tauchgang auf hundert Meter Tiefe erlebten, bei dem sie eine Unterwasserstation besuchten. Die Geschichte des Watts, der Gezeiten und Winde sowie der Tauchtechnik und des Schiffbaus waren dort in nahezu perfekter Form dargestellt. "Wie in einer Achterbahn", rief Lara belustigt, als sie die Station mit dem Jet verließen. "Ich habe vorhin gehört, das einige Besucher nur hierher kommen, um die Ausstellung mit dem Jet zu verlassen. Vorhin wusste ich noch nicht warum, aber jetzt...", ließ Björn seinen Satz unbeendet und hielt sich fest, als der Jet im Tiefflug an einem Leuchtturm vorbei auf eine Windjammer zusteuerte um wenig später ihren Mast zu streifen. Sie verloren für Minuten jeden Bezug zur Realität und wurden heftig durchgerüttelt, als auf der Leinwand des beweglich aufgehängten Rundkinos ein Gewitter tobte, aus dem der Jet zu entkommen versuchte.

Es war bereits fast einundzwanzig Uhr, als Lara, Max und Björn erneut Fuhrmanns Haus erreichten. Diesmal gingen sie gemeinsam zur Tür, da sie sicher waren, bereits vom Nachbarn angekündigt worden zu sein. Lara brauchte nur einmal zu klingeln, bevor die Tür vorsichtig geöffnet wurde und ein alter, grauhaariger Mann durch den schmalen Spalt schaute. "Was gibt´s", fragte der Alte kurz angebunden. "Wir suchen einen älteren Herren, Feldmann heißt er. Sein Vater hat diverse Aufzeichnungen für ihn hinterlassen, die wir ihm gerne persönlich geben möchten. Wir haben Hinweise darauf gefunden, dass Sie ihn kennen könnten", sagte Lara freundlich. Der Alte stand einige Minuten lang bewegungslos, ohne ein Wort zu sagen, in der Tür. Mit unsicherer Stimme fragte der Alte: "Feldmann, - wer soll Feldmann sein? Ich kenne keinen Feldmann. Wer sind sie überhaupt?" "Taucher, Sporttaucher, die in *Hemmoor* auf Unterlagen gestoßen sind, welche Feldmann gehören. Der große da ist Björn, ein Student aus *Schweden*, das ist Lara und ich bin Max. Wir arbeiten beim LKA *Hamburg*, aber das hat nichts mit den gefundenen Unterlagen zu tun", flunkerte Max. Die drei merkten deutlich, wie es in dem alten Mann arbeitete, bevor er langsam die Vorhängekette löste, um die Tür vollständig freizugeben. "Kommen sie rein, ich bin Fuhrmann, Benno Fuhrmann, und es kann schon sein, dass ich einen Feldmann kenne."
Es war gemütlich eingerichtet, das kleine alte Haus von Benno Fuhrmann. Bücher, Bilder und Blumen waren geschmackvoll an den Wänden und auf dem Fußboden verteilt. Einzig der kleine Tisch im Wohnzimmer passte nicht zum Stil der restlichen Einrichtung. Er scheint fast nie Besuch zu bekommen, dachte Björn, als er den kleinen Tisch sah, vor dem ein einzelner Ohrensessel stand. "Warten sie einem Moment, ich werde noch drei Stühle holen", sagte Fuhrmann, nachdem alle im Wohnzimmer standen. Er holte drei einfache, mit braunen Polstern überzogene Klappstühle, die einen wenig vertrauenswürdigen Eindruck erweckten. "Sie kennen Feldmann?", fragte Lara nachdem sie sich gesetzt hatten. "Immer langsam, ich bin alt. Lassen Sie uns erst darüber reden, was Sie für ihn haben." "Es ist persönlich. Wenn sie nicht entscheiden können, ob sie uns seine Adresse geben dürfen, können sie ihm wenigstens ausrichten, wo er sich mit uns in Verbindung setzen kann. Dann kann er selber entscheiden wann, wo und unter welchen Bedingungen er mit uns sprechen möchte." Fuhrmann überlegte fast eine Viertelstunde, ohne ein Wort zu sagen. Er

musterte Lara, Max und Björn immer wieder, als wollte er ins Innerste jedes Einzelnen blicken, bevor er plötzlich seine Stimme erhob, "Ihr seht nicht so aus wie DIE", wobei er DIE besonders abfällig betonte. "Ich bin alt, sehr alt und habe viel erlebt. Schon lange haben DIE versucht mich zu finden, bisher hatte ich Glück. Wenn ihr zu denen gehört, ist es egal, da ich sowieso bald sterbe. Wenn ihr die seid, für die ihr euch ausgebt, bin ich gespannt, was ihr für mich habt." Fuhrmann legte eine erneute Pause ein. Während der Pause war es still, so still, dass Björn dachte, er höre den Herzschlag des alten Mannes. Hatte der Alte wirklich gesagt: "Was ihr für mich habt?" Es dauerte fünf Minuten, ehe er weitersprach. "Feldmann, den Namen habe ich seit meiner Jugend nicht mehr gehört. Mein Vater hieß Feldmann, aber er ist schon lange tot. Wir haben oft über seine Einstellung zum Nazi-System gestritten, zumindest bis er gegangen ist. Er wollte den Sieg und ist verschwunden, eingekerkert, gestorben oder untergetaucht, wer weiß es schon. Sie sind die ersten, die behaupten, irgendetwas von ihm zu haben oder zu wissen. Wie kommen Sie eigentlich auf mich?" Max erzählte von *Hemmoor*, dem Tagebuch und der direkten Spur nach *Wilhelmshaven*. Von den Unfällen, dem Auffinden des Weinkellers, ihrem Verdacht verfolgt zu werden und der Spur zur Naziszene erzählte er nichts. "So sind wir hier gelandet ohne genau zu wissen, wie wir Sie finden können", endete Max seinen Vortrag. Es folgte erneut ein längeres Schweigen bis Feldmann fragte: "Das Tagebuch, haben sie es dabei?" "Aber sicher, es liegt im Wohnmobil, ich werde es holen", nahm Lara Max seine Worte aus dem Mund, um den Raum zu verlassen und wenig später mit den Kopien des Tagebuchs im Wohnzimmer zu erscheinen. "Hier ist es", sie legte das Tagebuch direkt vor Feldmann auf den Tisch. "Wir lassen sie jetzt lieber alleine, damit sie in Ruhe lesen können. Ich denke sie sehen ihren Vater danach in einem ganz anderen Licht. Er hat sie übrigens nicht allein gelassen, sondern ist gestorben, wurde umgebracht kurz vor Ende des Krieges in *Hemmoor*." Lara, Max und Björn wollten gerade aufstehen, als Feldmann sie aufforderte zu bleiben. "Warten sie. Sie haben das Buch gefunden, sie kennen *Hemmoor* und sie haben mich gefunden. Ich würde mich freuen, wenn sie mir beim Lesen Gesellschaft leisten würden. Ich hatte schon sehr lange keinen Besuch mehr und habe bestimmt viele Fragen zu *Hemmoor*, dem Zementwerk oder anderen Dingen aus dem Buch. Ich kann noch einen Tee aufsetzen." Die drei ließen es sich nicht anmerken, wie froh sie waren mit Feldmann über das Buch reden zu können, und blieben. Sie beobachteten die Miene des alten Mannes aufmerksam, während dieser das Tagebuch verschlang. Erstaunen, Verwunderung, Freude und Trauer wechselten in regelmäßigen Abständen. Es war bereits kurz nach Mitternacht, als Feldmann zuerst das Deckblatt des Tagebuchs, danach seine Augen schloss, um nachzudenken. Eine Träne löste sich aus dem Augenwinkel, bevor er zu Lara aufblickte und leise: "Danke, danke für das Buch", murmelte. Er blickte ihr direkt in die Augen, ohne sie zu sehen. Er sah durch Lara hindurch, als suche er seinen Vater in weiter Ferne, um Frieden mit ihm zu schließen. "Danke, dass sie geblieben sind, ich habe noch so viele Fragen. Vielleicht können sie ja einige davon beantworten. Ich würde mich freuen, wenn sie heute Nacht meine Gäste wären." Feldmann sah die drei so bittend an, dass sie unmöglich ablehnen konnten. "Wir nehmen ihre Einladung gerne an. Aber wäre es nicht sinnvoll, wenn wir im Wohnmobil vor dem Haus schlafen und morgen zum Frühstück vorbeikommen? Sie sind gerade aus dem Urlaub zurück, da haben Sie sicherlich einige Ruhe nötig", sagte Lara freundlich. "Gute Idee. Ich werde sie noch zur Tür geleiten." Die drei schliefen kurze Zeit später im Wohnmobil, auf dem Parkplatz vor Feldmanns Tür.

Um neun Uhr, Max hatte frische Brötchen besorgt, die sie mit zu Feldmann nehmen wollten, klingelte Lara an der Haustür. Feldmann öffnete, im Gegensatz zum Tag zuvor, mit freundlichem Gruß und bat die drei einzutreten. Feldmann hatte den Tisch bereits gedeckt. Käse, Wurst, Marmelade und Honig standen ordentlich neben den exakt ausgerichteten Frühstücksbrettern. "Den Honig müssen sie probieren. Ein guter Bekannter aus *Thüringen* ist Hobby-Imker und hat ihn erst vor wenigen Tagen geschleudert."

Sie ließen sich Zeit beim Frühstück. Immer wieder fragte Feldmann nach Einzelheiten aus dem Buch. Wo es genau gelegen hatte, ob die drei irgendetwas über die alte Zeit herausgefunden hatten und ob es in *Hemmoor* ein Archiv gab, in dem er nachschauen könnte wer sein Vater wirklich gewesen ist. Es war fast Mittag, als sie auf die letzten wichtigen Hinweise zu sprechen kamen. "Ich kann mir nicht im geringsten vorstellen, was mein Vater meinte, als er von dem Streit sprach. Irgendwelche Verstecke sind mir nicht bekannt, und wenn, dann hätte ich sie bestimmt gesucht. Die einzige Möglichkeit, die ich sehe, um an Informationen zu kommen, sind die alten Bunker neben dem Dock, genauer gesagt des ehemaligen Docks im See. Die Bunker im *Banter See* sind zwar ziemlich kaputt, aber Taucher berichten immer wieder von kleinen und größeren Höhlungen, in die man hineintauchen kann. Da ich selber nicht tauche, kann ich beim besten Willen nicht sagen, ob es stimmt. Aber versuchen sie es ruhig. Sie scheinen ja sehr gern zu tauchen, und ich würde mich freuen, wenn sie mir berichten könnten, was dort zu finden ist oder dort sogar Hinweise auf meinen Vater finden würden." "Das werden wir bestimmt, wissen sie sonst nichts über ihren Vater?", wollte Lara wissen. "Nicht viel, nur dass er lange mit einem Engler zusammen war, der später in eine Marineversuchsanstalt in die Berge versetzt wurde. Paradox, aber genial, denn wer sucht schon die Berge nach der Marine ab. Engler und die Anstalt in den Bergen war der einzige Grund, warum mein Vater und ich ab und zu aneinander gerieten, aber ich habe dem keine große Bedeutung beigemessen." "Wissen sie auch wo genau die Anstalt war, zu den Engler abkommandiert wurde?" "Ich glaube in *Österreich*, aber sicher bin ich mir da nicht. Früher habe ich mal versucht, ihn dort zu finden, am Tolpitz, oder war es der *Toplitz See*. Es ist schon sehr lange her. Als ich dort war, sagte man mir, dass Engler bei einer Bootstour im *Walchensee* ertrunken sei; aber seine Leiche ist scheinbar bis heute nicht aufgetaucht. Kein Wunder, bei der Tiefe." "Sie haben uns sehr geholfen. Ich denke wir können jetzt versuchen, das Geheimnis ihres Vaters zu lösen, und wenn das Tagebuch stimmt, einige Kriegsverbrecher entlarven", sagte Max, worauf Feldmann entgegnete: "Seien sie vorsichtig, mit denen ist nicht zu spassen, und vor allem melden sie sich sobald sie was interessantes gefunden haben." Es war bereits später Abend, als sich Lara, Max und Björn von Feldmann verabschiedeten, um sich auf einen Tauchgang zu den verfallenen Bunkern im *Banter See*, vorzubereiten. Schon sehr früh am nächsten Morgen wollten die drei mit der Suche beginnen.

"Hallo, hier bin ich", sagte Gregor, nachdem er den Anruf angenommen hatte. "Phönix hat getobt, als ich ihm sagte, wen die drei gefunden haben. Jahrelang habt ihr es nicht geschafft, Feldmanns Sohn zu finden und jetzt dieser Mist. Zwei Bullen und ein Spinner finden ihn in wenigen Tagen, so ganz nebenbei. Die dürfen ihn auf keinen Fall ausquetschen. Ich hoffe, wir haben uns verstanden." "Und die drei?", wollte Gregor wissen. "Wenn die irgendetwas von Feldmann erfahren sollten, gilt das gleiche. Aber seid nicht wieder so tölpelhaft wie so oft. Es müssen auf jeden Fall Unfälle sein, und vor allem sollten sie nicht am gleichen Ort passieren, sonst kann sich selbst der dümmste Dorfbulle denken, dass irgendetwas faul ist." Sperling legte ohne weitere Kommentare auf.

"Heute scheint es ein schöner Tag zu werden, ob wir hier irgendetwas finden?", sagte Björn, während er den Kaffee einschenkte. "Wartens wir's ab", antwortete Lara, "falls in *Wilhelmshaven* nichts zu finden ist, können wir uns immer noch auf Englers Spuren setzen. So viele Seen wird es da unten nicht geben, an denen damals ein Marinestützpunkt existierte und vor allem haben wir die Namen *Walchensee* und *Toplitzsee*, die mir beide geläufig sind, wenn auch in anderen Zusammenhängen." Max wandte sich an Björn und ergänzte: "Wenn es wirklich so brisante Unterlagen über die Nazi-Szene gibt, wie Feldmann in seinem Tagebuch erwähnte, müssen wir sehr vorsichtig sein. Bisher habe ich die ganze Sache nicht besonders ernst genommen, aber jetzt wo sich die Hinweise zu bestätigen scheinen...", er machte eine kurze Pause und fuhr fort: "Lara, du erinnerst dich doch sicher an die letzten Informanten, die uns geholfen haben. Allesamt verschwunden oder tod, und dass obwohl ihre Identität nur unserer Dienststelle bekannt war. Wir sollten wirklich sehr vorsichtig sein." "Du machst mir Angst Max", sagte Björn mit besorgtem Gesicht. "Wenn an der Sache was dran ist, kannst du auf gar keinen Fall mehr aussteigen. DIE werden dich jagen, finden und befragen, um zu sehen, was du weißt und dann..." "Und dann?" "Dann ist es besser du bist bei uns und lässt es erst gar nicht so weit kommen, aber jetzt sollten wir endlich essen, damit die Suche beginnen kann.
Sie frühstückten gedankenverloren, bevor sie aufbrachen, um die Bunkerreste zu durchsuchen. Vorbei an dem alten Hafenbecken mit den rostigen Wracks und den verfallen wirkenden Industriekomplexen bogen sie in eine kleine Seitenstraße ein, welche direkt an den See führte. "Was ist denn hier los?", fragte Björn, als er vor dem Gebäude des Tauchclubs Manta aus dem Wohnmobil stieg. "Helmtaucher", antwortete Lara. "Die scheinen einen Kurs zu machen. Sieht witzig aus, nicht wahr?" "Ich kann mich gerade noch beherrschen bei dem Gerödel. Aber praktisch ist es vermutlich schon, besonders bei einer längeren Suche mit einem so großen Luftvorrat." Björn zeigte in Richtung der Doppelfünfziger,

von der ein Schlauch direkt in den Helm des Tauchers führte. "Wollt ihr mitmachen?", hörten die drei den Gruppenleiter rufen. "Nein danke, vielleicht später einmal, aber schönen Dank", antwortete Max und zu seinen Freunden gewandt: "Dann lasst uns loslegen, wir haben eine weite Strecke vor uns, denn die Docksenkgrube liegt nicht direkt vor dem Einstieg, sondern einige hundert Meter weiter in Richtung Damm. Von dort aus ist es noch mal genau so weit zu den Ruinen."

Sorgfältig rüsteten sich Lara, Max und Björn aus, um direkt neben den Helmtauchern in den See zu steigen. Während sie mit fast aufgeblasenen Jackets an der Oberfläche schnorchelten, um ihr Tauchziel zu erreichen, hatte Björn den Eindruck als werde die Strecke immer länger. Ich muss unbedingt an meiner Kondition arbeiten, dachte er, als er seinen hastiger werdenden Atem bemerkte. "Da sind wir", stoppte Max die Gruppe, "lasst uns einen Moment verschnaufen und dann in die Grube abtauchen. Ich glaube zwar nicht, dass wir hier viel finden werden, aber wer weiß. Zumindest sollten wir bei den Tauchgängen zuerst die größere Tiefe aufsuchen und können uns danach den relativ flach liegenden Bunkern widmen. Dort sind die Chancen irgendetwas zu finden, wesentlich höher." Lara nickte gedankenverloren und fügte hinzu: "Es wäre sicher nicht von Nachteil, wenn wir wüßten, wonach wir suchen." "Feldmanns Sohn hat doch gestern von einer genieteten Box gesprochen, die sein Vater immer bei sich hatte. Wenn er sie nach *Hemmoor* mitgenommen hatte, ist sie weg. Genauso wäre es in der *Wilhelmshavener* Wohnung, die von den Bomben komplett zerstört wurde. Da Feldmann jedoch in seinem Tagebuch von einem Versteck sprach und sein Sohn als einzigen Tipp die Ruinen nannte, lohnt sich die Suche, wenn überhaupt, nur hier." "Wenn, wenn, wenn die Box noch nicht gefunden wurde oder überhaupt existiert." "Jetzt lasst uns endlich tauchen, reden können wir hinterher immer noch", unterbrach Björn die beiden, gab ein OK-Zeichen und tauchte ab. Lara und Max folgten ihm und überholten ihn wenige Minuten später. Max, der es gewohnt war die Führung zu übernehmen, tauchte voran, Lara und Björn nebeneinander hinterher.

Auch wenn die Sichtweite nicht mit den *Hemmoorer* Weiten verglichen werden konnten, war sie für einen Binnensee erstaunlich gut. Fast zwei Meter konnten die drei sehen, bevor die Schwebeteilchen ihre Blicke trübten und eine undurchdringliche Mauer zu bilden schienen. Sie hatten die Docksenkgrube genau getroffen und gewannen schnell an Tiefe. Die Sichtweite verminderte sich mit zunehmender Tiefe und betrug am Grubengrund nur noch einen halben Meter. Der Grund war komplett mit feinen, schwarzen, leicht aufzuwirbelnden Sedimenten bedeckt. Jeder unbedacht ausgeführte Flossenschlag wirbelte die feinen Teilchen auf und führte zu einer langsam größer werdenden Staubwolke die eine für Blicke undurchdringliche Barriere bildete. Immer wieder stießen die Freunde auf rücksichtslos weggeworfenen Müll, der langsam vor sich hin rottete und einigen kleinen Tieren als Behausung diente. Von alten Bauwerken oder anderen Hinterlassenschaften aus den Kriegstagen, war keine Spur mehr zu finden. Max gab nach zwanzig Minuten ein Zeichen zum Auftauchen. Je höher sie kamen um so besser wurde die Sicht und das Wasser wärmer. Von der Kante der Grube führte sie der Weg direkt zu den Ruinen. Gespenstisch sahen die alten, kaum noch erkennbaren, zerstörten Bauwerke aus alten Zeiten aus. Pflanzen und Tieren dienten die mit Sedimenten überzogenen Reste als Unterschlupf und für die Taucher bildeten sie lohnende Tauchobjekte. Nicht viel los mit den Dingern, dachte Björn enttäuscht, als er erkannte, dass es sich nicht um stehende Bauwerke sondern eher Bauwerk-Wracks handelte. Björn beobachtete, wie Max damit begann, jeden Stein umzudrehen und jede noch so winzige Höhlung auszuleuchten. Er wollte nicht den kleinsten Hinweis auf einen versteckten Hohlraum oder einen bisher unbekannten Bunkereinstieg übersehen. Es dauert nicht lange, bis Max unsichtbar in einer großen für Blicke undurchdringlichen Staubwolke verschwunden war, die ihn komplett einhüllte. Lara und Björn sahen sich kurz an und begannen damit, Max bei der anstrengenden Suche zu unterstützen. Fast eine dreiviertel Stunde lang konnten die drei in den Ruinen suchen, bevor Max, der am schwersten wühlte, auftauchen musste, weil sein Luftvorrat zur Neige ging. Die beiden anderen folgten nach wenigen Minuten. "Ganz schöne Pleite", sagte Björn, nachdem er seinen Atemregler aus dem Mund genommen hatte und mit vollständig aufgeblasenen Jacket an der Wasseroberfläche trieb. "Warum?", wollte Max wissen. "Wir haben doch die Ruinen gefunden, oder etwa nicht?" "Aber der Zustand, in dem sich die Trümmer befinden, lässt nicht unbedingt auf einen Erfolg hoffen. Ich glaube nicht, dass wir hier irgendetwas Brauchbares finden werden. Die genietete Kiste, wenn wir überhaupt eine Kiste suchen, ist entweder komplett verschüttet oder bereits von anderen Tauchern gefunden und entfernt worden." "Ich schlage vor, dass wir heute und morgen jeweils drei Tauchgänge an den Ruinen durchführen. Wenn sich dabei nichts ergibt, besuchen wir noch mal Feldmanns Sohn. Vielleicht weiß er mehr über Engler, als er gesagt hat oder er erinnert sich daran. Wenn Englers Sohn noch lebt, kann er bestimmt sehr viel über alte Zeiten plaudern. Wenn wir Glück haben, finden wir den Mörder deiner Freunde und können sogar noch ein paar alte Kameraden und deren politischen Erben überführen. Die Goldgrube Feldmann, oder genauer gesagt, seine Akten, scheinen wirklich schwer, oder überhaupt nicht auffindbar zu sein", führte Lara das Gespräch weiter. Max und Björn nickten zustimmend, nachdem Lara geendet hatte.

Die drei Freunde suchten während der nachfolgenden fünf Tauchgänge jeden Winkel der alten, verfallenden Ruinen ab. In den Pausen versuchten sie, in den Archiven der Stadt auf Spuren zu alten, vergessenen Kellern oder Bunkern zu stoßen. Die Suche blieb erfolglos.
"Lara hatte Recht", sagte Björn, als sie am nächsten Abend erschöpft zusammensaßen. "Wir sollten Feldmann besuchen und ihn freundlich über Engler ausfragen. In *Wilhelmshaven* sind wir in einer Sackgasse." "Ok, ok", antwortete Max, "gleich morgen werden wir ihn besuchen und dann sehen wir weiter."
Sie saßen noch eine ganze Weile am See und genossen die letzten warmen Sonnenstrahlen, bevor sie sich zum Schlafen ins Wohnmobil zurückzogen.

"Sie haben Pech", rief Feldmanns Nachbar, nachdem er einige Minuten beobachtet hatte, wie Lara ergebnislos an Feldmanns Haustür geklingelt hatte. "Wissen sie, ob er gleich wiederkommt?", wollte Lara wissen. "Keine Ahnung. Sonst sagt er mir immer Bescheid, wenn er weg fährt, sogar bei Tagestouren. Ich weiß zwar bis heute nicht, warum er mich informiert, aber hat nicht jeder irgendwelche Macken?" "Sicher, sicher", Lara nickte zustimmend. "Er ist also losgefahren?" "Ja, er ist gerade weg, so ungefähr zwanzig Minuten. Sie waren doch vorgestern schon bei ihm, hat er ihnen denn nicht gesagt, wohin er mit seinen Bekannten wollte?" "Bekannte?", fragte Lara erstaunt. "Uns hatte er erzählt, dass er sehr zurückgezogen lebt und keine weiteren

Bekannten hat. Kannten sie die Leute?" "Nie gesehen. Sahen aus wie Polizisten oder so, aber die Polizei mit so einem alten Wagen." "Was war mit dem Wagen?" "Nichts, eigentlich gar nichts. Aber einen so gammeligen Serena habe ich bei der Polizei noch nie gesehen." "Danke für die Auskunft, wir werden morgen wiederkommen. Wenn sie Feldmann vorher sehen, könnten sie ihm vielleicht meine Karte geben und darum bitten mich anzurufen?", Lara gab ihm ihre Visitenkarte und wandte sich ihren Freunden zu: "Ich denke, er ist weg. Wenn Feldmann uns vorgestern nicht angelogen hat, ist er abgeholt worden, um zum Sprechen gebracht zu werden." Max nickte: "Hier haben wir nichts mehr verloren. Feldmann ist weg, die Unterlagen unauffindbar, und andere Hinweise werden wir hier kaum finden. Es scheint wirklich was dran zu sein an der ganzen Sache. So schnell wie die Leute zur Zeit verschwinden, scheinen wir in ein ziemlich großes Wespennest gestochen zu haben. Ich denke, wir sollten nach *Hamburg* zurück fahren und alles über Engler recherchieren." "Gute Idee", antwortete Lara, "wenn wir ihn finden und er ahnungslos ist, werden die anderen auch versuchen ihn zu bekommen. Vielleicht machen Sie ja Fehler und wir können den ganzen Sumpf von oben her trocken legen. Ist Engler mit der Organisation verbunden, wird er sicherlich sehr nervös, wenn wir bei ihm auftauchen. Auf jeden Fall müssen wir wesentlich besser auf Verfolger achten." "Woher haben die eigentlich Wind von unserer Suche bekommen", wollte Björn wissen. "Max und ich waren den Rechten schon öfter dicht auf den Fersen. Es war immer offiziell, und vor allem haben wir sie immer nur fast erwischt. Irgendwo muss es im LKA schon sehr lange eine undichte Stelle geben, die für uns unauffindbar ist. Die Stelle war einer der Gründe, warum wir uns selbständig machen wollen. Es ist schon merkwürdig, dass wir ausgerechnet jetzt, wo wir nur halboffiziell ermitteln, schneller Erfolge haben als dienstlich." "Was heißt hier halboffiziell?" "Lara meint, dass wir früher immer sofort alle Berichte an unsere Dienststelle weitergeleitet haben. Jetzt sind wir quasi im Abschiedsurlaub auf die ganze Sache gestoßen, haben uns die Rückendeckung vom Chef geholt und dürfen offiziell ermitteln. Zumindest wenn wir gute Ergebnisse haben, wird sich der Chef damit brüsten, bei einem Flop kann er immer noch sagen, wir waren nach unserer Kündigung im Urlaub und haben privat ermittelt. Deshalb verzichtet er auch auf die sonst üblichen Zwischenberichte und ist mit einigen Anrufen zufrieden."

"Ist euer Vorgehen nun gut oder schlecht?" "Wie Max schon sagte, wir müssen nicht alles absprechen. Nur so ist es überhaupt möglich, dich mitzunehmen, offiziell wäre es sehr schwierig. Wir sind bei einer solchen Ermittlung sehr flexibel, haben hingegen leider nur sehr begrenzte Mittel zur Verfügung. Es ist unmöglich unsere Informanten effektiv zu schützen, und wir werden bei Bedarf erst sehr späten Schutz erhalten, wenn überhaupt. Jetzt lass uns fahren." Sie fuhren direkt zum Campingplatz, um sich abzumelden und weiter nach *Hamburg* zu fahren. Dort wollten sie Ihr weiteres Vorgehen ausarbeiten. Sie passierten gerade die Abfahrt nach Bremen, als Laras Handy klingelte und sie fünf Minuten später auflegte, um den beiden anderen zu berichten. "Es war der Chef. Wir haben eine weitere Spur, die nicht gleich nach *Süddeutschland* oder *Österreich*, sondern nach Hause führt. Der Tote im Wagen deines verunglückten Freundes ist identifiziert worden. Er war *Hamburger* und seit langer Zeit bei der Polizei bekannt. Mit ein wenig Glück schaffen wir es in diesem Fall sogar einmal, seine Familie zu befragen, ohne gleich von deren Anwälten zu hören." "Warum denn Anwälte", unterbrach Björn. "Der Vater des Toten ist uns gut bekannt. Ein alter Sizilianer, der offiziell nie mit dem Gesetz in Konflikt geriet, genauer gesagt, gab es niemals einen Zeugen, der gegen ihn aussagen wollte oder konnte."

Es war schon nach zwölf als Lara, Max und Björn in Othmarschen den Stau verließen und von der Autobahn abfuhren. "Mein Magen knurrt mächtig, wollen wir heute Mittag zum Pakistani?", fragte Lara, als Max an der ersten roten Ampel hielt. Max nickte. Sie fuhren über die Elbchaussee am Bahnhof Altona vorbei ins Schanzenviertel, um in einer kleinen Seitenstraße, direkt neben dem Schanzenbahnhof, zu parken. "Was sind das für Wracks?", fragte Björn, als er die alten Autos sah, die aufgebrochen, zum Teil mit eingeschlagenen Fensterscheiben und ausgebrannt auf dem Parkplatz neben den Bahngleisen standen. "Ach die", antwortete Max, "hierher werden immer wieder falsch geparkte Autos abgeschleppt. Oft bleiben die Fahrzeuge über Nacht stehen und am nächsten Morgen können sich die Besitzer freuen, wenn der Wagen nur aufgebrochen und nicht vollständig ausgebrannt ist. Tagsüber passiert hier kaum etwas mit den Autos, es ist zu viel Betrieb hier, doch nachts. Aber jetzt lass uns Essen gehen."

Sie gingen vorbei an einer langen Reihe von Altpapier-Containern und bogen direkt da hinter nach rechts in den Schanzenpark ab. "Ist es hier wirklich so schlimm, dass die Kinder eingesperrt werden müssen", fragte Björn, als er den vergitterten Spielplatz sah. "Leider ja, hier gibt es mehr Dealer als sonst wo. Bevor der Zaun stand, lagen ständig die alten, gebrauchten Spritzen im Sand und stellten für die spielenden Kinder eine erhebliche Verletzungsgefahr da. Jetzt haben die Kinder ihre Ruhe und können relativ ungefährdet spielen. Übrigens, da hinten wohnt der Pate, den wir besuchen wollen", sagte Lara und zeigte auf einen großen Wohnblock, der sich in der Nähe des Parks befand. Es dauerte nur fünf Minuten, bis sie vorbei am U-Bahnhof *Schlump* und einer Feuerwache, über den Campus an der Chemie vorbei zur *Grindelallee* kamen. Direkt an der Kreuzung sah Björn das noch relativ neue pakistanische Restaurant. Durch den Eingang an der *Grindelallee* kamen sie in einen Bereich, in dem man sehr günstig den Mittagstisch im Stehen genießen konnte. Lara durchquerte den Bereich zielsicher, um in den hinteren Teil zu gelangen. Hinten herrschte eine sehr gemütliche Atmosphäre, in der bequeme Bänke und Tische bei Kerzenlich zum Essen einluden. Nachdem sie sich gesetzt hatten, begann Lara zu erklären: "Wir wohnen hier ganz in der Nähe und kommen öfter zum Essen her, zumindest seit dieses Restaurant existiert. Früher war hier eine Spielhalle und daneben ein kleiner Imbiss. Hier kann man nicht nur preiswert und gut essen, sondern auch relativ ungestörte Treffen organisieren. Das Lokal kann aus verschiedenen Richtungen und vor allem durch verschiedene Eingänge betreten werden, die sich auf unterschiedlichen Seiten befinden. Weiterhin gibt es Bereiche, die nicht von außen eingesehen werden können, ohne dass es auffällt. Hier sollten wir uns auch mit Marks Vater unterhalten, bevor wir nach Süddeutschland fahren, wenn er uns überhaupt treffen möchte."
"Was darf ich ihnen bringen", wurde Laras Ausführung durch die freundliche Frage der Bedienung unterbrochen, worauf die drei Freunde bestellten. Es dauerte nicht lange, bis sie ihr Essen vor sich stehen hatten, sehr lange hingegen, bis sie aufstanden, um zu gehen. Zu viel hatten sich die drei zu erzählen. Björn begann damit, Lara und Max von seiner Vorgeschichte, seinem Leben in *Schweden*, seinen Eltern, Verwandten, Freunde und besonders über seinen Urlaub in *Frankreich* und *Deutschland* zu berichten. Im Gegenzug erfuhr er vom Frust der beiden, welcher sich mit jedem

freigelassenen Verdächtigen erhöhte, von den Überstunden in der Behörde und dem Plan der beiden, ein neues Leben zu beginnen. Es war bereits nach sechs als Lara sagte: "Jetzt haben wir so lange gesprochen, dass wir heute bestimmt keinen Termin mehr bei Marks Vater bekommen. Wir sollten nach Hause fahren und versuchen, morgen einen Termin zu bekommen." "Gut", pflichtete Max bei. "Wir können ja auf dem Weg zum Parkplatz kurz bei Marks Vater anhalten, um abzuklären, ob er gewillt ist, mit uns zu sprechen."

Während Max zahlte, packte ein Fotograf, der eine halbe Stunde lang die Inneneinrichtung des Restaurants fotografiert hatte, um einen Werbeprospekt zu erstellen, seine Ausrüstung in den Koffer, um die Bilder schnellst möglich entwickeln zu lassen. Es passte Phönix sehr gut, dass es ausgerechnet eine seiner Firmen war, die den Auftrag hatte, beim Pakistani zu fotografieren um einen Werbeprospekt zu erstellen.

Auf dem Weg zum Wohnmobil gingen die drei Freunde nicht durch den Park, sondern direkt daran vorbei, zu einem großem, alten Wohnblock. "Wenig repräsentativ für einen Paten", sagte Björn als er Lara an der alten Tür klingeln sah. Die Gegensprechanlage knackste, bevor eine krächzende, weibliche Stimme fragte: "Wer will was?" Da Marks Mutter schon vor Jahren gestorben war und der Alte seit dem Unfall sehr zurückgezogen lebte und seine Geschäfte nie zu Hause tätigte, war seine Haushälterin die einzige Person, die in der Wohnung ein und ausging. Da sagte Lara: "Wir möchten gerne mit Ihrem Chef über seinen Sohn sprechen." "Das geht heute leider nicht, er ist auf Geschäftsreise, aber ich werde ihm ausrichten, dass sie hier waren und mit ein bisschen Glück wird er sich morgen bei Ihnen melden. Ich erwarte ihn morgen gegen vierzehn Uhr zurück. Werfen Sie doch bitte ihre Adresse in das Postfach." Ein Knacksen in der Gegensprechanlage verriet Lara, dass die Gegenstelle abgeschaltet hatte und nicht an weiteren Gesprächen interessiert war. Lara nahm einen Kugelschreiber und notierte auf ihrer Karte den Zusatz: Wir sind morgen zwischen vier Uhr und sechs Uhr beim Pakistani in der Grindelallee, Kreuzung Martin Luther King Platz. "So lichtscheu wie der ist, glaube ich kaum, dass er kommt", murmelte Max. "Abwarten", sagte Lara und blickte in Björns Richtung. "Dann haben wir morgen den halben Tag Zeit. Wenn du magst, können wir dir ein wenig von *Hamburg* zeigen. Du bist schließlich im Urlaub. Übrigens haben wir ein

Gästebett und wenn du dich nicht zu sehr ans Wohnmobil gewöhnt hast, kannst du bei uns schlafen." "Hört sich gut an und auf die Besichtigung mit fachkundiger Führung freue mich sehr."

Björn fühlte sich schon wieder wie im richtigen Urlaub. Ein schönes Glas Wein am Abend, ein gemütliches Gästebett, geweckt vom wohlriechenden Duft frischen Kaffees und ein reichhaltiges Frühstück ließen ihn die Aufregungen der letzten Tage und Wochen fast vergessen. "Lass uns den BMW nehmen, der ist wendiger", sagte Lara, nachdem sie die warme Milch in den Kaffeebechern mit einem solarbetriebenen Milchschäumer aufgeschäumt und danach den Kaffee nachgeschenkt hatte. Es war ein ausgedehntes, reichhaltiges Frühstück, das sie vor der Führung genossen, die mit einer kleinen Hafenrundfahrt begann. Die strahlende Sonne und der blaue Himmel ließen die üblicherweise trüb und bedrohlich wirkende *Elbe* wie einen freundlichen, sauberen Strom erscheinen. Björn staunte immer wieder über die Größe der Schiffe, denen sie sich auf wenige Meter näherten, der Größe des *Hamburger* Hafens und vor allem über die Betriebsamkeit, die an den Terminals herrschte. Anschließend bummelten die Freunde über die Landungsbrücken, aßen Fischbrötchen und fuhren später weiter nach *Ovelgönne* an den Elbstrand. "Schön habt ihr es hier in *Hamburg*. Bisher dachte ich immer, *Hamburg* wäre wie *London*. Dreck, Nebel und der Lärm von Schiffen, Autos und Flugzeugen in allen Stadtteilen, aber jetzt bin ich wirklich überrascht, wie ruhig und vor allem Grün es hier bei euch ist." "Es gibt noch viel schönere Ecken in *Blankenese*, *Wedel* oder den Parks im Stadtgebiet, aber dafür haben wir heute keine Zeit mehr. Es ist gleich halb vier und wir wollten ab vier Uhr im Restaurant sein", sagte Lara mit einem Blick auf ihre Armbanduhr. "Schaffen wir es denn noch rechtzeitig", erkundigte sich Björn besorgt. "Aber klar, wir brauchen so ungefähr zwanzig Minuten, wenn wir jetzt losfahren...", beendete sie ihren Satz nur unvollständig, drehte sich um und ging zum BMW. Max und Björn folgten, nachdem Björn seine Blicke ein letztes Mal über die Elbe schweifen ließ und dabei dachte, dass *Hamburg* eine schöne Stadt für einen längeren Urlaub wäre. Während er mit Max zum BMW ging, sah er noch einen großen *EVERGREEN*-Liner, der mit Containern hoch beladen, in den Hafen fuhr, um später mit der Unterstützung von PS-starken Hafenschleppern, an der Mole festzumachen. Lara steuerte den BMW vorbei am *Altonaer* Bahnhof, über die *Max-Brauer-Allee*, den *Schlump* und die *Grindelallee,* direkt vor das Restaurant, welches sie nach zweiundzwanzig Minuten Fahrzeit erreichten. Sie hatten Glück und konnten fast direkt vor dem Haupteingang parken. "Da bin ich aber gespannt. Ob er wirklich kommt?", sagte Björn als sie durch den Eingang an der *Grindelallee* das Restaurant betraten. "Ich denke schon, es geht immerhin um seinen toten Sohn und in Italien steht die Familie ganz weit oben." "Nur gut, dass es hier so gut schmeckt und wir beim Warten etwas essen können. Bei einem guten Bissen und einem Glas Wein sollte es gar nicht so schlimm sein, wenn wir hier einige Stunden vergebens sitzen", sagte Max, als sie sich setzten, um die bereits auf dem Tisch liegende Karte zu studieren. Es war bereits kurz vor sieben, als Max gedankenverloren auf seine Apeks starrte und sagte: "Ich denke, das war's. Er ist schon sehr lange überfällig und wird wohl kaum noch kommen. Wir sollten zahlen und sehen, was wir mit dem angebrochenen Abend anfangen können." Lara und Björn nickten zustimmend und sahen sich noch einmal suchend im Restaurant um. "Wir würden gerne zahlen", rief Lara der Kellnerin zu, die gerade dabei war, den Nachbartisch für eine größere Gesellschaft zu decken. "Ist es nicht etwas, früh um zu gehen", hörten die drei einen Gast vom Nachbartisch sagen. Er war schon vor über einer Stunde in das Restaurant gekommen, ohne von den Freunden bemerkt worden zu sein und hatte sich mit dem Rücken zu ihnen an den Nachbartisch gesetzt. Lara sah kurz zum Nebentisch hinüber: "Sie meinen?" "Hatten sie nicht für heute ein Treffen zwischen uns angeregt?" Lara, Max und Björn sahen sich erstaunt an, während sich der Fremde zu ihnen setzte. "Ich bin vorsichtig, sehr vorsichtig. Es geschieht nicht selten, dass mich jemand treffen möchte und zwar meistens genau zwischen die Augen. Die letzte Stunde reichte mir, mich ein wenig über euch zu informieren. So wie ihr gesprochen habt, glaube ich nicht, dass mir hier etwas passieren wird, sonst hätte ich mich sicherlich nicht bemerkbar gemacht und wäre kurz nach euch aus dem Lokal verschwunden. Ihr kennt meinen Sohn?" "Nicht direkt", begann Lara, "unser Freund hier, Björn, hatte mit ihm zu tun. Ihr Sohn ist zusammen mit seiner Urlaubsbekanntschaft verunglückt - aber dass werden Sie bereits wissen." "Und was habe ich mit dem Unfall zu tun?" "Wir sind der Ansicht, da könnte mehr dahinter stecken als ein Unfall..." Lara begann damit, zu berichten. Informationen, die ihren Gegenüber neugierig auf eine Zusammenarbeit machen sollten, schmückte sie gekonnt aus und mischte dabei zuweilen Fakten und Vermutungen in einer Weise, die romanreif gewesen wären. Informationen, die nicht unbedingt für ihren Gegenüber bestimmt waren, wurden übergangen oder nur sehr wage angedeutet. Laras Monolog dauerte fast eine halbe Stunde bis sie meinte, alles wesentliche erzählt zu haben: "Und jetzt sind wir hier. Da sie bestimmt wissen, wer wir sind, brauchen wir ihnen nichts vorzumachen. Uns liegt es sehr daran, die Mörder ihres Sohnes, zu finden um dadurch die Organisation schwer zu treffen oder sogar zu zerschlagen. Sie möchten den Mörder Ihres Sohnes um Rache zu üben. Warum sollte nicht irgendwann jeder von uns zufrieden sein?" Für kurze Zeit wurde es still am Tisch. Marks Vater saß in sich gewandt und schüttelte seinen Kopf: "Der dumme Junge. Immer wieder habe ich ihm gesagt, er soll die Finger von den Verrückten lassen. Eine Achse der Guten oder so'n Quatsch wollten die gründen. Ein vereintes Europa unter der Herrschaft *Deutschlands* und mit der Unterstützung *Österreichs* sowie *Italiens* sollte gebildet werden, als ob so was neu wäre. Wenn es nicht mein Sohn wäre." Er schwieg erneut einige Minuten, bevor er kopfschüttelnd mehr zu sich als zu seinen Zuhörern sagte: "Ihr habt Recht, eine Zusammenarbeit könnte nicht schaden, zumindest bei der Suche nach den Mördern meines Sohnes. Es war Mord, ganz bestimmt war es Mord und genau aus diesem Grund war ich gestern in *Süddeutschland*, genauer gesagt in *Urfeld* bei den Verrückten. "In *Urfeld*?", fragte Lara erstaunt. "Ja in *Urfeld*, direkt am *Walchensee* oder genauer gesagt im *Walchensee*. Dort tauchen die wie Verrückte nach Schätzen und anderen Plunder, um an Geld zu kommen. Zwei meiner Leute sind da unten und helfen den Verrückten dabei, natürlich undercover. Sie werden Sven und Torben kennen." Lara und Max nickten, als sie sich an die Festnahme erinnerten, bei der Sven und Torben nach monatelanger Observation überrascht werden sollten. Ein Kollege wurde fast erschossen und trotzdem waren die beiden Verdächtigen schon wenige Stunden später, in Ermangelung hieb- und stichfester Beweise, wieder auf freiem Fuß. "Was haben Sie dort vor?", wollte Lara wissen. "Die beiden sind so lange vor Ort, bis sie sich sicher sind, wer den Mord an meinem Sohn zu verantworten hat. Sobald die beiden mir den Namen übermitteln, werde ich eine weitere Reise in die Berge unternehmen und in Begleitung zurückkehren. Die Flut wird dann die Reiseführung für meinen Gast

übernehmen." Max erwiderte: "Wenn Sie einen Deal wollen, denn bezieht er sich nur auf die Zusammenarbeit bei der Suche. Wir werden alles versuchen, die Organisation empfindlich zu treffen. Sollten wir an die Verantwortlichen kommen, werden sie vor Gericht gestellt. Wenn Sie die Verantwortlichen vor uns finden, dann..." Er ließ den Satz unbeendet im Raum stehen. "Gut, wir haben einen Deal. Ich werde Sven und Torben informieren, dass ihr demnächst kommt und in einer kleinen Pension zwischen *Einsiedel* und *Urfeld* absteigen werdet. Die beiden werden sich mit euch in Verbindung setzten. Schönen Abend noch", sagte Marks Vater und stand ohne weitere Kommentare auf. Nachdem er, ohne zu zahlen, aus dem Restaurant verschwunden war, fragte Björn:" Machen eigentlich immer alle, was er sagt?" "Ich denke schon, zumindest fast immer und wir fahren jetzt sicherlich auch besser nach Hause, damit wir gleich morgen früh nach *Urfeld* aufbrechen können. Wie er schon sagte: Wir haben einen Deal, wenn auch scheinbar zu seinen Bedingungen." "Warum ist er überhaupt auf euren Vorschlag eingegangen?" "Er weiß genau, dass wir hinter denselben Personen her sind. Wir haben große Datenbanken und zur Not eine gute Deckung, er hat hingegen verschiedene Möglichkeiten vor Ort, die wir nicht haben, nicht haben dürfen. Vor allem dürfte ihm klar sein, dass er ohne eine Zusammenarbeit beschattet werden würde und wir über kurz oder lang sowieso über seine Schritte informiert sein würden. Mit der Zusammenarbeit verliert er nichts und vor allem kann er im entscheidenen Moment Informationen zurückhalten, die dafür sorgen das wir erst kurz nach ihm am Ziel sind. Wir müssen also auf jeden Fall sehr vorsichtig sein, wenn wir Informationen weiter geben und zwar vor allem, wenn wir dicht vor dem Ziel sind." "Rosige Aussichten haben wir ja. Wenn der Drahtzieher erledigt ist, sind wir die nächsten. Nicht mehr von den Nazis gejagt, sondern von der Mafia, ein echter Aufstieg", sinnierte Björn. "Lass uns nach Hause gehen und packen. Es wird in den nächsten Tagen anstrengend genug", sagte Lara.
Die drei bezahlten alle vier Essen um auf direktem Weg nach Hause zu fahren und ihre Sachen zu packen. Lara stellte nach der Durchsicht ihres Gepäcks fest: "Wir sollten uns auf einige Tage im Süden einrichten, darum wäre es sinnvoll, mit dem Wohnmobil zu fahren. Es ist groß genug für uns drei, unser Gepäck und vor allem die Taucherausrüstung." "Warum Taucherausrüstung?", fiel ihr Björn ins Wort, "wir wollen doch Gangster jagen und keinen

Urlaub machen." "Marks Vater hat vom *Walchensee* gesprochen, in dem irgendetwas gesucht wird. Von Feldmann wissen wir, dass er bei der Marine war und oft nach *Süddeutschland* reiste. Da die Marine ein wenig mit dem Wasser zu tun hat, sollten wir darauf gefasst sein, in den Seen zu suchen und nicht unbedingt auf den Gipfeln der Berge." "Du hast wie immer Recht. Ich gebe mich geschlagen", flachste Björn.

-6-

In den Süden

Es war erst sechs Uhr, als Björn vom schrillen Läuten eines altertümlichen Weckers unsanft aus dem Schlaf gerissen wurde. Als er schlaftrunken die Augen öffnete, sah er durch den schmalen Türspalt Lara und Max, die bereits eine große Kanne Kaffee gekocht und frische Brötchen besorgt hatten, am Tisch sitzen. "Hallo", rief er den beiden zu, "könnt ihr es nicht abwarten, loszukommen?" "Hallo, du Langschläfer", grüßte Lara zurück, "mit dem Wohnmobil werden wir mindestens elf Stunden unterwegs sein. Wenn wir um sieben Uhr abfahren, sind wir auf keinen Fall vor dem Abendessen da unten. Wenn es noch später wird, können wir uns die Zimmersuche abschminken." "Ich bin gleich fertig", antwortete Björn, während er sich eine bequem sitzende Jeanshose überstreifte und wenige Minuten später mit Lara und Max am Frühstückstisch saß. "Kennt ihr die Ecke am *Walchensee*?" Lara setzte ihre Tasse ab und antwortete: "Nicht so richtig. Ich habe mal einen Reiseführer von 1990 gelesen, Tauchgebiete für Anfänger und Profis, in dem sechs verschiedene deutsche Gewässer vorgestellt worden sind. Der *Walchensee* war auch dabei, und seine Beschreibung hörte sich als Tauchgebiet ganz interessant an. Er soll 192 Meter tief, sehr klar und kalt sein. Weiterhin gibt es einige Tauchziele, darunter einen *Steinbruch*, eine *Galerie* aus Steilhängen, die bis zur tiefsten Stelle führt, zwei Autos, Bootswracks sowie die *Pioniertafel*." "Was heißt *Pioniertafel*?" unterbrach Björn. "Lass mich bitte ausreden, du wirst schon sehen. Bei der *Pioniertafel* handelt es sich um ein Steilufer, welches auch Bereiche mit wenig und gar keinem Gefälle besitzt. Auf vierzig Meter liegt ein VW-Käfer aber auch viele andere weniger schöne Dinge, wie zum Beispiel Tellerminen, Gasmasken und Waffen aus dem Zweiten Weltkrieg, die vor dem Einmarsch der Alliierten versenkt wurden und dort heute noch, von der Öffentlichkeit unbeachtet, vor sich hin rosten. Die Tauchplatzbeschreibung des Sees klang ganz einladend und ich wollte immer schon im *Walchensee* tauchen." "Ich hoffe, du wirst deinen Wunsch nicht noch bereuen", orakelte Max, als er sich in Gedanken ausmalte, was passieren könnte, wenn sie auffliegen würden, weil sie selbst, Sven oder Torben patzen würden. "Lass uns sehen, dass wir wegkommen", drängelte Lara energisch und stand demonstrativ auf.

Der Tag war sonnig, aber nicht zu warm. Es gab keine Staus, und die Stimmung im Wohnmobil war gut. Von der Autobahn *München-Garmisch* bogen sie in *Penzberg*, ab um dann fünfundzwanzig Kilometer später über die Bundesstraße elf in Richtung *Kochel* zu fahren. Nur fünfzehn Minuten später sahen die Freunde auf der rechten Seite einen großen, klar wirkenden See liegen. "Sind wir da?", fragte Björn Lara, die während der letzten Etappe am Steuer saß. "Nein, aber fast. Da rechts liegt der *Kochelsee*, dessen Wasseroberfläche die gleiche Höhenlage wie die tiefste Stelle des *Walchensees* besitzt. Wir müssen noch ein paar Serpentinen hoch, bevor wir den Walchensee sehen können. Übrigens gibt es ein Wasserkraftwerk, das die beiden Seen miteinander verbindet..." Während Lara den beiden aufmerksamen Zuhörern im Wohnmobil noch viele weitere Informationen gab, die zeigten, wie gründlich sie sich im Vorfeld über den See informiert hatte, erreichten sie den *Walchensee*. "Hol` doch erst mal Luft und sieh nach links. Du solltest dich als Reiseführerin selbständig machen," unterbrach Max Laras Vortrag und zeigte nach vorn. Vor ihnen funkelte der See in der tief stehenden Sonne. Als erstes bemerkten sie die vielen Ruderboote und vereinzelten Tretboote, die in den letzten Sonnenstrahlen ihre Runden zogen. "In den Ruderbooten werden Angler sitzen, um einige der hier reichlich vorhanden Saiblinge zu fangen", erläuterte Lara. "Kannst Du nicht einfach die Aussicht genießen?", konterte Max, als sie *Urfeld* passierten, um durch den Tunnel an der Galerie vorbei, nach *Walchensee* zu fahren. Es dauerte nicht lange, bis Lara, Max und Björn die beschriebene Pension erreichten, um sich kurze Zeit später dort anzumelden. "Grüß Gott! Wir sind leider komplett ausgebucht, darf ich Ihnen etwas anderes empfehlen?" fragte die freundliche junge Dame, als sich Lara auf zwei Meter genähert hatte. "Schade, ich dachte, hier wären noch zwei Zimmer frei, können Sie nicht mal bei den Reservierungen nachsehen, wir kommen aus *Hamburg*." Lara nannte ihren Namen und fügte den von Max und Björn hinzu. "Nein, ihre Namen stehen nicht auf der Liste, aber ich habe eine Reservierung für eine Frau und zwei Herren, deren Namen noch offen sind. Die Reservierung muss von einem Stammkunden gekommen sein, da wir sonst immer auf die Nennung der Namen bestehen und eine solche Buchung nicht angenommen hätten." "Die ist bestimmt für uns", sagte Lara trocken, als sie begann, die Lücken im Reservierungsbuch durch ihre Namen zu ersetzen." Die Dame am Empfang wollte zuerst Widerspruch gegen diese unerhörte, eigenmächtige Aktion einlegen, entschied sich jedoch dafür zu schweigen und Lara freundlich anzulächeln. "Würden sie uns die Zimmer zeigen, meine beiden Freunde und ich sind sehr müde." Der bestimmte Ausdruck auf Laras Gesicht ließ die Dame an der Rezeption erkennen, dass jeder Widerspruch sinnlos war. Sollte es sich um die drei Personen handeln, für die reserviert worden war, gäbe es keine Probleme. Würden hingegen drei weitere Gäste erscheinen, die behaupteten reserviert zu haben, könnte die Situation später immer noch geklärt werden, dachte sie und führte Lara, Max und Björn wortlos zu den zwei Zimmern. Es waren kleine, gemütlich eingerichtete Fremdenzimmer mit großen Fenstern. Ein kleiner Fernseher stand direkt neben einem mit rosa Plüsch bezogenen Telefon, und direkt über dem altertümlich wirkenden Bett hing ein überdimensionales Kruzifix, welches den Eindruck erweckte, als wolle es harmlose Gäste während ihrer wohl verdienten Ruhe erschlagen. An der gegenüberliegenden Wand dominierte ein großes Bild im Goldrahmen, auf dem ein röhrender Hirsch vor einem kleinen Wasserfall stand. "Echt gemütlich hier. Ich denke, zu Kaisers Zeiten war der Raum hypermodern", lästerte Max, nachdem er sich kurz umgesehen hatte und seine Reisetasche im hohen Bogen auf die Bettdecke warf. "Wahrscheinlich werden wir nicht besonders lange bleiben, also lass dein Lästern", unterbrach Lara, "ich hoffe, Sven und Torben finden uns, um den Kontakt herzustellen. Ich wüsste nicht, wo wir hier anfangen sollen zu suchen." "Lass uns doch zuerst unserer restliches Gepäck aus dem Wagen holen und danach noch ein wenig in der Gegend rumfahren. Der See ist nicht allzu groß, und vielleicht entdecken wir ja irgendwelche Hinweise, die uns später nützlich sein könnten. Hinterher können wir die Käsestangen und den Rotwein vernichten, die ich mitgebracht habe, okay?", schlug Björn vor. "Gute Idee", stimmten Lara und Max zu.

Nachdem sie sich eingerichtet hatten, verließen sie ihre Zimmer und hielten beim Verlassen der Pension an der Rezeption an. "Wir wollen uns doch noch ein wenig umsehen. Können Sie uns später mitteilen, wenn jemand nach uns fragen sollte", bat Max die Dame an der Rezeption, die im freundlich erwiderte, dass solche Dienste zum Standard gehörten.

"Ich denke, wir sollten unsere Tour in *Urfeld* beginnen. Ich habe dort während unserer Anreise direkt am See ein kleines Restaurant entdeckt, in dem wir bestimmt gemütlich einen Kaffee trinken können. Vielleicht haben wir dort sogar die Möglichkeit, irgendetwas Nützliches aufzuschnappen. Hinterher können wir uns dort noch ein wenig die Beine vertreten, um später am Ufer entlang bis nach *Einsiedel* zu fahren. Auf dem Weg können wir uns ein paar ausgedehnte Pausen gönnen, um die Landschaft zu genießen, insbesondere im Hinblick auf Dinge, die dort nicht hingehören", sinnierte Max, während er den Blinker nach links setzte, um in Richtung *Urfeld* abzubiegen. Es dauerte nicht lange, bis sie den Parkplatz neben dem Restaurant am See erreichten. Es war gut besucht und die Freunde hatten ziemliches Glück, die letzten drei zusammenhängenden Plätze zu bekommen. Sie bestellten jeweils ein Kännchen Kaffee und trotz der fortgeschrittenen Stunde ein Stück Kuchen. "Ihr Kaffee und ihr Kuchen", unterbrach die Bedienung mit den langen, zum Pferdeschwanz zusammengebundenen, feurig wirkenden, Haaren. "Danke", sagte Lara knapp, um sofort hinzuzufügen: "Sie vermieten Boote?" In den wenigen Minuten, die sie bereits in dem Restaurant verbrachten, hatte Lara drei Ruderboote und zwei Tretboote beobachtet, welche direkt neben dem Restaurant festgemacht hatten. "Ja, sind sie Angler oder Taucher?" "Macht das einen Unterschied?" "Selbstverständlich. Mein Chef ist sehr taucherfreundlich und vermietet die Tretboote zu echten Sonderpreisen an Taucher, die hier bei *Urfeld* tauchen wollen. Wenn sie möchten, kann ich eine Reservierung für die nächsten Tage vornehmen. Üblicherweise müssen die Tretboote nicht vorher reserviert werden, aber zur Zeit...", sie ließ den Satz unbeendet. Lara sah Max und Björn kurz fragend an und fragte die junge Dame weiter aus: "Was heißt denn zur Zeit?" "Zur Zeit ist eine Gruppe auf dem See, die irgendetwas sucht. Sehen sie den großen Ponton da hinten? Der liegt sonst nicht da. Ich habe während der letzten Tage oft mit einem kleinen Feldstecher da `rüber gesehen, weil mich interessiert, was die suchen, aber es ist nichts zu erkennen. Die Taucher fahren morgens in aller Frühe direkt zum Ufer vor unserem Restaurant und steigen in ein mitgebrachtes Ruderboot. Der Schichtwechsel erfolgt mittags mit anderen Booten, genauer gesagt mit unseren Tretbooten." "Warum die Boote, wenn eine relativ gute Straße zum Ponton führt?", fragte Max erstaunt. "Das fragen viele Taucher, die zur *Pioniertafel* wollen. Die Straße ist privat und für den Durchgangsverkehr gesperrt. Jeder, der dort tauchen möchte, braucht ein Boot oder viel Kondition, um mit der schweren Ausrüstung zwanzig Minuten lang zu gehen, besonders im Sommer. Aber sie entschuldigen, ich habe schon viel zu lange mit ihnen gesprochen und das Lokal ist gut besucht. Ich muss mich um die anderen Gäste kümmern, wenn sie morgen ein Boot brauchen, lassen sie es mich wissen." Die junge Dame wandte sich dem Nachbartisch zu, um die Bestellungen aufzunehmen.

Lara rührte einige Minuten lang in Gedanken versunken ihren Kaffee um, Max versuchte, mit seinen Blicken den Ponton zu erfassen und Björn schaute die beiden an, als wären sie durchsichtig. Lara legte gerade ihren Löffel zur Seite, als Max plötzlich begann: "Ich denke, hier sind wir richtig und unsere beiden Kontaktpersonen sind sicherlich Mitglieder der Suchmannschaft. Sie werden sich bestimmt nach Feierabend mit uns in Verbindung setzen, nachdem sie den Ponton verlassen haben. Wir sollten die Aktion von hier aus noch ein wenig beobachten und dann, wie geplant, am Ufer entlang nach *Einsiedel* fahren, um zu sehen, ob wir auch woanders Ungewöhnliches entdecken, obwohl ich wirklich glaube, dass wir hier richtig sind." "Warum gehen wir nicht noch ein bisschen in *Urfeld* spazieren, um dichter an den Ponton zu gelangen?", wollte Björn wissen. "Damit wir von denen schon am ersten Tag Fotografiert und durchgecheckt werden?", warf Lara ein. "Nein, wir sollten uns möglichst unauffällig verhalten."

Die drei saßen noch eine ganze Weile in dem gemütlichen Restaurant, bevor sie aufbrachen, um den restlichen frei zugänglichen Bereich des Sees zu erkunden.

Es war bereits kurz nach zweiundzwanzig Uhr als Lara, Max und Björn die Pension erreichten. "Hat jemand eine Nachricht hinterlassen?", fragte Max freundlich, als er die junge Dame von der Anmeldung traf. Sie las gerade in der Zeitschrift *tauchen* und war so sehr in den Artikel vertieft, dass sie die drei Freunde nicht bemerkte. Erschreckt sah sie zu Max auf und antwortete: "Nein, ich habe keine Nachricht für sie." "Schade, aber trotzdem schönen Dank und einen guten Abend noch." "Warten sie, ich sprach von einer Nachricht, nicht von den zwei Herren, die schon seit einer

halben Stunde im Clubraum auf sie warten, um sie zu begrüßen."
Sie zeigte vorbei an einem großen Gummibaum zu einem kleinen, gemütlichen Raum mit plüschiger Sitzecke. Max bedankte sich nochmals für die Information und ging, gefolgt von Lara und Björn, zu den beiden wartenden Herren.

"Guten Abend, sie warten auf uns?", sprach Max ohne Umschweife den größeren der beiden an, während sich die drei ungefragt an den Tisch setzten. "Kann sein", gab der kleinere seine vieldeutige Antwort. "Sind sie von hier?" "Nein, wir kommen aus *Hamburg* und möchten hier ein paar Tauchgänge durchführen. Der See ist uns von einem einsamen Herren empfohlen worden, der erst vor kurzem hier war." Die Informationen über *Hamburg* und dem einsamen Herrn ließen Sven und Torben erkennen, dass sie den richtigen Personen gegenüber saßen und alles, genauer alles was wichtig war und erzählt werden durfte, weitergeben konnten.
"So so", begann Sven kopfschüttelnd das Gespräch fortzuführen, "sie haben unseren Chef dazu bewegen können, mit ihnen zusammen zu arbeiten." Nach einer kurzen Pause fuhr er fort: "Ich hörte, sie sind bei der Polizei?" Max antwortete überrascht, "wie schnell sich so etwas rumspricht. Ich hoffe nur, dass es hier am See nicht mehr als fünf Personen gibt, die wissen, wer wir sind. Ihr Chef scheint sie ja bestens informiert zu haben." "Kann schon sein." "Dann wissen sie auch, dass wir, zumindest in diesem Fall, ähnliche Ziele verfolgen. Haben sie Informationen für uns?"
Sven begann damit, alle Informationen, die er für wichtig hielt und vor allem die er meinte erzählen zu dürfen, weiterzugeben. Lara, Max und Björn gewannen den Eindruck als würde er jedes Gespräch mit den selben Worten beginnen. Auffällig war auch, dass Sven nicht die Begriffe Nazis oder Verbrecher verwendete, sondern immer nur von den Verrückten sprach oder einfach nur DIE sagte. "Kann schon sein." Hörten ihn die drei Freunde sagen, bevor er nach einer erneuten Kunstpause weiter erzählte: "Wir dachten zuerst, dass der *Walchensee* wichtig wäre, für die Verrückten meine ich, aber wir haben uns geirrt. DIE sind hier eher zufällig und versuchen so weit wir wissen, hier einen schnellen EURO zu machen." "Warum hier?", unterbrach Max die Ausführung. "Warten sie ab", antwortete Sven und fuhr mit seinem Bericht fort: "Die Basis der Verrückten liegt in *Österreich*, von wo aus DIE ganz Europa überschwemmen wollen. Soweit wir bisher erfahren

konnten, wird dafür viel Geld und vor allem sehr viele Gönner sowie genügend verblendete Helfer gebraucht. Um beides zu finden, suchen DIE schon seit langem wie verrückt nach alten Dokumenten mit Namens- und Adresslisten von alten Kameraden, um sie zur Mithilfe zu motivieren, und um an das zum Kriegsende versteckte Gold sowie andere Wertgegenstände zu kommen. Während der Suche sind DIE auf Unterlagen gestoßen, wonach bei *Urfeld* eine riesige Sammlung wertvoller Zinnfiguren, diverse Waffen, Munition, die heute nur noch für Sammler interessant sein sollte, und Kisten mit unbekanntem Inhalt versenkt worden sind. Da der See nahe der eigentlichen Basis liegt und es hier sehr ruhig und abgelegen ist, suchen DIE hier so ganz nebenbei. Einige der gefundenen Kisten sind schon weg. Leider wurden die Transporte nachts und vor allem ohne die Kisten vorher zu öffnen, durchgeführt, so dass wir keinen Schimmer haben, was drinn gewesen sein könnte. Offiziell wird hier erforscht, wie der See mit den anderen Gewässern in der Gegend zusammenhängt und so´n Müll. Es gibt sogar Vereinbarungen, nachdem zufällige Funde an das zuständige Landesarchiv gehen, weshalb auch offiziell noch nichts gefunden worden ist." "Wissen sie denn wenigstens, wo die Kisten lagen?" "Ziemlich genau unter dem Ponton." "Gibt es irgendeine Möglichkeit, unbemerkt dort hinzukommen, am besten unter Wasser? Sie wissen sicherlich von ihrem Chef, dass wir auch auf der Suche nach bestimmten Dokumenten sind?" "Wenn sie nahe der *Pioniertafel* ins Wasser gehen, fällt es kaum auf. Von dort aus tauchen viele Sporttaucher zu den Felsen, Fischen, dem Autowrack oder dem Tellermienenfeld. Wenn sie von dort aus im Flachbereich in Richtung *Urfeld* tauchen und dann bei den Markierungen tiefer gehen, müssten sie unbemerkt dort hin kommen. Der Schichtwechsel auf dem Ponton ist zwischen dreizehn und vierzehn Uhr. Während der Zeit sollten sie da unten ziemlich ungestört sein, da dann kein Taucher im Wasser ist und der Trupp vom Ponton essen geht. Wenn sie früher oder später tauchen, werden sie entweder unter Wasser erwischt oder ihre Blasen vom Ponton aus beobachtet werden. Wenn das geschehen sollte, wird es ihnen genau so ergehen, wie dem alten Mann, der seit kurzer Zeit in einem kleinen, kalten, dunklen Keller sitzt und darauf wartet, nach *Österreich* gebracht zu werden. Er wäre schon lange weg, wenn sein Aufpasser nicht so großes Interesse an den Funden im *Walchensee* hätte und hier einige Tage zuschauen wollte." "Können sie den alten Mann aus dem Keller beschreiben?", mischte sich Lara in die Ausführungen ein. Sven beschrieb einen alten Mann, bei dem es sich durchaus um Feldmann handeln könnte. Lars sah ihre beiden Freunde Svens der Beschreibung vielsagend an und nickte unbewusst mit dem Kopf, als er endete. Max bemerkte Laras Blicke und sagte: "Sie beide haben gut gearbeitet. Ich denke, wir haben morgen genug zu tun und sollten uns jetzt zurückziehen. Vormittags werden wir uns noch ein wenig in der Gegend umsehen und dann pünktlich um dreizehn Uhr an der *Pioniertafel* tauchen. Abends können wir uns hier treffen, um uns auszutauschen. Ich denke, zwanzig Uhr wäre eine gute Zeit für unser Treffen." Sven und Torben nickten zustimmend und verabschiedeten sich mit den Worten: "Mal sehen ob sie morgen genauso viel für uns haben, wie wir heute für sie, aber denken Sie immer daran, dass der Mörder uns gehört. Sie können die Verrückten zerschlagen und so viele von denen festnehmen, wie sie wollen, aber der Mörder gehört uns." "So war der Deal", bestätigte Max, bevor Sven und Torben durch die Tür nach draußen gingen.

Es war eine sternklare, warme Sommernacht, in der der Vollmond die vielen kleinen Wellen auf dem See wie einen gigantischen Schwarm glitzernder Fische wirken ließ, die ruhelos den See durchstreiften. Er sah friedlich aus, der *Walchensee*, auf dessen Grund noch viele Geheimnisse vermutet wurden und der schon vielen Schatzsuchern zum Verhängnis geworden war.

"Ob die Feldmann haben?", unterbrach Lara die Stille. "Kann schon sein", antwortete Max. "Hier können wir jedoch nicht an ihn rankommen, ohne ihn und uns zu gefährden." "Warum nicht?", fragte Björn. "Sven und Torben scheinen doch zu wissen, wo er ist und wenn wir vorsichtig sind?" "Ganz einfach, wenn wir ihn hier befreien, wird die Aktion *Walchensee* sofort beendet und alle Spuren werden verwischt. Zusätzlich weiß in Österreich auch der letzte Depp, dass wir der Organisation auf der Spur sind und die Sicherheitsvorkehrungen werden verschärft. Wenn wir es hier wirklich schaffen sollten, Feldmann zu befreien, haben wir sonst nichts und vor allem hat auch Marks Vater nichts und wird uns unser Leben schwer machen. Wir sollten sehen, was hier zu holen ist und dann nach *Österreich* weiterfahren." "Du hast Recht. Lass uns jetzt schlafen gehen, damit wir morgen fit sind", sagte Björn und zog sich in sein Zimmer zurück.

Es war eine unruhige Nacht. Björn wachte immer wieder schweißgebadet auf um, sich davon zu überzeugen, dass er noch friedlich im Hotelzimmer lag und nicht gerade von Nazis gejagt, gefoltert und erschossen wurde. Immer wieder versuchte er, beim Einschlafen an andere, schöne Dinge zu denken, aber es gelang nicht. Kaum hatte er seine Augen geschlossen waren sie wieder da, die Männer in braunen Uniformen, mit hässlichen Fratzen, welche mit glühenden Zangen versuchten, ihn zum Reden zu bringen, aber er konnte nicht. So sehr er sich wünschte zu reden, um der Situation zu entkommen, es ging einfach nicht. Erst wenn die Schmerzen unerträglich wurden, kam er zu sich und überprüfte sein Zimmer um sicher zu sei, dass es nur ein Traum war.

"Du siehst ja schrecklich aus" begrüßte Lara ihn am nächsten morgen. "Warst du in der letzten Nacht schon tauchen oder hast du Besuch gehabt?" "Weder noch! Ich hab kein gutes Gefühl in der Magengegend, wenn ich an den heutigen Tag denke. Aber es wird schon werden." Sie aßen ihre Honig-Brötchen, ein hartgekochtes Ei und tranken in Ruhe einige Tassen Kaffee, bevor sie um neun Uhr mit der Erkundung der näheren Umgebung begannen.

"Wir sollten uns die ganze Sache mal aus der Luft ansehen", schlug Lara vor. "Gibt´s hier einen Flugplatz?", fragte Björn erstaunt. "Nein, aber einen hohen Berg, von dem aus wir uns einen guten Überblick verschaffen können, ohne hier unten aufzufallen. Und vor allem müsste von dort oben der Ponton sehr gut zu sehen sein."

Max und Björn gefiel der Vorschlag sehr gut, insbesondere da Björn hoffte, durch die Abwechslung auf andere Gedanken zu kommen und dabei die letzte Nacht zu vergessen. Es dauerte nicht lange, bis sie an der Talstation ihre Tickets lösten und Björn lästerte: "Schöne Seilbahn ist das, in *Schweden* nennt man diese Dinger Sessellifte." "Ich weiß gar nicht was du hast. Von einem solchen Ding, hat man den besten Überblick und ist vor allem ungestört", konterte Lara mit einem freundlichen Lächelen auf den Lippen. Während die beiden über die Bezeichnung des Beförderungsmittels diskutierten hatte Max bereits einen Sessel ergattert und war auf dem Weg zum Gipfel. Er sah sich gerade nach seinen Freunden um, als ihn zwei entgegenkommende Sessel passierten, die im Gegensatz zu den anderen abfahrenden Sesseln zu dieser frühen Zeit mit Fahrgästen besetzt waren, ohne dass Max ihnen seine Aufmerksamkeit schenkte.

"Hast du eben den Kerl im Sessel gesehen, der uns entgegen kam?", fragte Gregor, nachdem Sperling den nachfolgenden Sessel verlassen hatte. "Nicht so richtig, aber die beiden andern, die ihm folgten, waren nicht zu übersehen." "Wir sollten Phönix anrufen und vor den Bullen warnen. Es war offensichtlich doch eine sehr gute Idee, auf dem Weg nach *Österreich* hier vorbeizuschauen. Phönix wird erfreut sein." "Ich denke nicht, dass wir telefonieren müssen. Nach den Funden der letzten Tage wollte Phönix sowieso hier her kommen, um von hier aus mit Feldmann nach *Österreich* zu fahren. Dort hat er wesentlich effektivere Möglichkeiten zu erfahren, was Feldmann alles weiß."

An der Bergstation angekommen genossen die drei Freunde die herrliche Aussicht auf den *Walchensee*. Der strahlend blaue Himmel spiegelte sich im kristallklaren, funkelnden Wasser und liess den See wie einen Edelstein wirken. Die unzähligen kleinen dunklen Punkte auf der Oberfläche konnte Max durch seinen Feldstecher schnell als Ruderboote identifizieren, in denen Angler auf reiche Beute hofften. Die Freunde genossen die Ruhe auf diesem Berg und da sie bis zum Mittag noch ausreichend Zeit hatten, beschlossen sie, dem schmalen Wanderweg am Hang entlang zum Gipfel zu folgen. Es war ein schmaler Weg der an steilen Abgründen entlang, bis fast zum Gipfel führte.

Während die drei ihre wenigen Stunden der Erholung genossen, traf Phönix am *Walchensee* ein und wurde sofort von Sperling begrüßt. "Hallo Phönix, gut dass du hier bist, es gibt interessante Neuigkeiten." "Hallo Sperling, so überschwänglich habe ich dich noch nie erlebt, hast du Geburtstag?" "Nein, aber wir haben die Schnüffler, oder genauer gesagt, haben wir sie fast..." "Welche Schnüffler habt ihr und vor allem warum nur fast?" "Die drei aus *Hemmoor*. Wir wollten uns ein wenig auf dem Berg entspannen und haben die Schnüffler hochfahren gesehen. Die zwei vom LKA und den anderen. Sollen wir die drei im Tal abfangen und zu dir bringen?" "Bist du verrückt, wir wissen immer noch nicht, was die wissen und vor allem nicht was die vorhaben, da ihr die drei in *Hamburg* aus den Augen verloren habt. Das sie hier sind beweist ihre Gefährlichkeit und sie wären außerordentlich dumm, ohne Rückendeckung hierher zu kommen. Ihr solltet versuchen, einen von der Gruppe zu trennen und ohne irgendwelche Spuren zu hinterlassen zu mir zu bringen. Ich möchte noch mal betonen: Ohne die geringste Spur zu hinterlassen. Am besten, ihr arrangiert einen Unfall, bei dem einer aus der Gruppe verloren geht." "O.K. Wir werden solange warten, bis sich eine Gelegenheit ergibt und dann zuschlagen. Was soll mit den beiden anderen passieren, wenn wir einen von denen haben?" "Kommt darauf an, was die wissen und vor allem, wie sie sich abgesichert haben. Die Person, die wir nach dem Unfall befragen, wird zwangsläufig bei der alten Marine-Versuchsanstalt verschwinden. Die anderen..." "Schon gut, diesmal kannst du dich auf uns verlassen." "Zum ersten Mal...!"

Lara, Max und Björn ahnten nicht im geringsten, dass sie erkannt worden waren und fuhren nach dem Verlassen des Berges gut gelaunt zum Parkplatz, auf dem sie sich für den nachfolgenden Tauchgang vorbereiten wollten. Keiner der drei achtete auf den dunkelblauen Kleinwagen, der ihnen im sicheren Abstand folgte und auf demselben Parkplatz stoppte.

"Hallo Phönix, hier Sperling", meldete sich Sperling, als die Handy-Verbindung aufgebaut war. "Die drei sind in *Urfeld* und rüsten sich aus. Ich glaube, dass die Schnüffler uns besuchen wollen." "Sehr gut", antwortete Phönix, "wir werden die Mannschaft wie gehabt ablösen und die übliche Pause einlegen. Ich denke, wir könnten es schaffen, innerhalb der nächsten zwanzig Minuten zwei gute Taucher ins Wasser zu bekommen, die nachsehen, was die da unten wollen. Wenn wir Glück haben, ergibt sich eine Chance für mehr..." Er brach den Satz unvollendet ab. Phönix brauchte keine direkten Befehle zu erteilen, um sich verständlich auszudrücken. Seine Mannschaft wusste immer, was er meinte und handelte danach. Viele frühere Mitarbeiter, die diese Art der Befehlserteilung nicht verstanden hatten, blieben für immer verschollen. Sperling wollte gerade das Gespräch beenden als Phönix erneut zu sprechen begann: "Warum tauchen die genau dann, wenn das Suchgebiet unbeobachtet ist und nicht früher oder später? Sollte es bei uns undichte Stellen geben? Ihr solltet die drei rund um die Uhr überwachen und ich will wissen, was die machen. Essen, trinken, denken und träumen, einfach alles!" "Geht klar", antwortete Sperling und legte auf

"Ein herrlicher Tag zum Tauchen", sinnierte Lara, als sie den halbtrockenen, dunkelblauen Neoprenanzug mit pinkfarbenen Streifen überstreifte und dabei über den See sah. "Ein bisschen warm, aber sonst ist es okay", antwortete Björn, der bereits seinen Ausrüstungscheck beendet hatte. "Wir müssen nach dem Abschluss unserer Aktion unbedingt mal eine Woche Tauchurlaub in dieser Gegend verleben. Ist bei euch alles klar?" Max hatte sich bereits fertig ausgerüstet und beobachtete die beiden anderen beim anziehen. Lara hatte ihren Atemregler schon vor dem anlegen des Neoprens montiert und sorgfältig geprüft. Beide nickten Björn zu und freuten sich auf einen schönen Tauchgang in dem krisallklaren Wasser.

"Warum haben wir nur kein Boot genommen?", fragte Björn, als er schweißgebadet seinen Blick zum Himmel richtete, als wolle er nachsehen, ob es wirklich nur die Sonne war, welche die Temperaturen im Neopren auf unerträgliche Werte ansteigen ließ. "Wir könnten ja ein Boot mieten und ein Banner mit der Aufschrift WIR KOMMEN anbringen, und damit direkt zum Ponton fahren. Wir bräuchten nicht laufen, schnorcheln oder weite Strecken tauchen, sondern denen einfach nur Bescheid sagen, dass wir einen ungestörten Tauchgang im Suchgebiet durchführen möchten. Ich denke, die Mannschaft auf dem Ponton wird dafür großes Verständnis haben, wo sie doch selber hier täglich ins Wasser hüpfen", entgegnete Lara mit ironischem Unterton in ihrer Stimme. "Ist schon gut, aber die Hitze macht mich total fertig." "Es dauert nicht mehr lange, bis wir ins erfrischende Wasser springen können. Ich denke, es dauert nur noch wenige Minuten, bis wir am Ziel sind". Lara hatte richtig geschätzt. Drei Minuten später erreichten sie das Seeufer an einer Stelle, an der ein alter abgestorbener Baum ins Wasser ragte. "Eine super Treppe, um nachher auszusteigen", witzelte Lara, die ohne weitere Kommentare ihr Jacket füllte, die Maske aufsetzte und mit einem kräftigen Sprung eine Vorwärtsrolle ausführte, die sie direkt in die klaren kühlen Fluten des *Walchensees* beförderte. Max und Björn folgten in geringem Abstand und ließen sich für einen Moment regungslos an der Wasseroberfläche treiben. "Schön", war Björns einziger Kommentar, als das kühle Wasser begann, in winzigen Rinnsalen seinen Anzug zu fluten, um ihm so die ersehnte Abkühlung zu verschaffen. Während die drei an der Wasseroberfläche trieben, sah Lara, wie sich ein kleines Ruderboot vom Ponton löste und in Richtung *Urfeld* durch das Wasser

bewegte. "Ich denke wir können abtauchen. Ist bei euch alles klar?", fragte Lara die beiden anderen, worauf Max und Björn mit ihren Fingern ein O.K.-Zeichen formten, um danach mit dem Inflator die Luft aus ihren Jackets zu lassen.
Erst nachdem alle drei unter der Wasseroberfläche verschwunden waren kamen, zwei weitere Taucher an den Einstieg um zügig und vor allem wortlos in den See zu springen und schnell abzutauchen.

Der Uferbereich fiel einige Meter steil in die Tiefe und bot den Tauchern durch die zum Teil zerklüfteten Steinformationen ein bizarres Bild. Der See war so klar und hell, dass die Freunde gar nicht merkten, wie tief sie bereits waren, als der Böschungswinkel flacher wurde und in ein Plateau überging. Auf dem Plateau lagen nicht nur große Felsen, die den Fischen Schutz boten, sondern auch der Müll einer Autowerkstatt. Das dachte jedenfalls Björn, als er, ohne genauer hinzusehen, begann, mit den alten Radkappen zu spielen. Er wunderte sich über Max, der fast panisch auf ihn zugeschossen kam, um ihm die Radkappe zu entreißen und sie sehr vorsichtig zurückzulegen. Erst als Max ihm genauer zeigte, womit er gespielt hatte, wurde Björn noch im Nachhinein sehr flau in der Magengegend. Tellerminen, ein ganzes Feld von Tellerminen lag dort ungesichert auf dem Grund des Sees, um zu explodieren, wenn die Druckverhältnisse beim Bergen der Minen geändert werden sollten oder ein leichtsinniger Taucher damit spielen würde. Björn hatte großes Glück, das Max so aufmerksam gewesen war und ihn rechtzeitig vor der Gefahr gewarnt hatte. Lara, die der Gruppe als letzte folgte, beachtete als einzige den Tiefenmesser und erschrak. Sie waren viel zu tief, um mit ihrem Luftvorrat zum eigentlichen Tauchziel zu gelangen, und vor allem, um unbeobachtet wieder zurück zum Ausstieg zu tauchen. Ihr war klar, dass sie sich sofort verraten würden, wenn ihr Tauchgang direkt am Ponton enden würde. Sie zupfte zuerst Max, dann Björn am Arm und hielt den beiden Ihren Tiefenmesser an die Maske, um die beiden auf die große Tiefe aufmerksam zu machen, in der sie sich befanden. Max und Björn verstanden sofort, was Lara ihnen sagen wollte und begannen, zusammen mit ihr ein erhebliches Stück höher zu tauchen.
Immer wieder sahen sie große Saiblinge, die aus großer Tiefe auftauchten, um in der warmen Sonne, die funkelnd durch die

Oberfläche brach, auf ihre lebenswichtige Beute zu warten. Björn bedauerte es nur so wenig Zeit für die Schönheiten des Sees zu haben, und beschloss, auf jeden Fall später noch mal im *Wlachensee* zu tauchen.

Je weiter die drei in Richtung *Urfeld* tauchten, um so schlechter wurde die Sicht. Immer mehr Schwebeteilchen hüllten die bizarre Unterwasserlandschaft in einen gespenstischen Nebel, der alles Leben zu verschlingen schien. Kaum noch Fische oder andere frei schwimmende Lebewesen verirrten sich in die undurchsichtige Welt unter dem Ponton. Lara sah ihre beiden Freunde schemenhaft hinter einem großen Felsblock verschwinden, als sie einen Schlag spürte. Es war ein gewaltiger Schlag, der sie direkt über dem Flaschenkopf im Genick traf und ihr fast die Besinnung raubte. Bevor Lara erkennen konnte, woher der plötzliche Schlag kam, hörte sie ein entsetzlich lautes Zischen hinter ihrem Rücken. Ihr war sofort klar, dass es sich bei dem Geräusch um die Luft aus ihrer Flasche handelte, welche durch den defekten Mitteldruckschlauch nutzlos in den See strömte. Schon beim nächsten Atemzug bekam sie anstelle der lebensspenden Luft einen Schwall Wasser durch die zweite Stufe ihres Reglers in den Mund. Sie schaffte es, mit der verbleibenden Luft gerade noch, ihr Jacket aufzublasen und in einem Notaufstieg an die Wasseroberfläche zu schießen. Trotz des immer heftiger werdenden Atemrefelexes schaffte sie es unter stetiger, leichter Ausatmung, an die Oberfläche zu gelangen und dabei noch aus dem Augenwinkel zwei dunkle Schatten zu erkennen, die ihren Aufstieg begleiteten. Lara war froh, dass Max und Björn ihre Probleme bemerkt hatten, und ihr als dunkle Schatten folgten. Sie hatte während des Aufstiegs keine Zeit um sich über die Größe der Schatten zu wundern die ihr folgten. Hätte sie einen Blick auf den zerschnittenen Schlauch geworfen, wäre ihr sofort klar gewesen, dass es sich weniger um einen Unfall, als um einen heimtückischen Anschlag gehandelt hatte, der sie zum Auftauchen gezwungen hatte.

Lara war glücklich, als sie die gleißende Sonne sah, die noch fast senkrecht über ihr am Himmel stand und sie sich dadurch bewusst wurde, noch am Leben zu sein. Sie hatte gerade den nutzlos gewordenen Atemregler ausgespuckt, als sie unsanft in die Realität zurückgerissen wurde. Vier kräftige Hände umschlangen ihre Oberarme und zerrten sie rücksichtslos über die Bordwand in ein kleines, wackeliges Ruderboot. Sie sah noch kurz ein hämisches

Grinsen in einem ihr fremden Gesicht, als sie den feinen Einstich einer Nadel spürte, die schmerzhaft in ihren linken Oberarm eindrang. Es dauerte nur noch Sekunden, bis Lara besinnungslos auf dem Boden des kleinen Bootes lag und ihr mit festen Tampen die Hände und Füße gefesselt wurden. Um möglichst wenig aufzufallen, warfen die Kidnapper eine dicke Decke über ihr Opfer und fuhren auf direktem Weg zum Ufer, um Lara samt ihrer Ausrüstung im Kofferraum eines Mercedes Kombis zu verstauen.

"Gut gemacht", lobte Phönix seine Mitarbeiter, "und ihr seid sicher, dass die beiden anderen nichts gemerkt haben?" "Aber klar, die sind absolut ahnungslos, sonst wären sie bestimmt schon aufgetaucht und würden die Kleine suchen." "Endlich mal eine gute Nachricht. Ich werde mich jetzt verabschieden und mit der Kleinen, oder wie Du sie genannt hast, zur Basis fahren. Ich bin gespannt was sie zu sagen hat und vor allem, ob die drei eine Rückversicherung haben. Wenn nicht, dann...", ließ Phönix auch diesen Satz unbeendet. "Dann helfen wir dir bei ihrer Entsorgung. Um die beiden anderen kann sich dann Sperling kümmern, die hier übernehme ich."

Phönix startete den Benz und fuhr über die Bundestrasse 11 nach *Wallgau, Mittenwald* und weiter nach *Österreich.*

Der Benz war gerade fünfhundert Meter weit gekommen, als unter dem alten Baum, der über der *Pioniertafel* in den See ragte, immer größere Blasen erschienen und kurze Zeit später zwei Köpfe sichtbar wurden. "So´n Mist, hast du Lara gesehen?", fragte Max mit sorgenvollen Unterton in seiner Stimme. "Ich habe mich auch schon gewundert", antwortete Björn und fügte hinzu, "wir wollten uns doch hier treffen, falls wir uns verlieren sollten. Ich denke, sie hat noch gar nicht bemerkt, dass sie uns verloren hat und sieht wieder irgendwelchen Saiblingen nach, während wir uns Sorgen um ihr Leben machen. Ich klettere kurz ans Ufer um von da oben nach ihren Blasen Ausschau zu halten." "Mach das, aber wenn sie in fünf Minuten nicht hier ist, tauche ich allein zurück, um sie zu suchen. Du rennst dann zum Auto und setzt einen Notruf ab. Es wäre schrecklich, wenn ihr was zugestoßen wäre. Während Björn in den nächsten Minuten erfolglos nach den Blasen Ausschau hielt, dabei immer nervöser und vor allem bedrückter wurde, tauchte Max auf einen Meter Tiefe ab, um durch seine Maske eine bessere Unterwassersicht zu haben. Immer wieder drehte er sich in der

Hoffnung Lara aus irgendeiner Richtung auftauchen zu sehen, im Kreis. Es waren bereits zehn Minuten vergangen, als er auftauchte und Björn fast panisch anschrie, "wieso bist du noch hier, hau ab und hol Hilfe, wir müssen Lara unbedingt finden." Björn, der seine Flaschen, Jacket und Bleigurt inzwischen an die Seite gelegt hatte, rannte ohne zu antworten über die kleine Straße zum Auto, nahm Laras Handy und wählte den Notruf. Es dauerte lange, bis der erste Rettungshubschrauber erschien und noch länger bis Björn die Martinshörner der Rettungskräfte hörte, die sich in schneller Fahrt der Unglücksstelle näherten. Als der Einsatzleiter auf Björn zuging und fragte, was geschehen sei, konnte er nur undeutlich stammeln, dass eine Frau vermisst werde und ihr Freund bereits nach ihr suche. Er zeigte noch auf den Ponton, als die Ereignisse der letzten Wochen und Tage ihren Tribut zollten. Hemmungslos begann er, unter Schock stehend, zu weinen. Immer wieder dachte er dabei an Lara, Klaus, Ben, Feldmann und den alten Bicher. Worauf hatte er sich eingelassen, wie war es überhaupt dazu gekommen, und vor allem, warum machte er den Mist mit. War es wirklich der Versuch, eine kriminelle Organisation zu zerschlagen oder mehr ein Abenteuerdrang, der ihn dazu trieb und in Lebensgefahr brachte. Wie sollte es weitergehen, wenn Lara wirklich verschwunden sein sollte? Vor allem überlegte er immer wieder, ob Laras Verschwinden zu verhindern gewesen wäre. "Beruhigen sie sich, wir werden ihre Freundin schon finden. Sie liegt jetzt bestimmt irgendwo am Ufer in der Sonne und ist eingeschlafen", versuchte ihn die kleine junge Ärztin mit langem, rötlich gefärbten Haar zu beruhigen. Alle Versuche, ihn zu trösten, waren vergebens. Es schien endlos lange zu dauern, bis Max herankam und sich wortlos neben Björn setzte, um scheinbar für alle Ewigkeiten in die Ferne zu starren. "Ich hoffe, sie wird lebend gefunden", sagte Björn, nachdem sie fast zwanzig Minuten nebeneinander gesessen hatten, ohne ein Wort zu wechseln. "Meinst Du wirklich? Ich kann mir kein Leben ohne Lara vorstellen." "Ich habe euch nie danach gefragt, aber als wir uns kennen lernten, sagte sie mir, dass ihr nur Kollegen seid." "Das ist richtig. Aber was heißt das schon, wenn du fast den ganzen Tag zusammen arbeitest und seit kurzem sogar zusammen wohnst? Unsere Partnerschaft war fester als eine Ehe, und jetzt..." Sie schwiegen wieder und beobachteten dabei die hektische Suche nach der vermissten Freundin. Es wirkte auf Max ironisch, aber besonders

intensiv wurde von der Mannschaft auf dem Ponton gesucht. Immer wieder stiegen Zweier und Dreiergruppen vom Ponton aus in die Tiefen des Sees hinab, um eine halbe Stunde später wieder erfolglos aufzutauchen und im Restaurant eine Pause einzulegen. Immer wieder hofften Max und Björn, dass ein Team jubelnd auftauchen würde, um einen Erfolg zu melden, und immer wieder wurde ihre Hoffnung zerstört. Es war bereits dunkel, als der Einsatzleiter auf die beiden zukam und mit leiser, teilnahmsvoller Stimme sagte: "Es tut mir wirklich leid, aber wir müssen die Suche abbrechen. In der Dunkelheit werden wir nichts finden und würden unsere Teams nur unnötig hohen Risiken aussetzen. Wenn ihre Freundin noch da unten ist, hat sie keine Chance mehr. Es tut mir wirklich leid." Max und Björn nickten ihm verständnisvoll mit geröteten Augen zu, die es nicht vermochten, unzählige Tränen zurückzuhalten, die über ihre Wangen liefen.
Die Suchmannschaften waren schon lange abgerückt, als Max und Björn aufstanden, sich fest in den Arm nahmen und zur Pension zurückfuhren. Ohne Lara kamen die beiden sich unendlich einsam und leer vor, aber irgendwie musste es weitergehen.
Wortlos stiegen sie aus dem Wohnmobil und verschwanden in ihren Zimmern um eine schlaflose, schreckliche Nacht zu erleben. Immer wieder dachten beide an die Erlebnisse der letzten Tage, an die Erfolge, Misserfolge und die Zukunft. Immer wieder versuchten sie sich auszumalen, was wohl mit Lars passiert war und wie es ohne sie weitergehen sollte. Immer wieder bildeten sich kleine Seen in den Augen, die tiefer waren als sie je hätten tauchen können.
Übernächtigt und mit unterlaufenden Augen setzten sich die beiden am nächsten Morgen an den gedeckten Tisch, um ein wenig in den Brötchen herumzustochern, ohne auch nur einen Bissen herunterzubekommen. Schweigend saßen sie über eine Stunde am Tisch bis Max zu reden begann, "Ob die schon weitersuchen?" "Bestimmt, ich hoffe die hören erst auf, wenn sie Lara gefunden haben." "Wir sind hier nicht in Schweden, wenn die Einsatzleitung glaubt, dass es nichts mehr zu finden gibt, dann ist Schluss, dann bleibt Lara für immer da unten in den kalten, dunklen Tiefen des *Walchensees*." "Lass uns nach *Urfeld* fahren und nachsehen. Ich denke, das ist momentan die einzige Möglichkeit für uns, irgendetwas zu tun." "Du hast recht, lass uns fahren. Vorher sollten wir noch am Empfang Bescheid sagen, wo wir sind, damit der Herr

von der Kripo uns findet, der sich für dreizehn Uhr angemeldet hat."

Sie informierten die Dame am Empfang und fuhren langsam, in ihren Gedanken versunken, mit dem Wohnmobil nach *Urfeld*. Der Motor war noch nicht abgeschaltet, als ein großer, dunkelhaariger Mann in Zivil auf die beiden zukam. Er hatte einen langen zerzausten Bart und strähnige Haare, die den meisten Personen sofort ins Auge gefallen wären. Max und Björn hingegen sahen sofort den kleinen, silbern schimmernden Gegenstand, den der Hüne mit sich führte.

"Hallo, sind sie die Freunde der Vermissten?", fragte er sofort ohne lange Umschweife. Die beiden nickten und starrten auf die zweite Stufe eines Atemreglers wie ihn Lara verwendet hatte. "Schlüter", sagte der Fremde kurz, als er Max und Björn den Ausweis der hier zuständigen Kripo vor die Nase hielt, "Kennen sie den hier?" Schlüter nahm die zweite Stufe und hielt sie direkt vor Max´s Nase. Max sah sich den Rest des Atemreglers nur flüchtig an und antwortete etwas unsicher: "So einen hatte Lara." "Fällt ihnen daran etwas besonderes auf?", bohrte Schlüter weiter und zeigte den beiden Freunden deutlich, dass ihm die Antwort nicht ausreichte. Max und Björn sahen sich die zweite Stufe genauestens an und achteten dabei im Besonderen auf den abgeschnittenen Mitteldruckschlauch. Nachdem sie die Stufe an Schlüter zurückgegeben hatten sahen sie sich vielsagend an, bis Max antwortete: "Sie werden es sicher selber gesehen haben, aber es war kein Unfall; der Schlauch wurde mit einem scharfen Messer zerschnitten. Nur so ist der saubere Ansatz zu erklären." "Was sie nicht sagen, ich denke wir werden uns ein wenig unterhalten müssen. Hatten sie Streit?" Björn wurde immer unsicherer, als er merkte, worauf Schlüter hinaus wollte. Hätten die drei Streit gehabt, und das schien für Schlüter bei einer Frau und zwei Männern nicht gerade unwahrscheinlich zu sein, hätte es Eifersucht sein können, die zu dem zerschnittenen Schlauch an Laras Atemregler geführt hatte. Max dachte ähnlich und wies sich als Polizeibeamter aus um sich mit Schlüter auf einer sachliche Ebene zu begeben. Er erzählte knapp von dem "Undercovereinsatz", in dem sie sich befanden, ohne genauer darauf einzugehen, worum es sich handelte. Immer wieder nickte Schlüter und verabschiedete sich schließlich mit den Worten: "Wir werden sehen, ob wir ihre Kollegin finden. Ich glaube allerdings nicht, dass sie noch im See ist. Mein Kollege nimmt gleich ihre Daten auf, dann können sie von mir aus fahren. Ich werde mich über sie informieren lassen und erwarte sie demnächst auf dem Revier. Ohne weiteren Gruß ging er zum Einsatzleiter, um ausgiebig mit ihm zu reden.

-7-

Zu zweit allein

Max und Björn beobachteten die erfolglose Rettungsaktion bis zum frühen Nachmittag, da sie befürchteten, Schlüter könnte sich irren und Lara würde von irgendwelchen Tauchern leblos an die Wasseroberfläche transportiert. Während die wechselnden Suchteams von den kalten, klaren Fluten des *Walchensees* verschluckt wurden, um fast eine halbe Stunde später erfolglos zurückzukehren, hingen Max und Björn ihren Gedanken nach. War Lara noch am Leben und vor allem wie konnten sie zu ihr gelangen ohne sie zu gefährden? Max war es, der das nachdenkliche Schweigen brach: "Wenn Laras zweite Stufe abgeschnitten wurde, kann sie unter Wasser unmöglich sehr weit gekommen sein. Da die Mannschaften den ganzen Bereich um die Fundstelle abgesucht haben, glaube ich nicht, dass sie noch dort liegt. Anderseits macht es auch wenig Sinn, eine tote Taucherin woandershin zu transportieren; ich würde sie da liegen lassen wo sie hingefallen ist. Wenn die Verbrecher ebenso gedacht haben, ist Lara am Leben. Zumindest war sie es nach dem Unfall noch eine Weile." "Du wirst recht haben", stimmte ihm Björn zu, "aber wie können wir sie finden und vor allem wo?" "Die Sache mit Bicher, deinen Kumpels aus *Hemmoor*, Feldmann und nun Lara zeigt, dass wir auf der richtigen, aber auch sehr gefährlichen Spur sind. Ich denke, dass Lara ihnen, wer auch immer DIE sind, lebend mehr nützt als tot. Sie weiß eine Menge und kann im Notfall als Druckmittel gegen uns verwendet werden." "Dann werden die Gangster auf jeden Fall versuchen, sie auszufragen, um danach alles über uns zu wissen. Sollte Lara hingegen schweigen, wird sie bestimmt in ein psychisches Wrack verwandelt und gerade noch so weit am Leben gelassen, dass wir Rücksicht auf sie nehmen werden. So kenne ich es zumindest aus schlechten Krimis." "Da wirst du nicht ganz unrecht haben. Ich denke, wir müssen uns ziemlich beeilen, wenn wir Lara oder sogar Feldmann lebend finden wollen." "Worauf warten wir dann noch?" fragte Björn, der gerade begann, neue Hoffnung zu schöpfen. "Immer mit der Ruhe. Zunächst müssen wir uns darüber im Klaren sein, wo wir suchen wollen, und dann mache ich mir über etwas ganz anderes große Sorgen." "Mal den Teufel nicht an die Wand. Was könnte schlimmer sein als Laras Situation?" "Denk doch mal nach. Egal wo du warst, wo deine Freunde aus *Hemmoor* waren oder Lara mit uns ermittelt hatte, passierten schlimme Dinge. Personen sind verschwunden, gestorben oder vor unseren Augen entführt worden. Woher wissen die anderen eigentlich, was wir machen? Wie können DIE uns immer einen Schritt voraus sein, obwohl wir unsere Dienststelle fast immer außenvor lassen?" "Du hast recht..." "Ich denke, wir sollten uns in Zukunft wesentlich besser umsehen, und versuchen, alle Beschatter loszuwerden, bevor wir irgendwo hinfahren." Björn stimmte Max zu, sah sich unauffällig um, als könnte er dadurch sofort alle Beschatter identifizieren und folgte danach Max zum Wohnmobil, um später in der Pension weiter zu planen. Während sie zurückfuhren, sahen sie immer wieder in den Rückspiegel, konnten jedoch keinen auffällig folgenden Wagen erkennen. Die beiden verdrängten die Möglichkeit, dass Lara tot auf dem Grund des *Walchensees* liegen könnte immer mehr und steigerten sich in die Gewissheit, dass sie irgendwo allein, auf die Hilfe ihrer Freunde wartend, in Schwierigkeiten stecken könnte.

Auf dem Weg in die Pension machten sie noch einen großen Umweg, um eventuelle Verfolger besser entdecken zu können und kauften dabei noch einige Flaschen halbtrockenen Rotwein und einige Stücke frischen, mittelalten Gouda. Der Wein und der Gouda waren Laras Lieblingsessen, wenn man von den Unmengen an Eis absah, die sie im Laufe eines Tages zu sich nehmen konnte. Zurück in der Pension holte Max ein Brett, ein scharfes Messer, den Käse aus der Eikaufstasche und drei Weingläser aus dem Schrank. Er stutzte, als er bemerkte, dass er das dritte Glas füllen wollte und hielt inne. Ihm wurde wieder einmal bewusst, wie sehr ihm Lara fehlte. Nachdem Max eingeschenkt hatte, nahmen die beiden ihr Glas, setzten sich auf die gemütlichen Sessel und stießen mit dem feurig schimmernden Wein an. "Auf Lara und vor allem ihre Gesundheit", sagten beide fast im Chor und nippten vorsichtig an den Gläsern. "Hatte Lara nicht irgendetwas von einer Marineversuchsanstalt in den Bergen erzählt?", sinnierte Björn nach dem zweiten Schluck. "Mir ist auch so, mal sehen ob sie irgendwas aufgeschrieben hat," antwortete Max, der sein Glas auf den kleinen Tisch stellte und damit begann, in Laras persönlichen Sachen zu wühlen.

Er brauchte nicht lange, um einen kurzen Artikel zu finden, den Lara kurz vor der Abreise aus *Hamburg* im Internet gefunden und ausgedruckt hatte.

Der Artikel, den Max laut vorlas, handelte von einem fast zwei Kilometer langen, zweihundertfünfzig Meter breiten und über hundert Meter tiefen See in Österreich, dem *Toplitzsee*. Im Krieg wurden dort U-Boot-Torpedos und andere Sprengmittel mit bis zu einigen tausend Kilo Sprengkraft in einer eigens dafür gebauten Marineversuchsanstalt getestet. Eine solche Station ließ sich am besten im Gebirge geheim halten, denn welcher Feind suchte die Marine weit ab der Küste in den Bergen? Als im Frühjahr 1945 die Aliierten näher rückten, versenkte die SS unzählige Kisten in den Tiefen des Sees, um diese nach einem immer unwahrscheinlicher werdenden Sieg zu bergen. Falsche britische Banknoten, Goldbarren, Druckplatten und unzählige Dokumente über SS-Agenten, Nazi-Führer und Marschbefehle wurden, sorgsam bewacht, den kalten Fluten übergeben. Einige Abenteurer vermuteten sogar, aufgrund einer noch nicht geborgenen Kiste, Teile des Bernsteinzimmers unter den Schätzen des *Toplitzsees*. Diese sagenhaften Reichtümer und geheimen Unterlagen waren immer wieder Ziel von größeren und kleineren Tauchexpeditionen, die zum Teil tödlich endeten. Der schlammige Boden, die unzähligen umgestürzten Bäume, welche zum Teil eine undurchdringliche Glocke bildeten, und die große Tiefe trugen zum Scheitern fast aller Versuche bei. Expeditionen des "Stern" und des Innenministeriums brachten einige der angegebenen Schätze zu Tage, und bestätigten so viele Theorien über die Versenkung, aber insgesamt warfen sie mehr Fragen auf als sie beantworteten. Um letzte Klarheit über den See zu bekommen, startete das U-Boot GEO zu einer Erkundung, die nichts Neues ergab. Wenig später begab sich eine Bergungsfirma auf die Suche nach den verschwundenen Akten. Offiziell endeten alle Versuche, den Geheimnissen des Sees auf die Spur zu kommen, am Anfang des Jahres 2000. Aber seither wacht eine kleine, unauffällige Gruppe über den See und versucht immer wieder, mit kleinen Lenk-U-Booten in die Tiefen des Sees vorzudringen, um zu alles zu bergen, was die Vorgänger liegen lassen mussten. Obwohl es verboten ist, im See zu tauchen oder private Suchaktionen, zu starten wird diese Gruppe mit dem Hinweis geduldet, dass es sie gar nicht gibt. Geographisch liegt der *Toplitzsee* zwischen dem *Kammersee* und dem *Grundelsee* in einer Höhe von ungefähr siebenhundert Metern.

Nachdem Max geendet hatte, stieß er einen Pfiff aus und sagte zu Björn, "Warum hat Lara den See nur am Rande erwähnt? Ich denke, er ist wesentlich wichtiger als dieser Tümpel hier..." Björn fiel ihm ins Wort, "Sicher. Vor allem denke ich, wir sollten Lara in *Österreich* suchen und nicht hier in *Bayern*." "Du wirst Recht haben. Lass uns bis morgen warten und dann möglichst unauffällig abreisen. Ich bin schon sehr gespannt was und vor allem wen wir am *Toplitzsee* finden werden"

Warum die beiden so plötzlich davon überzeugt waren, Lara in *Österreich* unversehrt in die Arme schließen zu können, wussten sie selber nicht. Aber es war auch nicht wichtig, denn die beiden hatten ein neues Ziel vor Augen, das auf keinen Fall verfehlt werden durfte: Die Rettung Laras. Sicher wäre es schön, so ganz nebenbei einige Nazis auffliegen zu lassen, doch dieser Teil der ursprünglichen Aufgabe geriet, durch die Sorge um Lara, immer weiter in den Hintergrund. "Sollten wir nicht Marks Vater in *Hamburg* informieren? Seine Leute haben uns ja schließlich eine Menge über die Suche am *Walchensee* erzählt und uns damit auf die richtige Spur gebracht", wollte Björn wissen. Max schüttelte langsam seinen Kopf. "Nicht bevor wir wissen, warum uns die anderen immer einen Schritt voraus sind. Jetzt geht es schließlich um Lara und nicht um irgendwelche Verbrecher oder die Rache für einen toten Sohn."

"Wie du meinst", antwortete Björn und nahm den Artikel aus Laras Reisetasche in die Hand, um ihn selber nochmal zu lesen.

Während Max und Björn am *Walchensee* die Rettungsaktion planten, wachte Lara langsam in einem feuchten, kalten und fast dunklen Raum auf. In ihrem Kopf ging es zu wie in einem Bergwerk. Dumpfe Schläge in den Schläfen raubten ihr fast erneut die Besinnung, und die schnell wirbelnden Kreise vor ihren Augen trugen auch nicht zu Verbesserung ihrer Verfassung bei. Zunächst lag sie einfach nur da, um sich zu orientieren und sich darüber im Klaren zu werden, ob sie noch lebte oder bereits tot war. Die heftigen Schmerzen im Kopf und zwischen den Schulterblättern ließen sie schnell zu der Überzeugung kommen, noch unter den Lebenden zu weilen. Je länger sie so auf dem Rücken lag, um so besser gewöhnten sich ihre Augen an die Dunkelheit. Sie sah die klapprig wirkende Pritsche, vor der sie auf dem nackten, kalten Boden lag, eine Chemietoilette und einen Tisch, vor dem zwei Stühle standen. War das nicht ein Mann, der zusammengekauert auf einem der beiden Stühle saß und den Kopf auf der Tischplatte abgelegt hatte? Der Mann saß zwar nicht weit entfernt, aber wegen der Dunkelheit konnte sie nicht richtig erkennen. Lara schaffte es trotz der großen Schmerzen, sich langsam aufzurichten und zum Tisch zu schleppen. Auf dem Weg zum Tisch stürzte sie zwei mal über achtlos liegengelassene Gegenstände. Die Stürze schmerzten so sehr, dass Lara jedesmal einige Minuten ausruhen musste um sich erneut aufzustellen und ihren Weg fortzusetzen. Erst als sie sich von dem anstrengenden Weg, erschöpft auf den freien Stuhl sinken ließ, um den Fremden genauer anzusehen, bemerkte sie die Kälte des einfachen Holzstuhls, und ihr wurde bewusst, dass sie keinen Neoprenanzug mehr trug. Irgendjemand hatte sie bis auf den blauen Bikini, den sie unter dem Tauchanzug zu tragen pflegte, ausgezogen und fast unbekleidet in das kalte Gewölbe geworfen. Ihre Sinne arbeiteten schon wieder fast normal, als sie den Kopf des Fremden anhob, um sein Gesicht aus der Nähe zu betrachten. Während sie das behutsam zwischen den Händen gehaltene Gesicht ansah, kam ihr Gegenüber langsam zu sich. Zuerst begann der Fremde zu röcheln bevor er während eines starken Hustenanfalls zu Lara aufblickte. Sie erschrak, als sie erkannte, um wen es sich handelte und wie er zugerichtet worden war.

"Feldmann", sagte sie und musterte ihn, als wäre er von einer anderen Welt. Über seinem linken Auge klaffte eine unversorgte, glücklicherweise nicht mehr blutende, Platzwunde. Sein Gesicht war an allen möglichen und unmöglichen Stellen geschwollen und mit kleinen, schrecklich aussehenden Flecken übersät, die Lara als Brandmale einer Zigarette deutete. Als Feldmann versuchte zu sprechen, bemerkte Lara die großen Zahnlücken, die neu zu sein schienen, da sie ihr ansonsten bestimmt schon in *Wilhelmshaven* aufgefallen wären. "Sprechen sie nicht", sagte sie so sanft sie konnte und hielt ihm ihren Zeigefinger senkrecht vor dem Mund. Feldmann nickte. "Wir sind jetzt immerhin zu zweit, und meine Freunde werden uns hier rausholen", versuchte sie Feldmann zu überzeugen, obwohl sie selbst nicht so recht daran glauben konnte. Woher sollten Max und Björn wissen, wo sie sich befanden, wenn

sie es selber nicht wussten? Außerdem: Woher sollten die Freunde wissen, dass sie noch lebte? Nein, wenn sie es nicht schaffte, Feldmann und sich selbst aus dieser Lage zu befreien, würde es auch kein anderer tun.
Während Feldmanns Kopf wieder schwerer wurde und Lara ihn behutsam auf die Tischplatte zurücklegte, versuchte sie, ihr Gefängnis zu erfassen. Der Raum hätte absolut dunkel sein sollen, aber durch die festen Stoffvorhänge, die von außen vor den mit Gittern gesicherten Fenstern hingen, drang ein diffuses, schwaches Licht zu den beiden hinein. Lara stand auf noch sehr wackeligen Beinen, und wunderte sich darüber, dass ihre Schmerzen schon weitestgehend nachgelassen hatten und sie sich einigermaßen sicher bewegen konnte. Sie begann die Wände abzutasten und legte dabei besonderen Wert auf das kleine Fenster sowie die große, mit massiven Metallbeschlägen gesicherte, Holztür. "Es ist aussichtslos", murmelte sie vor sich hin. "Hier kommen wir bestimmt nicht raus. Mit ein wenig Glück, können wir fliehen, wenn wir etwas zu Essen bekommen oder befragt werden." Als sie von der Befragung sprach, sah sie gedankenverloren zu dem schlafenden Feldmann hinüber und bemerkte, dass sie in Selbstgespräche vertieft war. Sie betrachtete Feldmanns Silhouette noch eine ganze Weile, bevor sie, diesmal stumm, versuchte eine, wenn auch noch so winzige, Möglichkeit zum Ausbruch zu finden.
Ebenso wie Björn und Max waren Lara und Feldmann zu zweit allein.

Da Lara während der ganzen Fahrt zum Kerker, so nannte sie das Gefängnis in ihren Gedanken, bewusstlos gewesen war, hatte sie jegliches Zeitgefühl verloren. Wie viele Stunden waren seit der Entführung vergangen? Waren es Stunden oder vielleicht sogar Tage? Was war mit Max und Björn passiert? Lebten sie noch oder waren die beiden Opfer eines feigen Anschlags geworden? Viele Gedanken gingen Lara durch den Kopf, bis sie einen schweren Schlüssel hörte, mit dem die Tür, welche sie von der Freiheit trennte, geöffnet wurde. Der Gang hinter der Tür war hell erleuchtet, und sie schloss geblendet ihre Augen, als sie die drei Gestalten sah, die aus dem gleißend wirkenden Licht in die Dunkelheit schritten. Es dauerte nicht lange, bis vier Hände wie Schraubstöcke Laras Oberarme griffen und sie unsanft in den lichtdurchfluteten Gang schleppten. Bis auf die Tür, durch die die beiden

Gestalten Lara schleiften, waren alle anderen vergeschlossen. Der Raum, in den Lara geschleppt worden war, wirkte nicht ganz so kalt wie der Kerker, in dem Feldmann zurückgeblieben war. Offensichtlich war er vor nicht allzu langer Zeit frisch gestrichen und der Boden mit Holzdielen ausgelegt worden. In der Mitte des Raumes stand ein großer Tisch, auf dem eine weiße, altertümlich wirkende Schreibtischlampe stand. Hinter dem Schreibtisch saß ein alter, erstaunlich fit wirkender Mann, der Lara durchdringend musterte. Neben dem Tisch standen zwei weitere Männer, die im Gegensatz zu dem Alten sehr kräftig wirkten und brutal grinsten. Die fehlenden Masken zeigten Lara eindeutig, wie wichtig es war, möglichst schnell zu fliehen. Wenn die Kidnapper wirklich vorhaben sollten, sie zu befragen oder als Lockvogel zu verwenden, um sie hinterher frei zu lassen, könnte sie alle anwesenden Personen sicher identifizieren. Sie würde also sterben, sobald sie oder Feldmann redeten oder ihren Zweck erfüllt hatten. Also nahm sie sich vor zu schweigen.

Noch während der Alte Lara musterte, verließen die beiden Fremden, die Lara zu dem Tisch geschleppt hatten, den Raum, um vor der Tür zusammen mit dem dritten Mann auf weitere Anweisungen zu warten. Die beiden brutal grinsenden Kidnapper und der Alte blieben hingegen bei Lara.

"Hallo, sie sind also die junge Dame, die seit einiger Zeit versucht, uns zu finden", begann der alte Mann freundlich, nachdem die beiden anderen Lara mit ihren Händen und Füßen an einen Stuhl auf der gegenüber liegenden Tischseite gefesselt hatten. Es schien den beiden offensichtlich Spass zu machen die Fesseln an Laras Händen und Füßen so eng anzuziehen, dass sie vor Schmerz stöhnen musste. Nachdem sie bewegungslos auf dem Stuhl gefesselt war begannen die beiden, grinsend, Laras Oberkörper nach Verstecken zu durchsuchen. Erst ein fast unsichtbares Zeichen des Alten beendete die Durchsuchung.
Ohne eine Antwort abzuwarten fuhr er fort: "Sie können glücklich sein, sie haben ihr Ziel erreicht und dürfen sich sogar unserer Gastfreundschaft erfreuen." "Ist Feldmann auch einer ihrer Gäste?", fragte Lara spitz. "Ach, sie haben sich bereits bekannt gemacht. Schön, schön. Ihre Freunde sind übrigens tot. Ein tragischer Tauchunfall im *Walchensee* löschte die beiden jungen Leben so

plötzlich und unerwartet aus. Wirklich tragisch..." "Sie lügen", zischte ihn Lara mit erstickender Stimme an und wurde sich sofort bewusst, dass der Fremde Recht haben könnte. Tränen schossen ihr in die Augen. Obwohl sie innerlich total zerrüttet war, versuchte sie einen für Außenstehende ruhigen Eindruck zu behalten. Zum einen gönnte sie den Beobachtern nicht die Freude, sie total zerstört am Boden zu sehen, zum andern könnte die Nachricht über den Tod der Freunde eine Finte sein, um sie zum Reden zu bringen. Wie leicht konnte es geschehen, dass jemand in großer emotionaler Not über Dinge sprach, die ihm später Leid taten. Lara schwieg. Obwohl der Alte immer wieder versuchte provokativ auf sie einzureden, schwieg sie, als wüsste sie gar nicht, wovon gesprochen wurde.

Es dauert fast zwei Stunden, bis einer der brutal wirkenden Männer den Alten ansprach: "Soll ich draußen Bescheid sagen, dass die Kleine hier eine Gedächtnisstütze benötigt, Phönix?" "Du solltest dich daran gewöhnen, auf gar keinen Fall meinen Namen zu nennen, auch wenn es niemanden gibt, der damit was anfangen könnte, aber ansonsten hast du Recht. Auch ich bin inzwischen davon überzeugt, dass zwei Gäste gesprächiger sind als einer."

Es dauerte nur wenige Minuten, bis der inzwischen wieder bewusstlos gewordene Feldmann unsanft in den Raum gestoßen wurde. Die beiden Schläger ergriffen ihn wortlos, um ihn an die Wand zu stellen. Erst jetzt sah Lara die schweren, in die Mauern eingelassenen Ketten mit Hand und Fußfesseln, die ihr Opfer fest umschlungen an der Wand fixierten.

Erst als Feldmann den dritten Eimer eiskaltes Wasser ins Gesicht bekam, begann er mühsam zu husten, um wenig später erneut seinen Kopf hängen zu lassen. "Gut, er lebt noch", war der einzige Kommentar des Alten, bevor er erneut zu Lara sah. "So ähnlich wie ihr euch seid, müsst ihr verwandt sein", sinnierte Phönix laut hörbar. "Ihr kommt beide aus *Norddeutschland*, seid auf der Suche nach mir, tut so, als würdet ihr mich nicht verstehen und wisst von nichts. Na, mal sehen, ob ihr in Gesellschaft besser denken könnt."

Er gab seinen beiden Helfern einen kurzen Wink, der dazu führte, dass der Größere zu einem gewaltigen Schlag ausholte, welcher direkt in Feldmanns Magengrube landete. Feldmann, der von den Ketten daran gehindert wurde zusammensacken, stieß einen grunzenden Laut aus. Die Schläge prasselten so lange auf seinen geschundenen Körper ein, bis er sie geräuschlos hinnahm.

"Können sie jetzt besser denken?", fragte Phönix erneut, doch Lara schwieg. Sie wusste genau, dass sie beide nur so lange am Leben bleiben würden, wie sie schwiegen. Wenn sie redete, hätte sie zwar selber noch eine Chance, als Geisel einige Zeit im Kerker zu überleben, aber für Feldmann wäre es das Ende.

"Weckt ihn auf", sagte Phönix, als er merkte, dass er keine Antworten bekam. "Er soll doch mitbekommen, was noch so alles passiert." Während die beiden Schläger versuchten, Feldmann mit kaltem Wasser und leichten Schlägen ins Gesicht zu wecken, kümmerte sich Phönix persönlich um Laras Wohlergehen. Er begann mit heftigen Schlägen, die er mit der flachen Hand gegen ihre Wangen führte. Immer wieder wartete er vergebens auf Anzeichen, dass sie bereit wäre zu reden. Da Feldmann immer noch bewusstlos in den Ketten hing, ging Phönix dazu über, Laras Magengegend mit Fäusten zu traktieren, bevor er sie, rasend vor Wut, mit einem unüberlegt heftigen Schlag gegen ihr Kinn in die Bewusstlosigkeit entließ. "So ein Mist, jetzt sind beide weg", schimpfte er außer sich vor Wut und fügte hinzu: "Bringt die beiden zurück. Wir werden morgen früh sehen, wie weit sie gehen werden, um ihr Wissen für sich zu behalten. Wenn es gar nicht anders geht, soll es wohl so sein, dann könnt ihr erst euren Spaß haben und die beiden anschließend versenken." Er machte eine kurze Pause und überlegte laut weiter: "Wir haben ja noch die beiden anderen."

Lara und Feldmann hatten gerade den Raum verlassen, als Phönix sein Handy ansah und bemerkte, dass jemand versucht hatte, ihn zu erreichen. Die Nummer war ihm gut bekannt und er stellte sofort die Verbindung her. "Hallo, hier Phönix." "Hallo, schlechte Nachrichten", hörte er Sperling sagen, "wir haben die beiden verloren. Die haben die Pension verlassen, ohne sich abzumelden, während unser Mann nur für wenige Minuten auf der Toilette war." "Ich hoffe für euch, dass die beiden gefrustet auf dem Rückweg nach *Hamburg* sind und nicht irgendwann bei mir vor der Tür stehen. Wenn ihr die beiden nicht in den nächsten Tagen finden solltet, müsste ich mir überlegen, ob wir weiter zusammenarbeiten sollten." Phönix beendete die Verbindung und schäumte innerlich. Sein Gesicht war durch die Aufregung hochrot geworden, und er schlug mit der Faust auf den Tisch, während er im menschenleeren Raum schrie "So ein Dreck, warum geht ausgerechnet jetzt alles schief? Jetzt, wo wir so dicht vor dem Ziel sind." Das Geschrei sorgte dafür, dass zwei Wachen in den Raum stürmten, um nachzusehen, was passiert war und inne hielten als sie Phönix sahen, der allein vor sich her schimpfte.

-42-

Finale

Während Phönix Lara zu verhörte, passierten Max und Björn die Grenze nach *Österreich*. "Ob wir rechtzeitig ankommen?", murmelte Max. "Wird schon schief gehen, aber ich frage mich die ganze Zeit, was wir dort zu zweit ausrichten sollen. Am *Walchensee* habe ich den Eindruck gewonnen, als stünde uns eine ganze Armee gegenüber, die nur darauf wartet, dass wir Fehler machen. Wäre es nicht sinnvoll, deine *Hamburger* Dienststelle zu informieren und um Unterstützung zu bitten?" "Weißt du, wo die undichten Stellen sind? Warum ist uns die Gegenseite immer einen Schritt voraus, und zwar nicht nur in diesem Fall, sondern schon seit Jahren?" "Du wirst sicherlich recht haben, aber was ist mit deinem Paten? Er sucht den Mörder seines Sohnes und wird uns bestimmt solange nicht verraten, wie wir ihm wichtige Informationen liefern können." "Kann sein, aber in wie weit können wir uns auf seine Männer verlassen? Ich denke, wir senden ihm eine SMS, in der wir ihm mitteilen, dass wir die Gegend um den *Walchensee* überstürzt verlassen mussten und uns demnächst aus *Österreich* melden werden, wenn sich etwas Neues ergibt. Marks Vater sieht dann einerseits unseren guten Willen zur Zusammenarbeit, aber weiß andererseits nicht genau, wo wir stecken. Wenn er uns nicht traut, und das wird er bestimmt nicht, kann er seine Meute nach *Österreich* in Bewegung setzen und bei Bedarf sehr schnell einsetzen; obwohl mir der Gedanke, dass er nur mitmacht, um eine bestimmte Person zu liquidieren, große Probleme bereitet. Vielleicht ergibt sich später eine Möglichkeit, die Situation geschickt zu entspannen."
Die Fahrt zum *Toplitzsee* verlief ohne besondere Zwischenfälle und ließ den beiden Zeit, sich ein wenig zu beruhigen. Um ihre Gedanken die sich fast ausschließlich mit Lara und ihrem Schicksal beschäftigten zu beruhigen, nahmen sich sogar Zeit um ein kurzes Stück zu wandern. Die Wanderung diente nicht allein der Erholung, sondern sollte auch dazu dienen eventuelle Verfolger zu erkennen.

Kurz vor ihrem Ziel schickten sie an einer frisch renovierten, relativ großen Tankstelle, genau wie sie es besprochen hatten, die SMS ab und kauften eine Beschreibung des *Toplitzsees*. "Wusstest du eigentlich, dass der *Kammersee* und der *Toplitzsee* seit 1548 durch einen Kanal verbunden sind, durch den früher Unmengen Holz geflößt wurden", begann Björn aus dem Faltblatt zu zitieren. Nachdem er Max fast das ganze Blatt vorgelesen hatte, tauchte direkt vor ihnen das Reiseziel auf. In der hochstehenden Sonne lag der Toplitzsee funkelnd, von Bergen umgeben, vor den beiden. "Friedlich", sagte Björn, als er das blau schimmernde Wasser sah, in dem sich der blaue Himmel spiegelte, "richtig einladend." "Ob Lara es genau so sieht?", kam der ernüchternde Kommentar von Max. "Wir sollten möglichst schnell in Erfahrung bringen, wo Lara versteckt sein könnte, wenn sie noch lebt. Je länger wir blind durch die Gegend irren, um so wahrscheinlicher ist es, dass wir zufällig entdeckt werden. DIE werden hier sicherlich von unserer Abreise vom *Walchensee* wissen und besonders gut auf die Umgebung ihrer Basis achten." "Wie stellst du dir die Suche vor?" "Lass mich nur machen", kam Max´s vielsagende Antwort.
Während Björn gespannt darauf wartete, von Max über seine Pläne informiert zu werden, setzte dieser den Blinker nach links, um zu einer kleinen, freundlich wirkenden Pension zu fahren. "Komm mit", sagte er kurz, nachdem er den Motor des Wohnmobils abgestellt hatte. "Ich dachte, wir wollten auf keinen Fall wieder in eine Pension ziehen, wegen der Verfolger...", begann Björn. "Wart´s ab." Die beiden gingen an großen Blumenkübeln vorbei, die die Treppenstufen zierten und die Besucher direkt zur großen Haupttür führten. Max ignorierte die neumodische Klingel an der rechten Seite der Tür, und klopfte mit dem mittelalterlich wirkenden Beschlag an die Tür. Es dauerte nicht lange, bis ein junger, korrekt gekleideter Herr die Tür öffnete und die beiden hinein bat. "Sie wünschen?", fragte er die beiden Freunde. "Wir sind Historiker und interessieren uns für die Geschichte der alten deutschen Kriegsmarine. In einem Artikel des "Stern" wurde von einem alten, verlassenen Stützpunkt in dieser Gegend berichtet und wir hoffen, von ihnen darüber einige Informationen zu erhalten. Weiterhin brauchen wir für die Recherchen zwei Zimmer. Ist bei Ihnen etwas frei?" Max machte eine kurze Pause und fuhr fort: "Beim Vorbeifahren sind wir auf ihre wunderschöne Pension aufmerksam geworden und hoffen, dass sie uns weiterhelfen können." Der

junge Herr lächelte vielsagend. Nur zu oft hatte er Schatzjäger als Gäste, die unter Angabe der fadenscheinigsten Gründe versuchten, Informationen über den See zu erhalten. Warum auch nicht, dachte er sich. Jeder Gast, sei er Tourist oder Schatzjäger zahlte schließlich für die Unterkunft. Und wer weiß, wenn es wirklich gelingen sollte, eines der vielen Geheimnisse um den *Toplitzsee* zu lüften, würden bestimmt weit mehr Gäste anreisen als es bisher der Fall war. Diese Überlegungen waren es, die den Portier dazu brachten, fast jedem Fremden in zehn Minuten alles über den See zu erzählen, was er für wichtig hielt.

Sicherlich stimmte nicht alles von dem Weitergegebenen und viele ausgedachte Details waren nur wichtig, um die Neugier der Gäste zu wecken, aber letztlich ergab sich für die Zuhörer ein ungefähres Bild der Situation am *Toplitzsee*. "Schönen Dank für die Informationen", sagte Max, "wir werden noch kurz an den See fahren und heute abend bei ihnen einchecken", flunkerte Max weiter. "Sie können bis um zweiundzwanzig Uhr kommen. Bis dann und schönen Tag noch", verabschiedete sich der Portier von den beiden.

"Ob er uns geglaubt hat?" fragte Björn, nachdem die beiden im Wohnmobil saßen. "Wohl kaum. Ich denke er hält uns für zwei der vielen Glücksritter, die versuchen, an den legendären Nazischatz zu kommen, und hat uns bestimmt bald vergessen. Wichtig ist doch, dass wir wissen, wo die Marine-Versuchsstation lag und wo wir erfolgversprechend nach Lara suchen können." "Woher willst du wissen, wo Lara steckt?" "Wenn unsere Vermutung stimmt, und Laras Kidnapper dieselben sind, die schon lange hinter uns her sind, werden sie auch hier versuchen, an alles zu kommen, was ihnen Geld oder Informationen bringt. Sie werden also wahrscheinlich an dem alten Stützpunkt tauchen, um die Schätze und Informationen zu bergen. Von dort aus gibt es bestimmt eine Verbindung zum Hauptquartier der Organisation. Eine solche Verbindung müssen wir finden, um an Lara zu kommen, obwohl es sehr gut sein kann, dass sie noch ganz in der Nähe ist." Max sah Björns ratloses Gesicht und redete weiter. "Der Portier hat von einem alten Bunker in der Nähe des Sees gesprochen, der 1987 sehr intensiv untersucht worden ist." "Die Suche wurde doch erfolglos abgebrochen", unterbrach Björn. "Bist du sicher? Und vor allem ist es ganz egal ob die Suche erfolgreich war oder nicht, denn was

eignet sich besser dazu ein geheimes Quartier aufzubauen, als eine halböffentliche Suche." Björn nickte zustimmend.
Sie fuhren bis zu einer Stelle, an der sie ihr Wohnmobil relativ unauffällig abstellen konnten, um den Rest des Weges zum alten Marinestützpunkt zu Fuß zurückzulegen. Langsam, jede natürliche Deckung nutzend, näherten sich die beiden dem Gelände. Immer wieder blieben die beiden an stacheligen Sträuchern hängen und verkniffen sich das Schimpfen wenn ein Ast in ihr Gesicht schnellte und unangenehme Striemen hinterließ.
Plötzlich griff Max nach dem Ärmel von Björns Jacke und stoppte ihn. "Leise", zischte er ihn an und zeigte auf das etwas abseits gelegene Gelände. Aus diesem, für Touristen ungewöhnlichen Blickwinkel, war ein großes Tarnnetz zu sehen, welches von fast allen Seiten einen guten Sichtschutz gegen eventuelle ungebetene Gäste bot. In einer Entfernung von hundert Metern saßen gut getarnte Wachen, die nur darauf warteten, ungebetene Gäste abzuwimmeln. Max und Björn konnten aus ihrem Versteck relativ gut erkennen, was um das Lager herum passierte. Unter dem Tarnnetz konnten sie hingegen nichts erkennen. Nachdem sie zwei Stunden fast bewegungslos auf dem Boden liegend verbracht hatten, sahen sie ein junges Pärchen, welches sich zufällig dem Lager näherte. Als sich die beiden bis auf ungefähr zweihundert Meter genähert hatte, trat ein älterer, seriös wirkender Mann unter dem Netz hervor, ging direkt auf die zwei zu und begann eine lautstarke Diskussion. Es dauerte nur wenige Minuten, bis die beiden eine andere Richtung einschlugen und sich langsam von dem Lager entfernten.
"Was der den beiden wohl gesagt hat", fragte Björn mehr sich selber als seinen Freund. Er hatte beim Auftauchen der beiden damit gerechnet, dass beide sofort mit Schüssen niedergestreckt oder wenigstens entführt würden. "Wir werden es kaum erfahren, oder möchtest du ausprobieren ob hier Verbrecher dabei sind, die dich irgendwoher kennen?" Björn schüttelte heftig seinen Kopf. "Hier können wir ohne einen guten Plan nicht viel ausrichten", sagte Max, "lass uns jetzt zum Bunker gehen, solange es noch hell ist." Björn stimmte zu und machte sich zusammen mit Max auf den Weg zum Wohnmobil.
Die beiden mussten einige Zeit suchen, um den richtigen Weg zum Bunker zu finden, denn er wurde damals nicht nur in einer relativ geschützten Lage errichtet, sondern offensichtlich nachträglich mit erheblichen Aufwand nahezu unsichtbar gemacht. Max und Björn

näherten sich vorsichtig, immer auf Deckung bedacht, bis auf hundertfünfzig Meter. Hinter einem großen Felsen, vor dem eine wunderschön blühende Pflanze stand, die zusätzlichen Sichtschutz gab, legten sie sich auf die Lauer. Es wurde bereits dunkel als Björn fragte: "Wollen wir hier die ganze Nacht warten, oder hast Du einen Plan?" "Weder noch. Wir sollten uns heute Nacht ausruhen, um morgen fit zu sein. Wer weiß, was der Tag alles bringen wird, und einen Plan habe ich wirklich nicht. Sicherlich ist der Bunker auch heute noch bewohnt denn warum sonst sollte er immer noch so gut gesichert sein? Die Wachen wechseln relativ oft, und ich denke wir werden dort eine Menge elektronischen Schnickschnack finden, der ein Eindringen unmöglich werden lässt." "Ob wir auf der richtigen Spur sind oder ob hier irgendetwas Staatliches gesichert wird?", warf Björn ein. "Offizielle Stellen hätten die Polizei oder die Armee beauftragt, weiträumig abzusperren, das hier sieht sehr privat aus. Wir werden nicht ganz falsch liegen, wenn wir hier die gleiche Organisation vermuten, die auch am *Walchensee*, und wer weiß wo sonst noch, aktiv ist." "Und Lara?" "Wenn sie nicht wirklich einen Unfall hatte, kann sie überall sein. Durch den großen Aufwand, der hier betrieben wird, wäre es jedoch sinnvoll, sie hier zu vermuten. Am *Walchensee* gibt es kaum Möglichkeiten, eine oder mehrere Person über einen längeren Zeitraum unauffällig zu verstecken, besonders wenn sie gesucht werden. Wenn die Gruppe ein seriöses Hauptquartier besitzen sollte, werden sie die Lage kaum durch eventuelle Pannen mit einer Geisel auffliegen lassen. Ich denke, hier haben sie die Möglichkeit, jemanden zu verstecken und später zu entsorgen. Die Wachen und Sicherheitseinrichtungen sind hier sehr gut; der *Toplitzsee* ist tief und vor allem nahe am Geschehen. Ich denke hier ist die Chance am größten, Lara zu finden oder etwas über ihren Aufenthaltsort zu erfahren." "Ihr lernt also doch was bei der Polizei", flaxte Björn und fügte hinzu: "Nachdem Du mir die Situation geschildert hast, frage ich mich immer mehr, wie wir Lara da lebend rauskriegen wollen, insbesondere ohne einen guten Plan und Hilfe von außen." "Das ist noch ein kleiner Schwachpunkt in meinen Überlegungen, aber lass uns jetzt gehen." Aufgrund der Dunkelheit und der vielen Hindernisse dauerte der Rückweg zum Wohnmobil wesentlich länger als der Hinweg. Nach dem ermüdend wirkenden Marsch erreichten die beiden das geschützt stehende Wohnmobil und fuhren einige

Kilometer weiter in eine kleine Seitenstraße, um dort von den Kidnappern unbemerkt zu schlafen.

Die Sonne stand noch hinter den Bergrücken, welche weite Schatten über die Täler warfen, als der Wecker durchdringend klingelte. Max und Björn hatten ihn gestellt, um möglichst viel vom Tag nutzen zu können, wenn sie den Bunker und seine Umgebung erkundeten. Während Max den Kaffee aufsetzte, deckte Björn den Tisch. Der Honig aus *Thüringen*, den er schon in *Wilhelmshaven* von Feldmann erhalten hatte und der eigentlich für besondere Anlässe gedacht war, Käse, Zwieback und Weißbrot war alles was sie hierher mitgenommen hatten. "Es wird wirklich Zeit, dass wir Lara finden, sonst verhungern wir noch", scherzte Max, der inzwischen wieder fest davon überzeugt war, seine Freundin bald lebend wieder zu sehen. "Dann haben wir ja einen wirklichen Grund, erfolgreich zu sein", setzte Björn hinzu. Während die beiden aßen, planten sie ihre weitere Vorgehensweise und wurden dabei immer zuversichtlicher, erfolgreich zu sein, obwohl es dafür nicht den geringsten Grund gab.

Eine Stunde, nachdem sie durch das laute Klingeln des altersschwachen Weckers geweckt worden waren, lagen Max und Björn wieder an ihrem alten Platz vor dem Bunker und stellten in den nächsten zwei Stunden keinerlei Regung fest. Nach zwei Stunden fuhr ein großer Mercedes vor und eine alt, aber agil wirkende Gestalt huschte gebückt in den Bunker. Sie schien wichtig zu sein, da ihr unmittelbar zwei Bodyguards zu folgen schienen. Als die drei im Bunker verschwunden waren, setzte der zurück gebliebene Fahrer seinen Benz in Bewegung und fuhr in die Richtung zurück aus der er gekommen war. Bis zum Mittag waren der Benz und die fast unbeweglich sitzenden Wachen, die einzigen Beweise dafür, dass es hier außer Max und Björn noch weitere Menschen gab.

Lara hielt Feldmanns Kopf sanft in ihren Händen und redete beruhigend auf ihn ein. Ihr war klar, dass die Worte eher sie selber beruhigen sollten als Feldmann, der nach ihrer Ansicht aufgrund seines Besorgnis erregenden Zustands nichts mehr wahrnehmen konnte. Durch Feldmann hatte sie jedoch vor sich selber ein Alibi, in Selbstgesprächen vertieft, auf Rettung zu hoffen. Sie dachte mit Schrecken an die vergangene Nacht, in der die zwei Schläger

immer wieder in den ungemütlichen, kalten Raum gekommen waren und auf Feldmann sowie Lara eingeschlagen hatten. Immer wieder hatten sie Feldmann glühenden Zigaretten gegen seinen geschundenen Körper gedrückt und immer wieder hatten sie den in der Bewusstlosigkeit schutzsuchenden Körper mit kaltem Wasser und Schlägen aufgeweckt. Jedes mal wenn Feldmann bewusstlos wurde und einer der beiden versuchte ihn zu wecken, hatte sich der andere um Lara gekümmert. Schläge mit der flachen Hand ins Gesicht oder mit der Faust in die Magengrube und widerliche Massagen waren noch die angenehmeren Erinnerungen an die Nacht, die dazu führte, dass beide mit ihrem Leben abgeschlossen hatten. Feldmann, nicht mehr in der Lage zu reden und Lara mit der winzigen Hoffnung doch noch gerettet zu werden, waren sich bewusst, dass sie nur solange existierten, bis die Kidnapper erfuhren was Feldmann und Lara wussten oder die Hoffnung aufgaben sie zum Sprechen zu bringen. Lara wechselte von den tröstenden Selbstgesprächen immer weiter in ein monotones Summen, als sie erneut die schwere Tür hörte, die wie jedesmal scheppernd gegen die Wand schlug.
Diesmal waren es nicht nur die zwei Schläger der letzten Nacht, sondern drei Personen, die aus dem lichtdurchfluteten Gang in den dunklen Kerker traten. Lara blinzelte die drei an und sah, dass der alte Mann von gestern, den der eine Schläger aus versehen Phönix genannt hatte, neben ihr stand und den Kopf schüttelte. "So so", sagte er, "ganz schön verstockt ihr beide, aber ich glaube kaum, dass es euch hilft. Hättet ihr geredet, wärt ihr jetzt schon frei, frei wie die Vögel in der Luft und eure Freunde in Sicherheit."
Sagte Phönix wirklich eure Freunde? Waren Max und Björn am Leben, und vor allem wussten die beiden, dass Lara noch am Leben war? Viele Fragen schossen Lara trotz ihres Besorgnis erregenden Zustand durch den Kopf, ohne dass sie es Phönix merken ließ. "Ah, sie sind überrascht? Ja, ihre Freunde leben und sind in unserer Hand", log Phönix. "Ich hoffe, die beiden sind gesprächiger als sie, zumindest wenn sie sehen, wie ihnen das Wasser bis zum Hals steht." Phönix gab ein fast unsichtbares Zeichen, woraufhin vier weitere durchtrainierte Männer den Raum betraten. "Entsorgt den Alten und lasst die Kleine dabei zusehen, wenn er sein letztes Bad nimmt. Aber lasst euch Zeit damit, sie soll es schließlich genießen", befahl Phönix.

Sowohl Lara als auch Feldmann wurden von jeweils zwei Helfern brutal hochgehoben und aus dem Raum gezerrt. Diesmal führte ihr Weg nicht durch die Tür zum Verhörzimmer, sondern daran vorbei und durch eine kleine unscheinbare Tür am rechten Ende des Ganges nach draußen. Lara schloss, Mittagssonne geblendet, ihre Augen. Lichtreflexe tanzten in wirren Mustern vor den geschlossenen Lidern, und die frische Luft ließ Lara in sich zusammensinken. Die vielen Vögel, die um den Bunker herum ihre Lieder zwitscherten, waren das letzte, was Lara hörte, bevor sie endgültig ihr Bewusstsein verlor.

"Max, da tut sich was", sagte Björn leise, nachdem er die große Gruppe sah, die den Bunker verließ. "Musst du mir deshalb deinen Ellenbogen in die Seite rammen?" Max, der im Gegensatz zu Björn einen Feldstecher in der Hand hielt, nahm diesen vor die Augen und stieß überrascht hervor: "Wir hatten Recht." Björn sah verwundert zu ihm rüber. "Sicher haben wir Recht, aber womit?" "Lara, Lara lebt. Sie scheint zwar ziemlich übel zugerichtet worden zu sein, aber sie lebt." "Lass mich auch mal", sagte Björn aufgeregt und riss den kleinen Feldstecher aus Max´ Händen. "Nicht nur Lara, hast Du gesehen, wer noch aus dem Bunker gezerrt wird?" Max schüttelte seinen Kopf, dachte kurz nach und vermutete, "Feldmann." "Ich denke schon, er sieht zumindest so ähnlich aus, auch wenn er in den letzten Tagen ziemlich gealtert zu sein scheint." "Wenn die beiden nach draußen kommen, kann es nur bedeuten, dass sie irgendwo hingebracht werden, wo die Verhörmethoden noch effektiver sind oder, dass sie geredet haben." "Und dann?" "Und dann, werden die beiden kaum noch Chancen haben, den nächsten Abend zu erleben. Wir brauchen sofort einen Plan." Max und Björn sahen, wie Lara und Feldmann in eine große Limousine mit verdunkelten Fenstern gezerrt wurden, die sofort nach dem Schließen der Türen mit enormer Beschleunigung den Platz verließ. "So´n Mist, wir müssen schnell hinterher", rief Max während er aufsprang, um so schnell wie möglich zum Wohnmobil zu laufen, den Motor zu starten und sofort, nachdem Björn eingestiegen war, abzufahren. "Ich hoffe, wir finden sie", sagte Björn, der nicht genau wusste, ob ihm Laras Zustand oder Maxs Fahrstil mehr Sorgen bereiten sollte. "Ich auch. Die Straße führt jedenfalls genau zum See, und ich glaube, dass die beiden ermordet werden sollen. Wenn sie die Leichen genauso effektiv verschwinden lassen

möchten wie damals die Nazis ihre Kisten, fahren sie zum See."
"Ich hoffe, du hast Recht." Die beide erreichten wenig später ihr Versteck am See und liefen zu dem Felsen von dem aus beide schon einen Tag zuvor den Bunker beobachtet hatten. Diesmal hatten sie keinen Blick für die Natur sondern starrten auf die Szene, welche sich am Ufer des *Toplitzsees* abspielte.

Lara stand neben Phönix an einem kleinen, befestigten Stück des Seeufers. Wenig später sah sie, wie Feldmann aus dem Wagen gezerrt und vor ihr in den Dreck geworfen wurde. Brutal banden zwei der Männer einen schweren Metallklotz an Feldmanns Beine und schnürten anschließend breite Lederbänder um seine Handgelenke. Rücksichtslos zerrten sie den leblosen Körper unter einen alten Lastkran, um ihn mit den Lederbändern an den Haken zu hängen. Lara erkannte sofort, wofür der Kran gebaut worden war. Er diente dazu, die kleinen Boote und Pontons, welche an diesem Teil des Ufers festmachten, zu be- und entladen. Feldmann hing, immer noch bewusstlos, wie ein Stück Ladegut, an dem Kran und wurde nach einem Handzeichen von Phönix über den See geschwenkt. Nachdem Feldmann einige Metern über der Wasseroberfläche hing, wurde die Bewegung des Krans gestoppt. "Wollen sie jetzt reden?", frage Phönix, und Lara schüttelte ihren Kopf. Sie wusste genau, dass ihnen beiden nicht mehr zu helfen war, sie jedoch durch ihr beharrliches Schweigen ihre Freunde retten konnte, sofern sie noch leben und frei sein sollten. "Sie ziehen es vor zu schweigen, na gut." Phönix gab dem Kranführer einen Wink worauf dieser begann, den Haken an dem Feldmann befestigt war, langsam in Richtung Wasseroberfläche sinken zu lassen. Lara sah wie sich Feldamann, der immer noch bewusstlos unter dem Kran hing, langsam der Wasseroberfläche näherte. "Ich denke, sie haben bei dieser Geschwindigkeit ungefähr vier Minuten Zeit, um zu überlegen, ob sie als nächstes einen Tauchversuch unternehmen möchten, und ..."
Phönix ließ den Satz unbeendet und kippte wie in einer Zeitlupenaufnahme nach vorn über, um auf dem harten Boden aufzuschlagen und reglos liegen zu bleiben. Seine Leute dachten zunächst, er sei ausgerutscht, und wollten ihm zur Hilfe eilen, als sie den immer größer werdenen Blutfleck sahen, der sich unter seinem Kopf bildete und sich in Richtung Wasser ausbreitete.

Als Phönix direkt vor Lara auf dem Boden lag, sahen sich Max und Björn überrascht an. "Wer hat da geschossen?", fragte Björn, während drei weitere gezielte Schüsse, die in kurzen Abständen abgefeuert wurden, alle drei Helfer zu Boden warfen. "Egal", schrie Max, "wir müssen zu Lara!" Max und Björn sprangen aus ihrer Deckung und legten die hundert Meter zum See so schnell zurück, wie sie konnten. Max riss Lara zu Boden, und Björn hechtete in den See, um den schweren Klotz von Feldmanns Füßen zu lösen. Auch wenn sie keinen Grund dafür sahen, dass sie nicht selber beschossen wurden, hörte der Schütze auf, seine Waffen abzufeuern, und ermöglichte es Max und Björn dadurch, sich um Lara und Feldmann zu kümmern. Während Lara langsam begann, ihren Schock zu überwinden und Max ansprach: "Hallo, ihr habt euch aber Zeit gelassen", schrie Björn fast schon panisch: "Ich krieg den Klotz nicht ab, beeilt euch!" Max sah zu Björn hinüber und sah, wie Feldmann schon bis zu den Hüften unter Wasser war. Er legte Laras Kopf vorsichtig auf den Boden und stürmte auf den Kran zu, um die Abwärtsbewegung zu stoppen, doch durch einen Querschläger war die Hydraulik so stark geschädigt, dass der Kran nicht auf die Kommandos der Steuerkonsole reagierte.

Max sah sich suchend um und fand ein massives Kantholz welches direkt neben dem Kran am Ufer lag. Ohne viel zu überlegen nahm er das Holz und warf es in den Antrieb für das Seil. Ächzend begann der Kran anzuhalten, um mit kleinen Rucken das Seil immer weiter abzurollen. Feldmann, der inzwischen bis zu den Schultern im Wasser hing, kam langsam wieder zu sich, und begann, blutigen Schaum zu husten. Max und Björn versuchten gemeinsam, den bereits unter Wasser befindlichen Klotz zu lösen. Sechsmal mussten sie in das kalte, klare Wasser abtauchen, ehe der Klotz ohne Feldmann in der Tiefe verschwand. Erst danach konnten sie seine Fesseln lösen, die ihn am Kranhaken fixierten, ohne dass er direkt danach in der Tiefe verschwand. Zusammen schleppten Max und Björn den fast bewegungslosen Mann ans sichere Ufer, um ihn dort vorsichtig abzulegen.

"Habt ihr geschossen?", fragte Lara, der es in Anbetracht der Umstände schon wieder relativ gut ging. "Nein, wir haben uns auch gewundert. Aber wir sollten es nicht darauf ankommen lassen dass der Schütze es sich anders überlegt und uns erledigt. Wir sollten hier schleunigst verschwinden," schlug Max vor. Mühsam begannen Max und Björn, Feldmann zu dem versteckt stehenden

Wohnmobil zu transportieren. Es war ein weiter, anstrengender, Weg den die vier über Geröll und dornige Sträucher zurücklegen mussten bevor sie das Wohnmobil erreichten und Feldmann auf der Liegefläche ablegen konnten. Als alle vier erschöfft im Wohnmobil waren, untersuchte Max Feldmann so gut er konnte und stellte fest: "Feldmann sollte schnell ins Krankenhaus" und fügte mit einem Blick zu Lara hinzu: "Dass täte dir übrigens auch ganz gut, Lara. Aber bevor wir fahren, werde ich mir die Aktentasche des alten Mannes aus der Limousine holen. Mal sehen, was wir damit anfangen können".

Max lief zum Wagen zurück, um alle Papiere, die er finden konnte sowie die große, schwarze Lederaktentasche, zu holen. Es dauerte nicht lange bis Lara und Björn ihren Freund hinter den Sträuchern auftauchen sahen als er im Dauerlauf die Strecke zum Wohnmobil zurücklegte. "Jetzt aber los", sagte er, nachdem er zurück war und der Motor heulend zu arbeiten begann. "Was ist das für ein Zettel an dem Scheibenwischer?", wollte Björn wissen, nachdem die kleine gelbe Haftnotiz bemerkt hatte. Max zog die Handbremse an, stieg aus und holte den Zettel ins Wohnmobil. "Los, sag schon, was steht drauf?", fragte auch Lara. "Die erste und letzte einseitige Zusammenarbeit. Unterzeichnet Mark", las Max vor. "Marks Vater hat uns die ganze Zeit beschattet", entgegnete Björn, "wir hätten ihm trauen sollen." "Weiß man´s vorher?", antwortete Max, als sich das Wohnmobil in Bewegung setzte und schnell auf die Grenze zufuhr. Sie hatten Glück und wurden vom Grenzposten durchgewunken. Sie passierten die Grenze ohne weitere Kontrollen, um danach auf direktem Weg mit Feldmann und Lara nach *München* zu einem Krankenhaus zu fahren in dem Lara und Max bereits sehr gute, aber auch schmerzhafte, Erfahrungen gesammelt hatten.

-9-

Ein neuer Anfang

"Hallo Lara, hast du letzte Nacht gut geschlafen?", fragte Max freundlich lächelnd, als er das helle, warme Einzelzimmer des Münchener Klinikums betrat, in dem Lara die Nacht verbracht hatte. "Hallo ihr zwei", antwortete Lara, als sie Björn bemerkte, der direkt hinter Max durch die Tür kam, "wie geht es Feldmann?" "Einige Wochen wird es wohl dauern, aber er wird wieder. Feldmann hat sich schon bei uns bedankt und wird sicherlich bald zu seiner Retterin kommen, um auch ihr zu danken", flaxte Max, der sichtlich erleichtert war, dass Lara schon fast wieder genauso gut aussah wie vor den Ereignissen der letzten Tage. "Wir haben eine Zeitung für dich", sagte Björn, der Lara die aufgeschlagene Tageszeitung gab.

Lara begann laut einige Teilstücke vorzulesen:

Den Österreicher Behörden gelang ein schwerer Schlag gegen die rechtsradikale Szene ... nach langen Ermittlungen gelang es ... In guter Zusammenarbeit mit deutschen Kollegen ... Ohne eigene Verluste...

"Die verbuchen den Erfolg für sich ohne dafür irgendetwas getan zu haben", ärgerte sich Björn. "Lass es gut sein, wir haben auch einiges vorzuweisen. Die Unterlagen, die ich aus der Limousine geholt habe, sind sehr interessant. Einige Dokumente stammen aus dem *Toplitzsee*, andere wurden direkt von *Phönix* erstellt oder irgendwo entwendet. Die Dokumente aus *Hemmoor* sind übrigens auch dabei und bestätigen deine Aussage vom Mord im *Kreidesee*. Ich denke, mit dem Fund können wir es schaffen der rechten Szene einen weiteren schweren Schlag zu versetzen. Wir haben jetzt nicht nur die Adressen führender Köpfe der Organisation, sondern auch konkrete Hinweise auf deren Auftragskiller. Ich denke, wir können sehr zufrieden sein."

Lara, Max und Björn unterhielten sich noch einige Stunden, bevor sich Max und Björn zurückzogen, damit Max von hier aus eine eilige Botschaft per Kurier an seine *Hamburger* Dienststelle übermitteln konnte. Er gab dem Kurier aus Sicherheitsgründen nur die Kopien der Dokumente mit und vermerkte, dass die Originale folgen werden.
Es dauerte noch drei Tage, bis Lara aus dem Krankenhaus entlassen wurde, um wenig später zusammen mit Max und Björn durch *München* zu schlendern. "So wie heute habe ich mir den Urlaub vorgestellt. Strahlender Sonnenschein, keinen Stress, keine Kugeln und alle Zeit der Welt", sinnierte Björn. Max und Lara lächelten ihn vielsagend an. Wenig später sahen sie ein großes, altes Weinhaus welches sie magisch anzuziehen schien. Nur Minuten später saßen sie in den altertümlich wirkenden Katakomben und bestellten einen halbtrockenen, etwas fruchtig schmeckenden Rotwein.
"Wenn ihr wollt, können wir noch einige Tage so richtig Urlaub machen, bevor ich zurück nach *Schweden* fahre", sagte Björn, während sie auf den Wein warteten. "Ich denke, das ist ein super Idee", antwortete Lara, "und wenn du von *Schweden* die Nase voll hast, kannst du dich bei uns bewerben. Referenzen im Bereich Organisierte Kriminalität hast du ja genug gesammelt und der Rest wird sich finden."

Kreidesee Hemmoor

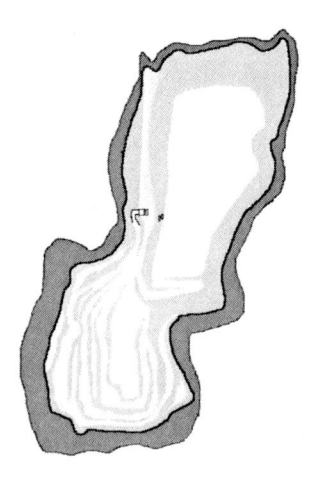

Bunkeranlage in Hemmoor

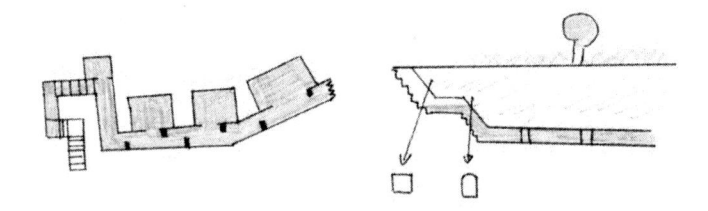

An dieser Stelle möchte ich *Ute*, *Katja* und *Petra* für die vielen guten Anregungen und Hinweise danken.